情途

天涯何处无芳草

王珂情诗选

（1982—2024）

王珂／著

九州出版社 | 全国百佳图书出版单位

图书在版编目（CIP）数据

情途：天涯何处无芳草：王珂情诗选：1982—2024 / 王珂著.
-- 北京：九州出版社，2024. 9.

ISBN 978-7-5225-3278-3

I. I227.2

中国国家版本馆CIP数据核字第2024L1H310号

情途：天涯何处无芳草：王珂情诗选：1982—2024

作　　者	王　珂　著
责任编辑	姬登杰
出版发行	九州出版社
地　　址	北京市西城区阜外大街甲 35 号（100037）
发行电话	（010）68992190/3/5/6
网　　址	www.jiuzhoupress.com
印　　刷	鑫艺佳利（天津）印刷有限公司
开　　本	889 毫米×1194 毫米　16 开
印　　张	60.5
字　　数	581 千字
版　　次	2024 年 9 月第 1 版
印　　次	2024 年 9 月第 1 次印刷
书　　号	ISBN 978-7-5225-3278-3
定　　价	198.00 元

因诗而生，为爱而活

献给我爱过和爱过我的人

——王珂

爱的小舟

划进荫绿的叶脉

涟漪

带走飘零的孤帆

声声遥盼的回音

明镜湖水

山色点缀帆影一点绿

绿色的梦中烘烤着

绿水载小舟的深情

上帝挑点灯笼

讲述新的天方夜谭

导航

风慢慢地走着

走着

梦揉碎进碧波

我们都成为梦中的一束光

1986 年 12 月 12 日于西南大学外国语学院

|目 录|
CONTENTS

目　录

目 录

目　录

心别跳

心别跳

春风来了

捎来南风的音信

小草吐芽闹。

心别跳。

心别跳。

天鹅把手招

抛去天鹅湖的温柔

云雀奏起歌谣。

心别跳。

心别跳

奇葩开了。

在身旁

孔雀嫣然笑。

心别跳。

心别跳

洁白去了

一怀愁绪

阵阵笑声飘。

心别跳。

1982.9.24

绿洲　你在哪？

绿洲

你在哪？

我需要你

也需要她。

她

是小草

是野花

在心灵中

像你

生根发芽。

绿洲

你在哪？

我知道

你需要她。

她将带来欢快

她将捎来鲜花。

我问你：

你需要吗？

——鲜花。

绿洲

你在哪？

她四处寻觅

走遍天涯。

要在你那儿

取走翠绿

镶嵌宝塔。

睡着青草

饮着甘泉

在塔顶开花。

绿洲

我问你：

你吝惜吗?
——宝塔。

绿洲
水在哪?
静穆中
你在想啥?

是在想
翠绿换鲜花
还是权衡;
如此下去
不吃亏吗?
绿洲
你在哪?

1982.9.25

春来了

春

一阵忙碌

一阵平静

心的狂跳

掩饰不了恋春的信息。

春早已来临

她正踏上　觅夏的途径

向远方的江城汇合。

那里响着自然的语言。

一阵盼望

一阵狂欢

心的遗憾

赶走了觅春的信念。

夏日和春色斗艳

春失去了降世的希望

幻想升为她的伴侣

留下了再见的音响。

1984.4.1

辞　春

没见到你

一场误会。

你的足迹

布满南边的奇山异水；

北面的天下绝景

不能动摇你的追随。

遗憾地告辞

又错过了一岁

不能总是鸿雁传情

自然将赐予华堂旅会。

扯谎　戏弄　善意地

培育的友情更珍贵。

1984.4.3

送　春

春日哟！

人生的早晨！

刚吐芽的草种

在布满荆棘的原野里

渴望新生。

春光呦！

人生的灵魂！

空旷的宇宙中

充满价值的抗争。

没有花　没有水

仅存光亮的精锐。

春色哟！

人身的服饰！

只给世界奇妙

囚禁了美的心灵。

去掉华丽外衣吧

它并不显有情谊。

春意哟！

仍是那么浓郁

换来求知的痴情。

春　江　花　月　夜

朦朦胧胧

书散发的气息

分外清新。

逝去吧！

春色　春日！

回来吧

春光　春意！

全部消失无可厚非

可别带走书的明媚。

1984.4.7

返

一

我专程赶回

欣赏小溪与大海的汇合

在那江天一色中

必定有小溪的秀丽

海天的辽阔。

清晨

奔跑在林子里

我呼唤着；

正午

捧着能量加速器

我呼唤着；

深夜

独自迎接晨曦的来临

我呼唤着……

那是一种怎样的呼唤啊？

祝福中杂着乞求。

我把尊严

锁在我灵魂的保险柜中

在柜外

装上电网。

我把事业

装饰在我的脸上

欢笑和苦闷

陪伴着事业之光。

我把命运

融进我的血管里

静脉和动脉

争先奔放。

我吞食了心灵的苦果

吐出动人的仙桃。

一次次使人动情

一次次牵动衷肠。

为摆脱快乐中的一丝忧愁

我低沉地呼唤

来吧　快来吧

伙计　闻闻溪花的芳香

1984.5.1

二

登上山巅的信徒

首先去神庙朝拜。

虔诚地抬头一望

呀！偶像正遨游大海。

迷宫的门紧闭着

磁力迫使我几度徘徊。

门开了　花谢了

没有她的身影闪现。

校友　老师　亲人

簇拥在我身边

谁看到了？

我心中燃烧的火焰。

我问百花

百花摇头

我问百鸟

百鸟悲哀。

故土

给了我欢聚的温暖

故土

失去了亲密的旅伴。

三

忘不了

千里之外渴望相见

忘不了

生命的起源。

两次　专程赶来

两次　啜饮遗憾。

下一次

——下一次还很远很远。

只有在心上

安上风扇。

清晨——深夜

和友人畅谈

嘶哑的声音

似乎凝有心酸。

四

但愿你能知道：

你的母亲理解我

无意之间

给予痴情者温暖。

但是

我想放声歌唱

时间不允许我等待。

我想作爱的报告

双腿不许我登上讲台。

临行前

撕开了羞涩的欢颜。

用痛苦的语调

向你母亲——大地

倾诉了爱的慷慨。

1984.5.2

旅游巧见

我来了

又走了

不愿生活与感情混合。

江上

一叶孤舟

空中

一轮弯月；

望江亭

衬着倩影。

我让心收紧

让血浓缩。

枯木随江逐流

想着昔日的残酷

人们闭上眼睛。

1984.5.22

巡　行

细雨
濡湿头发
羞得红润的脸蛋
饱含着青春的妩媚。

青山绿水
被她衬出典雅风致；
轻轻呼唤
获取生命的进程。
爱恋的少年的心灵
渴求获取新的语义。

风平浪静
分不开
水天迷离。
脉脉相依
舍不掉久逢的羞涩。
聚拢　分离

在山那边

各自寻找初恋的奇迹

　　老友的情谊。

默盼今宵

难忘过去

花开花落

余音萦绕全身。

拼命吸吮

私心暂舍弃。

没有花　叶　草

没有友　爱　情

纯真培植事业之树

爱的鲜花永不凋零。

1984.7.18

漫　步

夜色
害羞的脸蛋
罩上
耶和华赐的
面纱。

聚光镜中
凝成一束
惊恐的目光
迎上去
显示出生活的目标
心灵的伟大。

松林
涛声阵阵
掩饰着凤凰的典雅
夕阳的光华。

云雀

呻吟着

窜向空中。

鸟儿开始嫉妒

小径上的一双

走向归宿

捧着

彼此奉献的

山花。

小溪

鱼儿映在石上

一双又一双

斑斑点点

惊出浪花

走遍天下的脚

调朱弄粉的手

长裙　西装

赤足代替革履

笑声

伴着浪花。

这就是生活？

风流？文雅？

花飘雾散

都随风远游。

谁去留恋

少男少女

在无尽头的漫步中

——度假。

1984.8.2

身旁　坐着一位……

寂寞的夜晚

孤独的电光。

刚静下来

研究新生的希望。

一位不速之客

叩门而入

轻轻地坐在身旁。

失去梦呓

舍掉希望。

互相间的戒备

告别了初融的心房。

三小时光阴珍贵

赐予大胆者无穷力量。

不愧旧友重逢

竹马久别相依

即使恶语遍地
心中总升起幻想。

逗乐　嬉笑
故弄做人的高傲
世间的柔刚。
第一次芬芳相逐
洁白无瑕
花蕾播出清香。

万籁俱寂了
灯光在摇荡
探索者的足迹
倒映在纸上。

1984.8.9

初 夜

像首次
发现新大陆
离别多年的友谊
竟显得惊人的纯真。

花草争辉
夏夜交响曲
奏出狂喜
风风雨雨
抵抗不住夕阳热情。

眺望夕阳
黄昏冥思
跟上一位使者
共叩事业坟墓的大门。

脉脉注视
越贴越紧的友人

勇敢无私瞪着死神：

"去吧！为了自由

请给我

——陨落的星星！"

"对　对！"

天宇　大地间

有两人并存；

东征前夕

一对伙伴巡行。

初夜永别

今宵

月明　人静。

1984.8.15

夜 曲

有人奏响了小夜曲

给大地

撒下了一片葱绿。

每一朵鲜花轻轻伴唱

每一株小草沾满露珠。

那是奇妙仙笛

吹出支支名曲

净化颗颗心灵

灵魂也随声飘游。

又是那支小夜曲

吸引了多少朋友。

一个个紧紧相依

一对对踏着黄昏走。

1984.8.21

心灵的"拉钩"

像一对小儿
——
一对鸟儿
含情伸出小指
两颗
彼此倾慕的心
由这深情的一触
连在一起。

血液沸腾
友谊纯真
呼吸早已屏住了
两人共享：
青春的甜蜜
生活的热情
老友的情谊。
林中
　　一对鸟儿熟睡。

1984.8.25

谅　解

一阵风波

我们又聚拢

幻想超脱"爱"的魅力

给对方宽慰。

谅解拒绝的心

减轻她的压力

幼时稚情留在脑里。

大胆少女

爱得如此深沉。

没有乞求他的恩赐

悄悄把爱和恨埋在心底。

我愿永为你歌唱

《感谢你》

琴声萦绕　晚霞纷飞。

衷心谢谢

请你永远忘掉我！

但是不可能

从小你就埋在我心里。

一种前所未有的恐惧

或者幸福的洋溢。

犹豫间

领略了"爱"的轻浮

"情"的天真。

面对旁边的客人

想说声"对不起"。

为了消除生活误会

请把热情和天真

注进即将逝去的血液。

不！

那儿不是明媚的故居

四周环绕的森林

也没有老友的情谊。

让有心人轻轻采撷

酿出花的精灵。

我把蜂儿迎进

给她一点甜蜜。

钦佩之情油然而生

心灵的防线崩溃了

留下

或有或无的理智。

1984.8.31—9.2

黄色的梦

绿色的箭

射向淡黄色的梦。

生命曙光

划破阴郁的天空。

徜徉在水天处

浮萍显得分外从容。

任凭浪施淫威

狂风怒吼

徐徐漂向

月光

银色的梦。

追忆灰色的梦

冰渊在沉睡中消融。

挣扎在瑟瑟秋风中

……

啊 一个甜美的梦!

1984.9.12

蕴 藏

重新拾起

前日抛弃的欢乐

痛苦冰冷的心

开始解冻。

滚滚奔腾的潜流

冲刷掉心灵的污垢。

自私变成舍己

忧虑转化成自由。

缄默　永远永远

神奇感情潜滋暗长。

不愿再使你伤心

甚至一句无所谓的话。

安琪儿　我憧憬未来的希望

为了获取胜利的喜悦

让我俩把爱永远蕴藏。

1984.9.19

时间近了

时间迫近
渴望已久的佳节。
喜和悲的使者
举着难堪的伞帷
承受加速度的冲力
向前滑行　滑行。

一层雾　淡淡的薄雾
罩上了我的眼帘。
世界于是模糊不清
太阳神失去了魔力
光泽显出软弱无神。

一双调朱弄粉的手
悄悄地擦擦惺忪的眼。
心灵深处情感缓动
掩盖不了无聊的平静。

时间迫使

人生温床孕育了见面和分离。

每当拨开梦的云雾

她总离去

像一阵风　一片云。

不过

　　风是寒冬凛冽的

　　云是带来风暴的。

畏惧退缩

　　孤芳自赏

　　生物的永恒。

1984.9.22—28

故乡的歌声

像久别的朋友

即使决心永远再见

心灵的电波

把离去的两极吸引

自然　大家都惊慌　兴奋

谁会领略

一对恋人"永别"相逢的情景。

车站上的巧遇

唤醒匆忙行路人的愁思。

你那柔情绵绵的问候

使我忘掉了出征前的决心。

谁也不愿互相惩罚

但我却告别了你

去故乡的路途中

让你独行。

沉浸在难忘的追忆中

暂寄在崇拜者的包围里。

一幕幕往事徐徐闪过：

你赠送的鲜花

沾有你的血液；

登程前的千叮万嘱

灯光下你的泪滴；

故园香径上

我们在假日踱下的脚印

……

我开始后悔

没有伴你同行。

你一定在痛苦中等。

那一天

你生日的前夕

给你的生日礼物

却是不安和忧郁。

多少次　我徘徊

在那窄窄的楼道上犹豫。

我露出惊人的天真

无意中放开嗓音。

你的门始终紧闭

像一位高贵的公主

有成千上万的哨兵。

尽管你已经决定归去

我也百般阻挠感情。

但谁能抑制那初萌的灵感？

作为少年

更难压抑朦胧爱情的诱惑？

你维持你的平静

也让我等了一天

无聊的　难受的

佳节中的等。

我原以为

你很自私

竟不愿让我看看你的背影

也许我误解了

因此你不光临

也不会邀请。

你却出人意料

勇敢地来到我身旁。

我的心震惊了

兴奋　不安　兴奋

涌起未曾体验的甜蜜。

但我却压抑　百般压抑

幻想挽回心灵防线上

的含混。

你依偎着我

我依偎着你

全然没有以往亲密。

你也许为你的"决定"羞涩

我只想把爱藏在心底。

我冷淡　无神

你给予的热情

真使我痛心。

你问我：

"什么是生活的甜蜜？"

我惨然一笑：

"我只能说对不起。"

我很遗憾应该解释：

"痛苦就是甜蜜。"

在电视屏幕前

你显得格外兴奋

婉转悦耳的声音

回旋荡漾在孩童的乐园里。

你来了又去

去了又来

把你的友谊花束

抛撒在茫茫夜色里。

我仍旧犹豫

仍旧低头无语。

你问了我一个又一个为什么

我总避开锋面

悄悄想给你静谧的献礼。

翌日你又飞入深宫

那恰是我的少女

明星闪烁的生日。

我整日沉思

整日搜寻

期待你那迷人的身影。

佳节的夜晚

没有皎洁月光

没有满天繁星

孩子们玩起

孩提时的儿戏。

你终于出来了

没有参加有趣的游戏

你是一位检阅的将军

让我欣赏时隐时现的倩影。

终于

你含羞地出来

鲜花盛开的联欢会。

别具一格的联欢
会给人留下多少思念。
我们冲破心灵的封锁
你的歌声铭记在
听者朦胧的心间。

是的　故乡红莓花开
却没有心上人出现
我立刻明白
少女梦中的心愿
我表面无动于衷
自然流露出
两颗心灵的呼唤。

你又来送行
又是离别故乡的夜晚
你也掩饰住爱的狂澜。
看着你传神的眼睛
我不敢细看你的笑脸。

为了远游人暂时的幸福

使远方的客人节日愉快

你承受了

多么惊人的压力

我真想大胆告诉你：

好妹妹　让我们一起承担。

又像一场梦

录下了故乡的歌。

你会认为我无情感

但我相信

你知道我不会忘怀

　　那醉人的歌声

　　醉人的情景

　　醉人的夜晚。

1984.10.15

冰雪消融了

压在心灵上的冰块

被你神奇力量感化

一点又一点。

终于只剩

奔腾的洪流。

流水冲刷　猛烈撞击

心中的　自私狭隘的石头。

自然石头不会消融

却被碾碎

随着流水漂走。

心灵开始震撼

情海上荡着木舟

两只海燕护卫

一对分开的稚鸟

他们不知天高地厚。

两只小舟　和风吹拂

悠悠荡荡　荡荡悠悠

在静静的夜晚轻轻聚拢

最后　一只消失了

一对鸟儿　正在梦中游。

告别了　告别了

簇拥中的朋友!

告别了　告别了

情浪中的担忧!

神圣使命已经完成

月光沐浴小鸟飞翔

谢谢仍在飘零的小舟。

1984.10.18

深　秋

金秋将去了

枯叶随风飘落。

原野失去了绿色的棉被

绣花的缎面

也难觅踪影。

初冬在欢笑

隆冬在等待

春日默默无语

只有深秋在哭泣。

（谁能理解一个殉道者的心情？）

秋　丰收的标志

秋　收割的象征。

深秋却是荒凉　冷落

仿佛失去了收获的灵魂。

深秋

失意者的化身！

1984.10.25

思　念

江色　浓荫
掩饰潜流狂奔。
欣欣向荣的自然
粉饰了新生活的太平。

舞步　轻灵
驾起一朵朵祥云
一遍遍无知和呻吟。
生活淡　淡似水
友谊清　清如云。

一片绿叶带着遐思
从活化石树上飘零。
树上的果实炫耀着
做种子的骄傲
居庙堂之高的超俗灵魂。

如果我是落叶

会在秋风中流泪　沉沦。

即使我会被人遗忘

我会明知故犯

把对她的思念

融进对她的信任。

闻闻夜色的气氛

听听星星的私语；

摸摸霞光的余晖

捡一点露珠的晶莹。

泪水淌下来了

含着思念的情谊

思念的痴情

　　思念的忧郁。

1984.11.29

太阳　披了一件蓑衣

起风了
狂风的使者降临
阴雨前的黄昏。
夕阳不再无限好
本能地披上一件蓑衣。

正是那一件破旧的蓑衣
令我陷入无言的乡思：
牧童吹着呼哨
快乐王子在林中嬉戏
每位仙子都有伴侣——
遮挡风雨的蓑衣。

太阳　或许是神
黄昏　不应是变幻的幽灵。
人们赞许云中君的伟岸：
"他　毕竟能够生存。"

我　人世间的骄子

流露出怜悯的色情。

向他投去不屑一顾

宇宙中最无私的象征

也会浪迹于世

掩上凡人皆知的庸俗。

山中小儿的圣洁

全然被你掠去。

我要大声疾呼蓑衣的童心。

即使献给

孤舟中的钓鱼翁

也不愿让你享受

——万物的灵魂。

1984.11.29

给你快乐信使

捧着

　　捧着一页信纸

纸上

　　洒满泪滴。

　　人世间无人理解

　　　　轻轻幻游的我

　　赐予嗔怪

　　　　爱抚

　　平生第一次

　　　只有你

　　　　只有你。

我

　变得温驯

　归来

　献给你

　　　夜空的明星。

我开始后悔过去的后悔

我开始追忆幼时的梦境

青的山　　山的水

水的澄绿　　绿的倩影

融化　　融化　　融化

汇成我们的心。

我开始振奋

大地在振兴

你的希望

你的情谊

换取迷惘者新生。

1984.12.3

内涵和花束

谁也不愿刺伤你的心
哪怕只有一丝忧虑。
没有乞求的目光
没有失望的泪水
你的心赋予
爱　新的内涵。
竟忘却了
青春热情
孕育的天真。

我会无知地追随你
我愿舍弃生活妩媚。
不曾有过奢求
不曾有过幻想。
我的心献出
爱　新的花束。
你就眯着眼
摸索　寻觅
痴情地和你攀登。

1984.12.10

我　霞光·露珠

我　霞光　露珠
光阴向后滑行。
我慌乱撒开网
罩住她
——晨雾的晶莹。

轻轻地　小心收紧
像一位饱经沧桑的渔人。
合龙　合龙
她掩住羞涩
缓缓地飞临。

惊喜地　放下活儿
迎上去　清新的灵魂。
也是忸怩地问好
倾心相诉　走进森林……

1984.12.16

你不要忧悒

我的心　你不要忧悒

用你的笑脸

迎接我的吻。

我将如此钟情

向你靠近

紧紧依偎你

倾诉离别的愁绪

相思的柔情。

你的笑脸

浮起一片红晕

我知道

那是心的兴奋。

我也想象你

满脸羞红

但是我不能

涌上眼帘的

只有天涯相别的眼泪。

我看见你的

秀发上缀满快活的露珠

慧眼里饱含的温情。

我听到你的

轻轻的话语

像一丝微风

萦绕　　回旋在

夜的妩媚　　静谧。

我俩忸怩地

并排前进

在故乡的小路上

体验爱的甜蜜。

不过　　我们仍犹豫

相互攀登　　并不像一对情侣

……

1985.2.4

我又盼着

我又盼着
　　望穿渴望的双眼
盼着
　　——佳节再来临
盼着听到你的夜话
　　注视你的倩影。

我知道：
虚幻的不可能
一切都不可能。
我们都疯了
爱是我们疯狂的结晶。
夜静时我想
痛快地　果断地
完全忘记
但是却不能
安慰这颗
即将熄灭的心。

我知道

生活给我们安排好梦境。

我们竟没有犹豫　沉思

在维纳斯导航下

融为一体。

就是那么一点点

一点点的优柔

我们聚了分

　　分了又聚。

我又盼着

　　和你同归；

像自然骄子

北雁南飞！

1985.2.5

窗台上有一盆仙人掌

谁说我们是苦行僧
在寂寞中炼狱？
一切都成为死敌
只有读不完的书。

那日 她捎来爱的鲜花
我遗忘了她的信物。
花之精灵终会夭折
因为这凛冽的寒风。

于是 我从七楼的窗台眺望
惊讶地发现缙云的霞雾。
我被景致吓得长叹
啊！自然竟这样残酷！
我的目光凝聚在一点
给她的 代替鲜花的信物。
那般生命多么旺盛啊！
枯萎的刺象征它在受苦。

我肃然起敬：

仙人掌没有世界保护

竟活下来　伴你的

只有一把泥土。

我的睫毛润湿了

想起和她离别的漫步。

我们能够生存吗？

竟没有一把泥土……

1985.1.6

啊　我的女郎

啊　我的姑娘

我爱你爱得如此发狂。

夜色浓郁的氛围

融进我追忆的泪水；

我再将轻轻的叹息

播进冰凉的风里

用我的痴痴的目光。

啊　我的姑娘

我的心已如此发狂。

我恨你在记忆中漫游

我怨你那迷人的脸庞。

夜啊！月！风！情啊！

失掉沉静的爱的模样。

心碎了

难熬的时光

时时在猜想：

我的姑娘可曾无恙？

啊　我娇美的姑娘

相爱的黑夜多么漫长。

我的琴弦已经崩断

心灵的狂颤拨弄出

爱的音响；

我的歌声已经枯竭

爱的狂澜仍在荡漾；

情侣的鸿雁停止翱翔

嫉妒的猎人击伤它的翅膀。

凭借什么把音信捎给你?

啊！可爱的姑娘

请你想想。

唉唉！我那迷人的女郎

你赐予的生活竟如此渺茫。

我梦中说一声珍重再见

那一声再见意味着我的死亡

你会乘夜色悄然隐去

你的乐园

　　——皎洁的月亮

唉，唉！我只有孤独彷徨。

啊！我那妩媚的姑娘

我爱你爱得发狂。

1985.1.29

旅　途

那弯弯的　长长的旅途

有青青的野草

　　　飘香的山花

　　　春的气息的泥土。

满山的迷茫孕育着

　　　渺茫的云雾

　　　海伦姑娘的花束。

有的

　　　迷迷茫茫的梦

晨曦

　　　摇摇晃晃的路。

旅途的尽头是一盏明灯

旅途的森林中藏有猛虎。

虎通人性　温文尔雅

还没有人类残酷。

故弄高贵的云中君

脸上浮起一片红晕。

她默默地叹息

羡慕中混合着嫉妒。

面前　蜿蜒的旅途

十八道年轮显示追随的质朴

细微的痕迹

——玩世般的笑

暗示出它曾经尝过痛苦。

面前有待选的两条道路

——生存和死亡的旅途。

希望的未来就是死亡

生存的末尾意味受苦。

倘若失去选择的权力

好吧！就让有志者拥抱

——痛苦。

1985.2.8

这里是一条楼道

古老的神话有一古老的传说：
海的女儿追随过灰姑娘的足迹。
水的骄子风韵独存
岸的卫士神采奕奕。

娇子
——卫士
这里都没有一点消息
这里只是一条楼道
一头接着姑娘的温柔
一头连着少年的诚挚。

楼道
　　短而窄
像一条天河降世
横断两颗痴痴的心灵。
心的遗憾全被埋葬

剩下的只有书

　　只有笔

　　只有诗

那讨厌而可爱的楼道

消磨掉多少或有或无的情谊。

有人说你是一座天桥

也许你是云中的彩虹。

我渴望天翻地覆

让你和我从世上消失。

　　　　　　　　　　1985.2.9

浪漫奏响美丽的序曲

龙的传人保留下古老的节日
现实的叛逆者赋予新含义：
远离故乡的少年罗曼者
欢聚　碰杯　游玩　嬉戏。

迪斯科的狂颤诱来浪漫
少年疯狂者欢聚一起
用一杯甜酒　一声温柔
一句句蜜语。

含羞的是一朵欲放的花儿
狂饮的是一个浪荡的晨曦。
这里不是亚当和夏娃的乐园
少年想起被缚的普罗米修斯。

美丽小夜曲在欢笑中回旋
怡人的探戈引出了莫名情谊。

一曲终了　一杯尽了
剩下的是一怀愁绪。

拉着融满羞涩的细手
摇摇荡荡穿过世俗的乌云
年轻人又欢聚在一起
在桃花芳草的细腻中
寻找真正浪漫的友谊。

1985.3.28

清晨素描

清晨　风轻拂卷发

雾濡湿大地

亲热地吻着脸蛋儿

与明媚的波花媲美

那一串串露珠

少女俊俏中透出晶莹

清晨　播下春日清凉

翠欲滴泪的柳芽

撒在晨读者身上

轻轻捧起无声信息

凝聚的神思

轻吻春色的恩赐

笑了　一双慧眼

1985.3.28

昨晚一个梦

梦中甜美的笑靥

凝聚高傲的辛酸

试图忘掉　忘掉

为了永不忘却的纪念。

你毅然离去　白天；

你悄然归来　夜晚。

回味失眠的太阳

梦中阳光的热力迸散。

追忆寒冬的梦幻

严霜　新月　温暖

梦　幻觉　渺茫一串串。

你毅然离去　白天；

你悄然归来　夜晚。

攫取了一颗破碎的心灵

枯竭了一潭多愁的情感。

你毅然离去　白天；

你悄然归来　夜晚……

1985.3.28

心　碎

一封信　一本日记　一张画

碾碎了充满幻想的痴情。

信是她的　日记是我的

馈赠的年历是美丽的

只有我的心

被无情的少女碾碎。

我恨　那轻佻的眼睛

我怨　那莫名的情谊

我第一次开始怨她

她呀　将我搂住

又将我抛弃。

我的心已碎。

多么奇妙可笑的爱

爱是牺牲被我首次怀疑

像在情海中被人捉弄

忍耐　忍耐

静心修行　　回家
西天茫茫无伴侣。

早就发现生活在真空
心碎了对她自然痴情。
她的那一颗心已经凝固
你去吧！让你的心
接受太阳黑子的辐射
造化一个冷酷的女神。

你曾经静静地读
　　　　静静地想
用你单方面的磁性
缩短两颗心倾慕的距离。
随着惊雷　　闪电
异性质变成同性
她和你都各奔前程。

那一声惊雷　　炸碎你的心
那一道闪电　　卷走你的灵魂。

人们夸耀："这是春！"

你独自徘徊 "这里充满血迹。"

世界多么严酷

你用失神的眼睛观望

你也将残酷对待一切

因为人终究要生存。

1985.4.10

爱的絮语

初　恋

初恋是一束激光
扫描掉少年心灵的污垢。

幽　会

幽会连接太阳和月光的余温
将恐怖的夜色点缀成森林。

夜　话

夜话是一个缠绵的美梦
让月光投给大地两个幻影。

散　步

散步踱出一道彩虹的缩影
同时换去了一个自私的阴影。

情　书

恋人的书信是斑驳的月光
嫉妒中遮挡了星星的光芒。

吻

吻　浩瀚的天空和无垠的大地的产物
清晨的露珠升华为清新的气息。

暂　别

暂别　一杯浓缩的龙井
使贪杯的情人神志清醒。

失　恋

失恋　失眠人的太阳
静谧　换来喧闹的抑郁。

相　聚

相聚　一块极有魅力的磁铁
吸拢了异性　排斥掉同行者。

眼　睛

眼睛　爱的灵感

在瞳仁里写下爱的诗章。

嘴　唇

因为神圣的吻

嘴唇显得特别高贵。

手　指

手指　心灵的雷达

警惕地捕捉每一个可疑的目标

准确地捕捉爱的颤音。

1985.4.17

少年荡过了十八岁

像秋千悬空　悠悠荡荡

像窗前云竹　荡荡悠悠

一副悠闲自得的样子

尽情摇荡　尽情摇荡

十八岁在浪荡中云游。

去年的今天　夜色浓郁

少年悄悄摘下一片嫩树叶

夹在诗章的句首

嫩叶带来了灵感和希冀

少年把希冀留在心里

让灵感伴我在浪荡中云游。

光怪陆离的世界

展现在陌生人眼前

迷路了　不知该往哪里走。

在十八岁的江流中漂荡

漂向远方　荡向大地

不慌不忙　随波逐流。

江流是混沌世界的产物

汇集了斑驳的月光

联络了炫目的星斗。

在光与影的和谐中生存

食物是水　空气

伴侣是鱼　水兽。

少年在洗礼的漩涡中沉默

奋力搏击后告别纯洁的美人鱼

和灰姑娘在书山香径上行走。

世界变得深邃离奇

旅行的少年动摇了

不由自主地拉住了她的手。

光明和山花的使者降临

她轻轻地漂过长河

多情的礼物是少女的温柔。

遥望书山尖峰上的神光
瞥一眼欲与同行的旅伴
我恐怖中低下了欲抬的头。

生活赋予少年过多的成功
少年的风度　超人的气质
浪荡中显示出典雅的风流。
没有航标灯和舵手
无所畏惧越过险滩
在光的辐射下快活荡舟。

春日的花香引来追求者
浪荡中还有许多高位的荣幸
欢快的忙乱始终在等候。
少年疯狂中过多贪求甜蜜
亲吻了爱　亲吻了一切
留下了浪漫的快乐忧愁。

少年的朋友纷纷赶来
有的欢歌　有的簇拥

没有一位想要怒吼。

大家都在桃花源里

无聊地探索　寻觅

像留云彩霞　荡荡悠悠。

少年深味童年的梦和摇篮

母亲把他唤回到金秋

他重享了天伦的爱和温柔。

重新跃入澎湃的江流

浪花吞没了灵魂的丑恶

飞沫孕育了事业的成就。

少年真诚感谢那位使者

一起度过了浪荡的半个岁月

温柔和力度结合为朋友

浪荡的归途风和日丽

少女在新奇中毅然隐去

少年在留恋中随风漂流。

1985.4.19

我不怕

仿佛真是在昨天

夜晚带来约会的色彩

太晚太晚

星星在空中赞叹

分手时你说

让我去吧！我不怕

一位弱女子温柔的语言

在夜风中洗礼

暴雨洗涤尽虚伪的尘埃

那句话在星光中回旋

最后流入我的心田

怕好是在今天

阳光带来恶语和暗箭

太险太险

众人在无聊地奢谈

相会时我对你说

让我们去吧！我不怕

1985.11.7

凌晨的相思

——赠 H

飘

一叶小舟曾经

渴望　渴望

飘进柳枝

婆娑多姿的

姑娘　姑娘

不再流浪　流浪

不再彷徨　彷徨

白日的蓝天

飘着几点星光

星光　星光

哭泣又凄凉

凄凉　凄凉

不再幻想　幻想

不再绝望　绝望

沉默　沉默

姑娘的嫁妆

小舟叹息　叹息

飘进沉默的空巷

空巷　空巷

桥

无尽头的天海

横着无尽头的桥

连着深梦　影踪

一边是蜿蜒的小路

一边是曲折的人生

桥　没有了生命

夜风孤零零

在桥上散步

带来织女姑娘的呼号

弥漫的雾不慎碰响

爱情的丧钟

长空回荡着青春的轰鸣

桥　没有了爱情

圣洁的暮霭

敲碎了夕阳和残夜

还有天湖里的流水

美人鱼失掉醉人的睡态

随大地缓缓苏醒

湖面跳跃着冬眠的涟漪

塞满空洞的桥孔

桥没有了空虚

姑娘　不要把残存的爱情

撕得更细更细

再来骚扰紊乱的冰心

无限的慈悲　普爱众生

沉睡的冰川开始解冻

心里再也容不下一块薄冰

牛郎会把桥挑来

那条悠悠的肩担

无私地把朴素的微笑

残存的爱情连缀

忆　恋

始终跳不出惆怅的家园

剪不断恼人的记忆

忆恋是一杯百年醇酒

啜饮过去的时光

竟然是这般甜蜜

始终磨不掉惆怅的记忆

理不清和你相处的日子

忆恋是一位媚态的少女

苍白的脸衬着乞求的眼睛

过去竟是那般无情

始终喝不尽失望的苦酒

摔不碎绝望的酒杯

忆恋是一位多情的少年

有颗金子一般圣洁的心灵

幻想普爱芸芸众生

往事是不堪回首的蝉鸣

痛苦中竟杂有难忘的甜蜜

尽管决心委身于新的恋情

却总沉醉于你的梦境

梦中寻觅未来的知音

无法驱逐使我战栗的眼睛

还有你的柔柔的声音

眼睛在声音中冶炼

铸出血和泪的长剑

刺透少年的痴心

微笑的晚风这般迷人

夕阳又来装饰我的梦境

思想的浮云默默祈祷

风是我　云是你

忆恋和风云永远依存

1985.12.29

误　会

一杯浓醇的甜酒

渗进谣言的湖泊里

人们不再珍惜过去

彩云失去昔日的魅力

一双呆滞的眼睛

窥见麻木的记忆

颓废的世界更消沉

因为误会的魔力

轻抖掉羽毛上的雪花

融化利剑和恶语

生命和爱献给宇宙

老友的情谊留给自己

1986.1.3

紊 乱

心

狂乱的心

颤抖的灵魂

融发浪漫放荡的神经

心

忙碌的心

迷茫的晨雾

隐藏滋润万物的阳光

阳光下的欢欣

心

硕实的心

胜过挪亚方舟的造型

大千世界复活了

我也得到了新生

1986.1.4

慌 乱

宛如一株昙花

慌乱地绽出花蕾

清香是你的羞涩

空气也怕羞了

因为你胜似莲花的娇羞

用残存的梦

托着对你的憧憬

希望从两颗心中升起

两颗心都慌乱了

因为这轻轻的深情的一触

夜来香曾经为你歌唱

却是甜蜜中的沉默

悄然无声传送情谊

沉默的旋律奏出

初春的一点新绿

仅仅是那句话

孕育了岁月和爱情

我们慌乱中走在一起

因为你超群的冷静

耐心地赶着牛儿

让爱的犁沟更深更深

早一天耕耘早一天收获

金秋将缀满爱的果实

那是我们渴望的眼睛

只要风捎给你问候

我们都是羞涩的化身

慌乱充溢着内心的冲动

还有喜悦　喜悦的歌

喜悦的青春

1986.1.7

冷　静

火山喷放出核变的能量

激情烧透了早熟的心灵

让一切都获得自由

生命　事业　爱情

一切都来得太快

甚至琴弦上的流云

感情的露珠滴进心扉

又消失在月光里

水液形成帷幕

遮住溪流的多情

你的轻轻的一笑

显出无限的含蓄和冷静

1986.1.8

云　星空

一道疯狂的闪电

划破爱情的乌云

灿烂的光辉

点燃了孤寂的星空

一场疯狂的大雨

冲刷尽夕阳的侮辱

圣洁的露珠

在暮霭的面纱中复活

远看很近的云

醉汉似的踱进露珠

露珠是一个晶莹的天地

孕育着广袤的星空

1986.1.16

复　活

思念在隆冬复活

它被抬起来

装进疯狂的记忆

寒风又吹拂

我的眼泪

恰似柳枝上的

点点情诗

春

　　悄悄

　　　　踱

　　　　　进

　　　　　　我的

　　　　　　　怀中

复活了

　　　甜蜜

　　　　　的

　　　　　　幻梦

1986.2.18

音　符

你的眼睛

跳动着一串爱的音符

我被悠扬的旋律罩住

慌乱地跃入你的怀中

你的歌声

唤回了枯竭的爱的灵感

我的心孕育了你的眼睛

你赶跑了我的苦痛

一个休止符

宣布爱的悲壮的永别

我的心破碎了

你的脸羞得通红

1986.1.27

彩　蝶

为了追逐蜜蜂的花露

彩蝶唤醒待闭的花蕊

蜜蜂吻花牺牲了自己

彩蝶幻想替它写悼词

显示出高雅的风度

彩翅跑出斑斓的蝶粉

弥漫了这个妖娆的世界

彩蝶高傲地宣布

去吧！蜜蜂的勤劳

回来！香色的存在

蜜蜂在飘香中苏醒

发现一个花花世界

一切都是虚伪的

它死去没有欢乐

活着只有悲哀

1985.12.11

一　瞬

惊诧间

我呼唤了一声

冲破恼人的沉默

功劳是这鼓足勇气的一瞬

茫然地抬头

一双惊喜的眼睛

猛地低下头去

羞红是这气馁的一瞬

沉默重新降临

笼罩着两颗觅春的心

如以往悄然隐去

爱情是这难忘的一瞬

1986.2.27

上　苍

在梦里

我发现了正在消逝的灵魂

不

我不企求上苍

淌着热泪的红脸

绝不是我的希望

你将成大理石

我又没请求你

这算什么呢

我寻求的是我自己

不要相信遥远的岛国

没有生命的淡水

如果你是云中的飞鸽

我定将把你追随

1986.2.13

把一切收拾回去

把一切收拾回去

我的梦境你的倩影

你不须再不安羞愧

我不须再脉脉含情

把一切收拾回去

把一切收拾回去

我的浮光　你的精灵

生命不再在心间游离

沉默换回灵魂的宁静

把一切收拾回去

让我的羞涩点缀

天使的秀发　目光　眼睛

留给高山永恒情歌

初萌的爱在云中陶醉

把一切收拾回去

1986.2.28

云　霞

山中有片云霞

犹如我梦中的茶花

春的气息荡过

云霞长出嫩芽

树尖有朵野花

犹如你心中的光华

夏的柔光拂过

野花悄然落下

不仅仅是云霞

不仅仅是野花

一只云雀在噪鸣

这是它的诗话

1986.2.29

残　梦

残梦
　　犹似天边
夕阳
　　无限美好
梦的早晨
　　一朵淡雅的昙花
　　一个希望的黄昏

春　梦

春悄悄
　踱
　进
　我的
　　怀中
复活了
　甜蜜的
　　幻梦

惊　梦

一曲悲歌赶走

忧虑　空虚　爱的萌动

惊梦呼呼灵魂死亡

梦的呢喃发现远方

灵魂正在昏睡中消逝

伸出爱情的双手

抚摸失望与痛苦

惊梦召回春天的醉汉

摇荡进迷惘的田野

一声鸽哨　一朵相思

混进合成寒冷的记忆

相思如温暖的惊梦

现实古钟碰碎乌云

山水相依脉脉含情

粉饰我俩遥遥别离

1986.3.13

你 我
——写在二十岁生日

又做完一个梦写完一个童话编出一本诗集

我仍然是我她仍然是她我们仍然是自己

记忆一个世纪的幻游一个岁月的羞愧

把世界还给你把自然留给我作为生日献礼

世界是一个梦你是希望你也是肥皂泡

自然是一个神我是上帝我也是圣母宝贝

人间自然一对孪生兄弟我和你不是太阳所生

你是嫦娥的女儿我是吴刚的娇子

不再迷恋你不再相信古老的神话

织女是爱情的英雄牛郎是爱情的懦夫

姜伯牙的竖琴奏不出知音和弦

楚霸王的别情不会如此动人如此惨淡

二十岁我发现自己是永恒的秘密

你仅仅是云是爱情的影子

我是诗人我讨厌我讨厌罗曼蒂克

希望普爱世界渴望洗涤手中彩笔

不曾后悔二十年的浪荡时光

追忆过去甜蜜也把痛苦回味

痛苦是美酒甜蜜是毒药随时间飞逝

告别了她告别了我告别了我们自己

也曾经狂想也曾梦幻为月亮和太阳牵线

爱好迪斯科专长却是干实事

有时是罗亭说话的巨人行动的矮子

羡慕的却是脚踏实地默默无闻

你不是金刚石不是软软的海绵

我不是崇山峻岭不是滔滔江水

花和影愿在一起因为想作出牺牲

都梦想花蕾的重叠和纯洁的组合

1986.4.8

沙滩之恋

——致 Q

绿荫

两年的梦化成一道绿荫

悄悄呓语你和我的心

巧遇千里飞临一阵风

那位勇敢的少年匆匆

拉回少女的梦　幻想

深藏在绿的骄傲中

两颗心在郊外化成绿荫

陌生人拉长鸿雁的航线

顶着阳光　踏着沙滩

我来依偎着一个梦

轻轻拂进你的温柔

两个影子化成一条凳

窄窄的却很暖和

天边没有流云因为无风

两颗心冰冷而激动

绿荫竟然觉得一丝饥饿

相见　相见　相见

无数个梦在春日回旋　回旋

激动　激动　激动

对视的是欣喜的泪眼

绿荫慷慨地撑开爱的雨伞

现代的浪漫诗开始流传

你不必回避流言的侵袭

我不愿独走得很远很远

还剩下一层薄薄的面纱

你不愿揭开心中的激动

你说还差那么一点

那么一点用童年的手指

润透心灵的窗纸把心放开

走进你的怀抱

1986.5.4

沙　滩

脚印一串

梦踪一串

夕阳落进我们的心中

依偎着江浪踏着

余晖　走进童年的沙滩

沙滩一片

遐想一片

两江水涌进眼帘

你的心　爱的向导

把他带到情诗的荒原

荒原无限

思念无限

遥远的吻躲进羞涩的娇颜

一条鱼儿畅游　一只鸟儿谧绽

勇敢的少年……你轻轻呼唤

他害羞地站在面前

羞涩飞绽

激动飞旋

古老的渴望溶化阳光

来呀！飞旋的时代

不要总是梦中相见

江风温暖

春心温暖

欣喜　颤动的神往

合成两江汇合凝视的双眼

奔流的江水嫉妒

沙滩一对情侣

走得太远太远

春天我们走进沙滩

夏天我们走出爱的地平线

1986.5.7

遥　视

遥视故乡的常青藤

永远爬上你的眉梢

绿色缠住洁白的泪珠

抚摸往日的欢乐

静静滑入我的怀中

吻着宽广的胸怀

沉默是最好的祝愿

别离是青春的多情

两双浸泡希望的眼睛

渴望结束长久的梦盼

恢复灵魂往日的安宁

一个遥视团圆的痴情

1986.5.18

模　糊

爱情的色彩苍白无力

如近视眼中的原野

近看是一个迷人的倩影

远望是一处婷婷的朦胧

模糊泻洒成爱的别礼

朦胧荡漾着爱的抒情

空中一声惊雷

黑夜一道闪电

爱被刺得分外清晰

不再有模糊的爱情

不再有朦胧的抒情

受伤的爱默默哀怨

受辱的情悄悄哭泣

1986.5.19

枯　叶

风吹开绿潭的浮萍

摇醒思念　孤独　忧郁

寂寞　山间的枯树

吹落一树桂花

捡起一片嫩叶

代替勿忘我的香馥

捎来绝望的信物

希冀　少女的枯叶

碾碎一颗春心

追回一瓣圣洁

南国红豆擦干眼泪

执拗地索回长久相思

枯叶　初恋的别礼

带血的鲜花和明眸

在纤细的手心凋谢

1986.5.24

妹　妹

妹妹是山间的流云

流进旷荡无羁的灵魂

妹妹是林中婉转的夜莺

搅乱坦荡无忧的神经

妹妹是雨中流淌的小溪

冲洗傲慢无瑕的宁静

妹妹是完美无瑕的精灵

抚爱群峰的多姿温情

妹妹是标准的天真

显示非凡的才能和自身

1986.5.24

沉　默

残阳落在竖琴上

波动沉默的音符

凤尾竹上的露珠

滴落　弄湿少女的长裙

暗淡的光吻着夜晚

这一片如云的原野

窗台外的深情的绿

温暖着灵感枯竭的神经

用遥远的故乡换梦

沉默是最好的墓葬

搬开压在心中的金字塔

承受白蛇的戏弄

捉住远去的情人

逝去的光阴

1986.5.27

徘　徊

久

　久

　　徘徊

爱的迷宫

　分享

　　浪

　　　漫

久

　久

　　徘徊

情的边缘

　饱尝

　　痛

　　苦

　　忧

　　郁

未曾有真正的爱情

尽管总讴歌心灵

心灵的萌动和兴奋

未曾见真正的亲吻
尽管总抒情自然
海洋泣着月儿的光辉

再度在爱情路上徘徊
徘徊进孤独的空巷
曲径终端奇异的花朵
诱使冒失者再度巡行

再度做相思的美梦
拉长缠绵爱情的痛苦
寂寞蕴藏希望的叹息
滑进鸽子系列的眼睛

吹一曲妈妈恋爱的小夜曲
眼波流溢进迷人的夜色
趁苍茫时分把他召唤
矜持是少女最妙的语言
骗得过我的心

骗不了空中的云彩

演奏一支现代爱的狂想

让理想的女神尽情狂欢

趁黎明还没降临让他沉睡

沉睡是少年最好的希冀

死去的是轻浮天真

送不走心中的犹豫

细草丛发出苦恋的和弦

曙光碰碎痴情的丧钟

多一次别离多一次宁静梦幻

少一次相见少一次欣喜从容

久久

　　徘徊

爱的

　　迷宫

久久

　　徘徊

情的

  边境

边境饱尝

  痛苦

  犹豫

迷宫分享

  纯情

  浪漫

1986.6.3

呢　喃

让丧钟敲响梦中的呢喃

虽然你离我的心不是很远

让群星闪烁取代夜晚

虽然正是明朗的白天

你说不愿像妈妈那样再当织女

总是纺着遥远　遥远的经线

妈妈总是辛勤地忙碌

把思念的纬线撒得很远

我怕我还小只有男子汉的勇敢

呢喃中只想吻吻你的脸蛋

爸爸总是挑着生活的艰难

像一个纤夫拉着妈妈的金线

我们都回到世界的童年

探寻自然用成熟的双眼

经纬网在地球上重新诞生

用的是妈妈用过的针线

人类就这样织出阳光幻想

宇宙永无休止地繁衍消散

岁月就这样织出绿荫希望

思念永无休止地诞生伸延

都还小我们不必在绿荫中顾盼

还是用天真表述爱的内涵

把一个深情的愿望寄向他方

让燕子衔回梦中的呢喃

1986.6.5

潜　影

不用再去幻梦中寻找爱的潜影

不用再去空谷中寻找情的幽灵

你本身是一个快乐的尤物

撕碎了爱的狂欢情的天真

不必又去云中迎接那颗流星

不必又去黑夜悄悄哭泣叹吟

我本身就是一个永恒的秘密

完成了爱的旅程神圣的使命

一切都虚假包括对我的信任

一切都无聊甚至对你的热情

去深山变作悬崖枯树的叶脉

化成一张书笺取代心中的阴影

1986.6.11

大　地

渴望是鹰

飞进地球的心脏

探寻母爱的奥秘

渴望是泉

涌出爱的地平线

寻找大地的情人

幻想鹰在泉中遭难

大地再放出挪亚方舟

剩下一只

　沐浴过温泉的鸽子

柔驯地依偎着天空

抛撒出飘香的花瓣

1986.6.13

洁　白

洁白的信纸

注入强悍的力度

化为空气的流浪者

　　流浪的乌云

带着满怀愁绪

相思任暴风雨冲刷

幻想有洁白的世界

心爱得如此深沉

尽情陶醉的只是温柔

　　温柔的小雨点

和着人类起源的遐思

相思在黑暗中徘徊

1986.6.15

殷 红

殷红的梦

撕碎黄色的幻想

　蓝色的波光

殷红的血

浓缩绿

　　　人类进化的坟场

变幻的色彩

粉饰愚人的偶像

　黑色的画廊

变幻的残梦

陶醉色

　　　青年冒险的远航

殷红的是梦

梦却没有这般芬香

殷红的是血

血却不在神经荡漾

1986.6.19

地理学的探险者

——致 L

你属于沙漠的石砾

那里收留少女的温柔

幻想荒芜上布满仙人掌

想娇嫩的嘴唇

吻去寒冬的刺盛夏的朝露

愿人间每一个少女

都如此般失掉温柔

戈壁滩上肆虐的强光

吞噬女大学生的纤细

赋予男子汉的粗犷力度

先行者的足迹撒播

遥爱创造的绿洲

作别自身的胆怯

　无聊的碎语

用深情的吻

融化高原的雪峰

荒原是我俩的归宿

1986.6.19

爱的绝望

——致 M

棕色城

死神的古堡

沉闷气象

渲染灵魂

慈悲

人生的闹剧

在棕色城公演

少女带有野性的疯狂

少年捡回原始的呼唤

1986.6.20

候　鸟

是青春的候鸟

报道着季节的更替

诗人敏锐的眼睛

触摸太阳的色彩

探究世界的灵魂

是季节的候鸟

报道着青春的更替

捕风捉影的神经

触摸世界的光辉

季节的候鸟

编织岁月的经纬网

爱情凝结为一个定点

在时间流水的光波中

成为永恒的涟漪

1986.6.20

梦　太阳　月亮

白日可以做梦吗

当然

白日的梦

　　更

　　　甜

我怕太阳

月亮正在做梦吗

做梦

月亮的梦

　　更

　　　酸

她怕团圆

1986.6.21

殉　道

甘愿做爱的殉道者

扫除世间的一切信仰

留下一个小小的吻痕

天涯相思的渴望

甘愿用轻浮和天真

追加在爱的天平上

再放上沉浮的砝码

作为殉道者坚贞的月光

甘愿欣赏爱的如潮蛙声

欣赏绿叶中小鸟的歌唱

骄阳投给大地斑驳的光影

爱的枝叶掩饰着阳光

甘愿把心放开

让情的狂澜尽兴奔放

冲破世俗牢笼的偏见

殉道者回到你的身旁

1986.6.25

轻　盈

轻盈的是你的腰身

轻盈的是你的朱唇

这都不是我的追求

让我着迷的是你的春心

浓妆不能诱出少年的兴趣

淡抹真是少女的轻盈

轻盈仅仅是你的微笑

微笑的热情　微笑的天真

让我着迷的是你的春心

让我倾慕的是你的灵魂

轻盈的你是维纳斯的天使

轻盈的你是丘比特的女神

1986.6.26

嫁　接

巧手能够缝补友谊的创伤

却不能够复活爱情的破镜

用最纯真最完美的目光对待人生

无法掩饰虚伪的光阴虚伪的痕迹

嫁接起破碎的时光破碎的希望

却不能复活破碎的爱情

既然一切都呈现出破碎

何必再哀叹心上人的绝情

总是在矛盾中嫁接犹豫

总是在犹豫中寻觅知音

黑暗踱进窄窄的爱情的空巷

幻想维持情天恨海的平静

1986.6.29

魔 鬼

魔鬼又有什么可怕

是人都是人

与其周旋于妖娆的女性

不如去抚摸魔鬼的灵魂

试图给魔鬼以亲抚的安慰

何况对待芸芸众生

本身就是一支善爱之歌

何必去奢谈专一的爱情

不必再奢谈爱情的坚贞

却渴望得到你的亲吻

愿自己是一个真正的魔鬼

去到阴间也要攫取你的春心

1986.6.29

膜　拜

凛冽寒窗上的冰花

做着与室内温暖拥抱的梦

本身应该是水火不容的仇敌

水却膜拜火

　　　　火的热情

火却膜拜水

　　　　水的温柔

做梦早已是爱的嗜好

希望却总在阴影中生存

本身应该是北国红豆

我却膜拜你

　　　　你的梦境

你却膜拜我

　　　　我的多情

1986.7.11

孤　寂

要走了要走了的是云

唯有云才如此天真动人

要回来要回来的是情

只有情才有顽强的生命

试图去残绿中寻找栖息地

残绿胜过孤寂的低吟

郊外的墓窟不可抗拒的诱惑

只有那里收留坚贞的爱情

渴望流水的孤寂

赋予生命真正的含义

受苦吧——炼狱的折磨

换取美丽的孤寂的生命

1986.7.12

虔　祷

用得着丘比特再发一次神箭

用得着维纳斯再掉失望泪水

不都不用不用心灵的虔祷

不都不用不用心灵的虔祷

爱神的语言总带着无聊

我只虔祷你的天真天真的纯情

不都不用不用心灵的虔祷

甜言蜜语总孕育灰色的爱情

我只虔祷你的纯洁纯洁的忠贞

去快去快去进行心灵虔祷

向大地祈求唯一深沉的爱情

趁天边的云浮起淡黄的光辉

1986.7.12

帷　幕

解开心中的秘密打开青春的帷幕

让裸体的爱情暴露无遗

光天融化日子融化早熟的爱

情是无聊生活中青春的天使

解开你的眼神揭开你的面纱

让纯洁的少女裸露变幻的心境

人生道上短暂的相思短暂的停留

帷幕的图案粉饰心灵的花纹

如蛙的潮声震荡飘逸的流云

不安的灵魂收藏天籁的平静

浑然一体构成我们相爱的庙宇

洪钟唤醒了沉睡千年的爱情

揭开帷幕揭开少女的天真

揭开帷幕揭开了少女的纯情

1986.7.19

痕　迹

流行声的翅膀扑打着时代潮流的季风

流行声的潮汐絮语声中唱奏痕迹的旋律

天真的少年过早拥抱少女的天真

残留下生活的痕迹感情的别离

是孤独的单相思陪伴思念的甜蜜

是无聊的空盼搅拌徒劳的希冀

啄木鸟好心啄树啄去心灵污垢

懒散地摊开四肢任凭鸟儿传情

用森林的绿的膏药贴上这片痕迹

微风细雨暖化日趋冷酷的雄心

用新的创伤的金线缝补防护林的断带

荒凉的沙漠变成绿色的草坪

1986.7.19

咀　嚼

咀嚼——你的我的

爱的咀嚼的痛苦

在细碎的情语中蔓延

你的我的

还有第三者——她的

封封撕碎的情书的纸屑

嘲讽似的嵌进空虚的牙缝

任金刚石的硬度肆意碰撞

咀嚼苦恋的甜蜜无知

最后的目光留给别离的早晨

喂给贪婪虚夸的感情

长年咀嚼爱的阳光爱的新月

友好地话别　话别　话别

本能地咀嚼着爱的黑夜

1986.7.18

影 子

一

我走进你的影子弹着大山的旋律　哼着朦朦胧胧的乡村小调　走进你的琼光摇曳的少女的影子。

湖光山色是少女的梦点缀出的美丽。你是梦的真正主人。

你的岁月的年轮是那样的清晰　一湾清清的泉水一潭清澈的飞瀑　你的心灵的窗户是那样的明净——一双凝望的神思一对顾盼的明眸。

你的少女的青春是那样的温柔——柔情似歌　柔情似新月　柔情似繁星。

玉树琼枝间留下你徘徊沉思的影子——这令人陶醉的微笑的倩影。

我走进你的影子　依着你的柔情　吻着你的情思。

1986.9.1

二

你的影子是一个迷人的幻梦　被我的泪水浸润求得生存的机会。

彩虹是美丽的　弯弯的似幸福的金线　让牛郎织女欢聚。

我不指望升天　踩着彩虹的轨迹。

我只渴求暴雨过后　在清新的空气中　从彩虹的倒影一端走向另一端　从我的影子的心走向你的影子的心。

在那无尽的旅途中　一个神秘的声音顽强地回荡在有限的空间：

都是在实在的地上　惧怕什么呢?

1986.9.1

三

天籁之间　仿佛有一个游移不定的影子　一个屈就的情种不屈的灵魂　一个被爱戏弄　又为爱无谓地殉情的爱的倒影。

初恋梦幻般光临　梦幻般逝去。

青春梦幻般游荡　梦幻般夭折。

无期的　无聊的　痴心的　梦盼的影子　不知风在哪

个方向吹　浮云流向懊悔绝望的处女地。

——

一个宁静和平的去处。

……

一个静映心灵的苍白的小巢。

……

一个陶冶性灵的小小蜗居。

1986.9.2

华蓥断想

一

大山坡上孤寂高傲的零星的野百合花

是一位渴望阳光来采撷素洁的相思女子

二

凌晨的茫茫雾海浸没浑然一体的

群峰的温柔和刚劲

古松盘直倒倚在神旷心驰的峭壁上

一朵彩云悠悠地飘过雾海

云游中真的使者降临

三

向上的令人心跳的山路

铺出一个仰望真理的美梦

净化一颗浑浊的心的泉水

一个如魔驱使的丑恶心灵

云淡天高　山秀水清

陶冶朝拜者本是圣洁的恋歌

1986.8.18

四

山那边是海？

月光下　残星问我。淡淡的月儿

弄潮似的残弄着我的羞愧

那边真有海吗？

夕阳下　我问余晖。浓浓的余晖

好心地抚摸我的眼睛的热情

五

不再想你　不再……永远——

心总是叮嘱奔流的爱的情感

理智总是试图封锁已被你的天真

打破的蛛丝般细腻晶莹而圣洁的金线

感情在撕破的蛛网上摇晃

你织的网罩住了我的心

你的心化作一只无奇的善良的蜘蛛

时刻准备再走破裂的情网

吐出遥爱的情丝

六

葱茏的丛林蕴藏感情的纯真

友谊和爱情都是山泉冲刷过的山石

山民的心是纯朴忠厚善良的

纯朴得如飞花溅玉的飞瀑

忠厚得如孕育灵魂的黄土地

善良得如烈日下的绿荫

七

大巴山是华蓥山的情人

两座山合成了川东古老而美丽的故事

川东过去是汪洋两座山是两条自由的游鱼

汪洋将云游他方两条鱼却留恋故土的气息

汪洋终于不辞而别

乘风归去四川变成了盆地

两条鱼演变成两座山

地之子永远踩着了坚实的土地

八

天池化石奇异的白岩

仿佛进入一个光怪陆离眼花缭乱的

仙界

把眼睛遮上吧！用雾的光彩

用光的变幻用变幻的心的最高境界

不只把眼闭上　把摄影机抛开

心门开启足以装填美的花环

九

崇山峻岭是大山的旋律

舍身崖绝壁上的望夫石上

一棵饱经沧桑的黄桷树

却在耐心地等待　等待

是等待坚定的情人

还是等待多变的云彩？

"妹是树上的花哟　哥是树下的河……"

凉爽的风吹摇落飘香的花

吹摇落树上成熟的歌

十

走进自然探索自然的奥秘

走进阳光嗅着阳光的滋味

心都被自然和阳光净化了

无私的天真重新放上人生的天平

是山的儿子　自然眷恋大山的气息

是海的女儿　自然依靠大海的呼吸

热血都被大山和大海的温情感化了

人生的征程上重新闪现

山的希望回荡海的呼唤：

是山的儿子　自然勇敢胜过父亲的粗犷

是海的女儿　自然善良超过母亲的温柔

　　　　　　　　　　　　　　1986.8.18

你不再是一个纯洁的女郎

一

孤独的雪花

唱出旋转弥漫的夜歌

不再是纯洁的女郎

不再去独处的深巷

凛冽的天宇

弹奏成奇彩的希望

过去是纯洁的女郎

过去是太阳的偶像

唱一支缥缈的恋歌

献给你　深爱的姑娘

愿他能如我一般痴情

愿你永远有纯洁模样

夜空浮起皎洁的月光

沐浴我真诚的幻想

1986.9.8

二

道一声永别　诉一声惆怅

别了曾使绿水倒流的女郎

去爱的漩涡承受无聊蛊惑

去深山古寺显现纯洁模样

是一位绝对白洁的女郎

是一个永无烦恼的迷茫

别了曾令青山秀色横溢的女郎

天真是湖泊明镜的反光

我久久思念过去的甜蜜

甜蜜是我的美梦的凝固

甜蜜是我的相思的故乡

别了心爱的女郎

愿他能如我一般爱你

愿你的月儿常在我心上

1986.9.8

秋之恋

慰安

书的夹缝

塞进一点慰安

书的扉页

题上一首春诗

慰安远方的河床

吟咏故土的溪畔

海天之遥不算很远

这里有拉长的时间

叹门外的脚步声

不曾有你的缠绵

悔常青的树叶诗笺

不曾有我的慰安

慰安　慰安　慰安……

我的心里塞满了对你的思念

1986.9.8

情　丝

剪不断你往日的情丝

黎明的梦

唤醒你的邮吻

吹落我的泪痕

原来

分离以后无生命的开始

过去

永远填满悔恨的星辰

一闪一闪

晶莹的泪珠

湿断永久的情丝

黄昏絮语

思念的梦种

播进刻骨的相思

1986.9.10

秋　雨

初秋的雨点

匆匆追随盛夏的炎热

少女的情窦

轻轻飘进少年的怀春

淋湿腐烂了落叶

秋雨完成了落叶的再生

先行的风一声长叹

积雨升级为落叶的情人

秋雨光临

落叶升腾

秋风情不自禁

化作半途而去的灵魂

1986.9.10

夜 光

孤独的夜撒播飘忽的萤火

闪闪烁烁闪闪烁烁

流进深秋鸟儿的噪鸣

唱出痛悼夏日山洪般的悲歌

夜光　啄木鸟锐利的眼睛

　　　猫头鹰刺人的目光

深秋的夜

回荡夜莺孤寂的长鸣

抛洒出朦胧的思念

寻觅难忘的往日的甜蜜

夜晚闪电划破黑暗

照亮两颗受误解的年轻的心

白日的雷鸣镇压天宇

覆盖着两个殉情的快乐的灵魂

深秋的夜

掩饰夜雨惆怅的哭泣

濡湿了圣母神圣的胸怀

婴儿永远恋着慈祥的母亲

童年的摇篮仍悬在半空云中

帷幕是天宇　保姆是星星

夜光化作温柔的棉被

轻轻盖着婴儿的梦

一个眷恋母亲恩抚的梦

幸福泪水悄悄把生命唤醒

深秋的夜

点缀夜光斑驳的天真

净化了大地天涯海角

天真永远追随真正的爱情

少年的春梦过早孕育

少女的遐思过早苏醒

在这个庸俗的尘世

一个喜剧般的恋爱问世

一个悲剧般的结局诞生

深秋的夜

游移流逸的爱的影子

等待着柳芽上精灵降临

一阵春风吹落弥漫的情思

一场秋雨砸碎浪漫的抒情

风正在轻轻地吹

雨正在缓缓地滴

心却仍然在为你燃烧

我的凝固的爱

我的凝固的生命

不再返回不再返回

深秋的夜

描绘森林淡绿的小径

曾是一条堆满甜蜜的小径

曾有一对满怀希望的情侣

曾是一路细长充实的情话

曾有一个山盟海誓的森林

一切都已离去

离去的都是一切

除了小径

  现在孤独的小径

我为你低泣为你低泣

小径 我生命的象征

深秋的夜

飘散着夜光永恒的沉思

1986.9.17—23

怀 春

一般的愚昧

一致的怀春

不再为春的遥远空盼

不再替冬的残酷抒情

一样的风雨

一瞬的恋情

难忘夏日忙碌的耕耘

难忘秋天收获的甜蜜

抚摸着疯狂的风雨

抚摸着收获的恋情

始终如过去一般愚昧

始终有将来一致怀春

1986.9.25

迁　徙

从故乡迁往故乡

从新居迁往新居

乔迁之喜会冲淡啼血的相思

高升之乐会洗刷铭刻的记忆

不敢相信不会相信

走了　一阵风

飘荡的云

去了　一阵雨

初恋的潮汛

在一起总浪费时光的珍贵

长相依不会有永难忘的雅致

走了　一朵浪花

脱离了江河的轨迹

去了　一片嫩叶

抛弃了树干的吸引

在一起总是充满矛盾

多情地闯入多情的回避

多可笑地回避多年的回避

因为坚信后会有期后会有期

多可笑的邻居长年的邻居

因为确信殊途同归　殊途同归

命运真会开玩笑　捉弄人

一夜之间奇迹后会的佳期

就这样分别没有再见

更无过去长久的凝望

多情的楼道洒满你痴情的泪滴

你走时　故乡的楼道

曾无情隔断两颗觅春的心

在隆冬重演了封建的悲剧

你走时　不曾见我的身影

我回来只来寻找空空的回音

真没料到最后一别

是那时回避的眼睛

或许正充满爱怜和愤恨

更没料到最后一别

竟没有一丝悲痛

因为谁也不知会有悲剧发生

就这样离去　离去

给我留下终生的悔恨

就这样离去　离去

给他留下哀怨的眼神

一双多么令人恐怖的眼神

永远　永远伴着我孤寂的一生

1986.9.25

斜　晖

深秋的流水洒满你离去后的斜晖　你是阳光却没有留下满圆的月儿。

深秋的夜晚流荡着我寻找你的踪迹的无望的叹息　你是我的生命　却没有给我留下生命的希冀。

我去寻找归宿——灵魂的安静　在大海　沉浮于滔滔波浪的虚空。深涧中　在大山　跃身进游云缥缈的黛绿山坳间。

难道爱的舍身岩真是水的天才生命的归宿？

我的生命残存在你的余晖中　残喘　痴望……我的第一位　最后一位情人。

生命的余晖混合着迷渺的希冀　不管流浪何方总会依偎你最后的一点斜晖。

1986.9.27

朝　露

朝朝暮暮　暮暮朝朝。

星月变换时光流逝……

白驹过隙的崖缝里　生长出取代灵芝的小草　朝露晶莹地缀挂在嫩嫩的洁白的草叶上。

阳光从古庙的废墟里的供台上冉冉升起　山风咀嚼着残碑断亘上的古老的文字　讲述着一个阳光投射到瀑布深潭而产生的粼粼波光的奇遇：

一只绿潭的金鱼迎接了波光这位高贵典雅的客人　洁净的泉水净化了两颗年轻的心灵　聚拢　拥抱　相思　亲吻……没有一丝恐惧一丝犹豫。

淘沙为这对情侣发出兴奋欢乐的金黄色的光彩　只有螃蟹把嫉妒的横行的思绪悄悄带进窄窄的石缝中……

这是一个未完的真实的故事　有一朵孤花盛开在孤坟头上便是故事的依据。有一个爱的婴儿在少女的纤指　少年的胸怀诞生分明是故事的奇迹。

阳光从古庙里的废墟里的旗杆下徐徐落下　浓浓的血喷洒进西方的天空　不能再去西方取经　不能残阳如血地毁灭

自身　清晨的朝露早已随着太阳的再生而消失进博大的地域中　为滋润万物退出微薄的生命。

　　血落下了　朝露放弃了去西天的欲望　平等地等待着黑夜降临　黎明诞生。

　　朝朝暮暮暮暮朝朝

　　星月变换时光流逝……

1986.9.27

云中君

一

蓝天白云的灵魂

透出伟丈夫的深情

现代城市豪华设施

不曾有丝毫美丽

心 一叶扁舟

荡进疯狂的夜风

江雾一阵昏眩

一首歌在心中

回荡 回荡

那一首永久的梦歌

二

云雾多浓夜色多深

你是我的　我的梦

我是你的　你的云

云海的灰茫迷离

梦中的云心旷神怡

飘进反思的记忆

云海　一片激动

一朵花在心中

开放　开放

那一朵永恒的梦花

1986.10.7

旧情难忘
——致 M

告　别

告别永久的痛苦

沉重的哀怨

不管风向哪个方向吹

爱的旅途多么黑暗

复活过去刻骨的梦想

痴情的空盼

两个遥远的相聚梦

复活在两个亲吻的丛林间

是梦——流云

这样缥缈？这样温暖

是花——种子

这样坚贞？这样勇敢

暮霭染绿了枯萎的嫩叶

两个相思如棕紧缠树干

夜风摇醒了沉睡的依偎

深秋雕琢出情话的浮雕

温暖的夜融进温暖的色彩

温暖的话温暖了温暖的夜晚

毫不犹豫告别爱的空巷

坚定地踱进

踱进情海的边缘

心不再如以往阴郁哭泣

快活地飘进

飘进相爱的乐园

一滴滴朝露落湿心的冷酷

我的心　我的爱连同梦

都涌进你的忠贞的雨伞

1986.10.15

相　思

连接起相思锦的经纬网

天涯浮现一轮柔波似的月亮

相思的目光摄走粗犷的能量

相思泪弄湿孩提时的幻想

拾起了红豆连缀的梦

唤回了爱的变幻波光

心不再如我深爱的姑娘

以往永远静谧的思想

让宇宙的丧钟在云中回荡

愿坚贞的爱情永远顽强

相思铺满爱的旅程

甜蜜的痛苦追逐星光

1986.10.19

伞

你说你是雨伞

遮挡住恶雨的侵袭

我的爱带来初春的柳芽

两颗心在高压中盘旋

我说我是雨伞

烈日中撑开绿荫

你的爱捎来盛夏的凉风

两颗心在纯情中长眠

我们说我们都是雨伞

我是伞架你是伞面

风平浪静伞在小憩

紧紧依偎在危难之间

1986.10.19

孤　帆

日边一串孤帆

荡进宇宙

宇宙的美梦

撕碎和风

和风的温柔

摇晃着　呻吟着

怒吼　呼号

不羁地放荡者

在情海的迷茫中

尽情摇曳

尽情游离

是一叶普罗米修斯

盗火时留下的孤帆

点点帆影　昏暗

维纳斯定情的信物

装饰了蓝天的窗户

嫉妒　争风吃醋

雅典娜正扮演

第三者——挑战者

世俗的反叛先锋

一叶孤帆

吴刚伐木时桂树

掉下的一片希望

飘进嫦娥初漾的春心

爱复活了

春复活了

开天地的磐石

也倒进女人怀抱的温柔

1986.10.21

碧　波

碧波里一潭春水

引诱了感情的细腻

山石复苏群峰的歌

夜　从成熟走向遥远

爱　从今天走向明天

颤抖的血凝羁绊

初萌的感情　玫瑰色

夜　静谧孕育着

初恋的亲吻　吻去昨日

怨月色太亮心跳太快

盼黑夜来临碧波初澜

山石是群峰忠贞的情人

泉水叮咚冲走

人生青春的冒险

1986.10.22—25

冬　江

半天云中

垂下一个巨大的惊叹号

拖着沉重的驳船

爱的逆流浪卷进

初冬阴郁的江面

失望

悔恨

迷惘

旋律　在静静的沉默中

回

荡

1986.10.26

圣　手

嫦娥：听伐木声声我要飞去

维纳斯：风流桂树岂可追觅

丘比特：女儿　带上我的神箭

吴刚：归去来兮回去来兮

一

维纳斯用断臂填满了人类的空虚

填满宇宙的黑洞　感情的深潭

枯竭了灵感——

那断臂：维纳斯的手

如慈母的纤指　轻拂去

地球的眼泪　人间的愁怨和尘埃

那双维纳斯忍痛割爱的手

作为嫦娥姑娘奔月的献礼

多么珍贵庄重的馈赠

维纳斯竟没有哭泣　凝望的哭泣

不怨丘比特太无聊　做父亲不称职

不怨吴刚伐木太多情　做女婿太风流

（桂花飘香吸引了自己的女儿舍不得离分

忍受不了分离）

嫦娥的春楚深深铭刻进母亲即逝的灵魂

嫦娥独奔带走了维纳斯当年的妩媚

是欣喜的眼泪　随星光

飘洒进反叛的空间

嫦娥天真地遐思用玉兔

驮回像驮回了九个太阳

吴刚的敦厚注满了温柔的阳光

是飘进的和风随嫦娥

横扫过茫茫宇宙

古老人间的情话响彻天宇

听！玉兔正咀嚼着青嫩的草

二

献出了给情郎的礼物

母亲的手　父亲的臂

手仍然有青春光彩

箭仍然有青春魔力

丘比特的这支箭

射中了维纳斯的巧手

爱从手上诞生　没有戒指

多情的抚摸赶跑了世俗的碎语

娇秀的嫦娥正是铅箭的结晶

这是母亲的生命

愿你像她一样爱我

这是父亲的宝物

愿你的箭永在我心窝

……

嫦娥依偎着吴刚

轻轻诉说　轻轻诉说

玉兔依偎着嫦娥

默默祝贺默默祝贺

桂树抛洒下浓荫

阵阵流过阵阵流过

"嘴唇可以代替手

斧子可以代替箭

烘热女人的新的野火

最好用斧子劈下的桂树碎片"

这是男子汉悲壮的誓言

现代的狂风送走吴刚的情话

很远

——很远

三

失去了掌上明珠

一艘海船失去了风帆

维纳斯失魂落魄

丘比特梦想涅槃

……

懊悔却无怨恨

维纳斯回味当年的勇敢

浪漫恋爱只能用手象征

发狂的冲动　压抑的情感

欣喜　却不赞赏

目睹到时代的进化

爱情　疯狂的自由

女人是男人的全体

男人是女人的大半

反省　猛悟出爱的真谛

一道闪电划破传统的黑暗

托流星捎来爱的双臂

拥抱？好的！柔柔的双臂

温暖母亲的摇篮

手　双臂　赐给叛逆的爱女

维纳斯想到了自己的朱唇

忏悔　内疚　淡淡的忧愁

凝眸。她成了人间受宠的爱神

谁说她是断臂的　无手

你怎么没想到千手观音

1986.10.31

回味初恋

——致 M

爱的温柔赶跑你的懦弱

孩提天真迎回我的勇敢

愿你的歌永在我心中

有你的笑我不会孤单

过去总叹息云太远太远

现在却不怕山高不可攀

妹妹你是云彩山河的飞泉

濡湿我的心笼住意马心猿

每一声保重蕴蓄下次见面

惜别的吻总吻去疑惑遗憾

要能见面我愿充满误解

误解是苦苦相思的根源

1986.11.15

天　河

一条颤抖的河

颤抖的河

隔开茫茫夜

无家可归　游子

流萤般流荡　流浪

流进初冬的茫茫雾中

无光——淡淡的光

天　茫茫

水　茫茫

半圆的月牙苦笑着

悬在孤寂的东方

心茫茫

情茫茫

希望的晨曦恐惧地

落进山洼躲在

旷寂大山坡的百合上

忠贞的落叶喘息着

刚飘出爱的空巷

聚拢　疯狂的热情

疯狂的爱束缚着自由

失去自由以后的放荡

母亲的心

那条河

代沟填满误解——乌云

没有照射到阳光

阳光一串梦中迷茫

落进渴望的希冀

那条情海里的河

延伸出风暴中

狂风卷起了巨浪

静夜洗刷了苍茫

1986.11.11

脚　印

踩着坚实的大地

向前　徘徊　留下深深的

　　脚印

　　　　毁灭

遮挡住时光的夜风

蹉跎　欢聚　飘荡匆匆的

　　感叹

　　　　挣扎

真诚的爱少女的镜子

复苏了少年绝望的痴盼

广袤的沙原留下一排排

迂回曲折的空虚的脚印

泥沙灌注了脚印的空洞

荒芜上有了外流河

那行脚印蓦地化为清泉

少女欣喜的泪使河床伸延

1986.11.18

回　避

为何要躲过懦弱的世界

为何不把小船划出港湾

任凭巨浪卷走唯一希望

不会回避　不会回避

巨浪　荆棘　狂风

跟着我攀上山巅

去殉我们的自由

追寻我们的恋爱

握着你坚定的纤手

抛弃这个荒唐的世界

任凭命运折磨浮萍飘打

天涯海角总有我们的爱

不管一切　一切不管

只将小船划出港湾

不会孤单　不会孤单

高傲的海燕正在作伴

1986.11.20

小　照

雕栏玉砌

中国古典的淑女

假山花树

在水一方的好述君子

是在荡秋千时的嬉戏

在凝眸一视中的追忆

又是那一双使我心颤的眼神

一枝杏花　伸出

几千年厚的封锁

接受蓝天白云的抚摸

细细推敲你的小照

哦！是少女的春心

镜子

复活着我的春梦

1986.11.20

想

一只小鹿在唇边跳跃

总忘不了你的爱你的歌你的情

我一刻也不能安宁不能熄灭思念

落花拒绝不了大地的诱惑

尽管大地胸怀宽广　慈母善良

落红化成春泥肥沃着

小鹿小憩的鲜花

鲜花不盛开心不会狂跳

和风不拂杨柳柳絮不会轻飘

我没有隐士的闲暇商人的富豪

怎么要喂养这只小鹿不把它放跑

噢！心是你的活在心中

时时刻刻总在寻找

想着盼着盼着想着

小鹿快来这里青草在祈祷

1986.11.20

微　盼

说是微盼

心中的一点绿

十片桃红

风景凋零

落入微盼的梦中

说是相思

黑夜中的一点黄土

十束光亮

相思破碎

撒入晨雾的朦胧

说是惊慌

相聚里的百种欣喜

千般嗔怪

痴情复原

融进亲吻的旋律

1986.11.20

忘　掉

梦藏进嘴唇

爱藏进勇闯禁区的手

忘掉吧！亲爱的

忘掉长亭别绪斑竹泪水

手不要挥得太急

头不要埋得很深

奏响吧！亲爱的

奏响江滩汽笛

　　草丛唇音

泪流淌进隆冬

情流淌进寒体

忘掉吧！亲爱的

忘掉渺茫的云雾

　　老人的忧郁

1986.12.3

回　归

自由回归

浪荡回归

独自闯进角斗场

血洒微笑的霜花

眷恋山野的山鹰

没有后悔

独自腾飞

爱情陶醉

事业陶醉

孤独是待亡的生命

狂吻厚实的泥土

不愿拖累洁白的天鹅

让她回归

让她回归

1986.12.3

弧

是一条线

是一个圆

什么都不是

只是一条弧

弧形线

战栗着呻吟着

挣扎着欢歌着

由一条刚直的线

延伸成一个圆滑的圈

苦恋寄居在圈内

画着一个又一个团圆

圈儿悠悠回旋

吐出一串串泡沫

　　一串串泡沫

1986.12.10

小 舟

划进荫绿的叶脉

涟漪

  带走飘零的孤帆

  声声遥盼的回音

明镜湖水

山色点缀帆影一点绿

绿色的梦中烘烤着

绿水载小舟的深情

上帝挑点灯笼

讲述新的天方夜谭

导航

  风慢慢地走着

    走着

梦揉碎进碧波

我们都成为梦中的一束光

1986.12.12

轻　轻

轻轻躁鸣

　　轻轻

轻轻呼唤

　　轻轻

轻轻依偎

　　轻轻

轻轻热吻

　　轻轻

轻轻是恋爱的娇女

柔和的媚态的冷静

婴儿出世的啼哭

对世界的首次微笑

也是轻轻

轻轻

　　轻轻

1986.12.14

My Darling

沉浸进冷色

街心花园砌满

荒诞的图案

原始的图腾

沉睡进现代噪音

心焦灼　旋转的迪斯科

陶醉在江面游艇的桅杆上

高耸的桅杆折断

倒曳进静谧的江底

远方　山在流浪

Darling　吉卜赛女郎

天籁回音响彻心中

触摸到初恋的旋律

等待紊乱的心情

天外电波一声

伸展开抒情的翅翼

拍打来自西伯利亚的寒气

拉开硬弓

射穿野旷悲鸣的猿声

My Darling

天国流浪的高傲女神

不俘虏一切温柔

只俘获我的春心

痴心痴情

迷迷离离

　　离离兮兮

My Darling

情海荡舟孤单

追随孤单的感情

1986.12.13—14

等　待

就这样慢慢地等待
等待我的生命复原
用急促的呼吸赶走
无聊时光的久留

就这样渴盼你回来
回来我梦中的云彩
用焦灼的月光占有
大地对落花的恭候

就这样让你离开
离开我生活的食盐
用嘴唇的画笔虚构
下次欢聚的颤抖

1986.12.14

严 厉

不曾见过你这般严厉

亲爱的你板着笑脸

眼睛大声地训斥

"不争气小傻瓜

贪图享乐忘了进取"

不曾见过你这般严厉

匆忙赶来不辞千里

亲爱的你格外冷酷

声音骤然消失

"理解我小宝贝

苦尽甘来先多受受罪"

我凝神回味久久

回味

——勇气

——柔语

1986.12.14

盼

匆匆出走匆匆飘荡

冷清的爱夜凄婉的歌

脚印缓缓而杂乱

踱进了候鸟辛酸的翅膀

我总盼着心中的候鸟

何时长久依偎你的羽毛

一天又一天时光远去

却盼不到你的踪影

盼　空盼　遥盼

你宝贝心上人

黎明前黑暗浓郁

还掩饰不了渴望的乌云

哪怕只保留一个梦盼

那个梦

　　那个风流女神

跌碎了雾

　　跌碎了自身

面前明明是一个陷阱

一脚踏去

当然不是暖暖的火坑

1986.12.27

梦的白石

做过了一个梦

永不后悔

送走了一次爱

永不再临

梦——爱

爱——梦

一串发狂的苦笑

一串疯狂的铃声

梦得太早醒得太快

白天的梦不残缺

夜晚的梦成幻影

点燃了地狱的野火

吞噬了少女的热情

地太沉　天太冷

歌太响　心太清

悲哀只为浪荡岁月

欢乐只为复仇公子

做过了一个梦

永不追忆

　　永不追忆

失去爱失去秋日的枯叶

枯叶飘散

谁还吝惜

　　谁还吝惜

也不会在悔恨中远去

爱只有一次绝不重复

失去了你失去了我的心

假如醉倒沙场

斗士永生的归宿

血不会让记忆破碎

破碎那点甜蜜

深夜两人共享的天真

心定两人都在做梦

你的盼在夜里朦胧

我的盼在昼里清醒

仍如以往痴痴地盼着

盼着你忧伤的歌

　　潺潺流水

你甜甜的嘴唇

复活我本性的长吻

1986.12.24

愿

愿天边的流云

带走永久的记忆

愿遥远的笛音

带来涅槃的甜美

愿过去的恋人

永远是完美的女神

愿将来的妹妹

永远幸福新生

愿失去你的痛苦

化为永久的动力

愿终生的相思

伴随孤独的甜蜜

愿我的一生承受折磨

成为炼狱过的诗人

愿你的命运一帆风顺

在欢快中完美人生

愿世界总充满爱

我是普爱天下的流星

愿人间总充满真

你是撒播美的女神

愿天堂响彻圣歌

爱和恨交替伴奏

愿地狱不再审判

窃走天火的勇士

愿少女不再天真

天真的镜子不再破碎

愿少年不再后悔

后悔的乐章永不返回

愿世上有我就有你

永远有幸为你生存

愿你的爱永不给我

我不配得到也不愿意

愿从今后哥哥永是哥哥

妹妹永是快活仙子

愿从今后的友谊更加纯真

不再受爱的捉弄当爱的奴隶

愿我们都把爱收回

把长期无聊空盼抛弃

愿我们不再受尽折磨

只微笑着对待人生

1986.12.31

缀

为何在流星飞逝时

太空显得这样寂静

流星　流星

一串露珠一串

晶莹的眼睛

泪水

不要总是对流星哭泣

用你的眼睛换取

我短暂的爱情

1987.1.20

图　案

冥思　苦想

踱上蹉跎岁月的迷惘

两块巨石

　　屹立过的山巅

一声轰鸣的威力震塌了天宇

角落粉碎为青春的风风雨雨

在这里滑行高贵的

高傲的风雨夜归人

扑打掉眉上的霜花

一个美男子长着胡须

长长的经验之谈

无聊那一声口哨

充满野性和诱惑

女人唱起迎合的挽歌

裸露的风流和大胆

狂欢的媚态和柔情

粗鲁地爬上坚硬的胡须

拥抱着粗犷

　　吻着男人的灵魂

就这样嘴上的云彩纷飞

　　　　现代的图案

现代的图案不用画笔水彩

不用笔墨精致的线条

只管用嘴唇乱涂一气吧

会涂出一个男神一个女神

一个大佛一个圣母

千手观音也爱口红

是嗜好？你没见过

那云轻揉少女的秘密

轻轻地揉轻轻地

没有痛苦没有后悔

只有初萌的冲动

　　初萌的色馨

头枕着大山脚的泉眼

地泉汹涌渐渐地

淹没了少年的玉体

好吧！随少女去吧！

用嘴唇绘一次图案

抹一次余晖

1987.2.28

幻灭之春

一

是蓝天碧海中一叶扁舟

是茫茫宇宙中一颗流星

是飞花落红中一串残蕊

是苍白懦弱的女性和男性

幻灭本是春的底色

用不着摄像调好生活的焦距

睁大你的眼睛用放大的瞳孔

浑然一体的隆春竟冷落凋枯

去掉伪装吧——春的艳丽

痴情一片一片相思

只需梦来点缀　梦

无影无踪的光

无声无息的火

爱疯狂地流溢

涌向再一个被遗忘的角落

横行的思想哺育复仇的悲歌

一切都是假的　幻灭

生活的希望　悲哀

痛苦　大屠杀　浓浓的血淌着

心的伤口加上一把盐

少女赶走了少女的吻

重重的一击从幻想中惊醒

如梦方醒如醒方梦

梦——醒

醒——梦

是活着还是死去

仍是一个难解的秘密

做梦吧！做梦

幻灭之春梦的季节

苦恋着弥漫的深梦

梦是真正温柔的女神

让一切都来一切都去

只为疯狂的初恋的颤吻

让一切都去一切都来

只为了绝望的失恋的超脱

1987.2.25

二

用不着再用黑皮夹装缀风度

用不着再用狂吻作最后通牒

人本身是人人本身是兽

人间的爱是浑浊的野火

烧得透女神的嫉妒　烧不

透男神的冷酷——

那破旗一般灰色的男士啊

是一阵疯狂一片痴情

一个永不飘零的梦幻

男士没有青春没有

女士没有爱情没有

都不相信山那边有海

有水也没有鱼儿嬉戏

没有残红碎绿游玩的歌

山那边没有海没有

海那边没有岛屿没有

女人就是那独傲的岛屿哟

岛心高高飞舞着风向标

何苦群山总要苦恋着大河

最最现代的社会

竟没有最最新奇的观念

一扇破碎的窗玻璃破碎

一幅撕烂的相思锦相思

一颗压扁的红豆淌泪

一声哀婉的叹息凄楚

西山的夕阳仅是红豆的反光

破碎的玻璃破碎的光芒

闭上眼静静地不再回味

回味初恋的冲动甜蜜

抛弃爱情分娩的痛苦

平息感情的骚乱骚乱

镇压青春的躁动躁动

躁动

　　叛逆

　　　　犯上作乱

男人是男人的桀骜不驯

高傲　玩世不恭是大山的天性

为何要屈居小溪？即使飞瀑

飞瀑的闪光也难把山辉映

沉重的呼号悬崖上的岩石

幻灭的困惑幻灭的沉思

——是滚进绿潭怀抱

——是屹立自己的个性

绿潭　暖暖的天鹅湖

唯美的白天鹅正欲展翅

温柔强似少女的依偎

绿潭洁白的雪地

留下美丽的颤抖的足迹

奇石幻化成一片森林

填补着天鹅湖的空虚

　　　神秘脚印的空虚

一片森林　　一片森林

一片处处是相思树的大森林

就这样浪荡　　沉思　　困惑

就这样流浪进幻灭之春

就这样揭露春的丑恶

就这样刺穿春的虚荣

是幻灭之春　　幻灭之春

播不出秋的种子秋的果实

冲不破爱的迷惘情的氛围

原来是蝉和太阳共做噩梦

原来是人和兽共分大地

原来是你不爱我我不爱你

原来是情人无情的情人

爱是缥缈的朦胧朦胧的缥缈

少女　你竟然有悲惨的命运

谁会怜爱你呢生活的弱者

你踱进了绝望

　　　　踱进了幻灭之春

1987.2.30

三

真想对你说句悄悄话给你一个冰冷的吻

真想说我不爱你不爱用手指轻揉你的嘴唇

捧着你的脸覆上你负疚的眼皮

不对你说珍重再会只用沉默报答你

再来唱一支恰似你的温柔恰似我的无情

再来听一句尖刻的嘲讽冲淡刻骨的记忆

但愿还有那么一个黑夜一个无聊的长夜

奇怪我却不留恋过去了的牺牲

你真是一个小傻瓜一个充满野性的少女

你真是一个幼稚一个天真一朵飘荡的彩云

男人们不会爱你不会绝对不会

他们要的是真诚玩的是情人要的是真诚

不是不爱你你仍是我的生命

只是容忍不了你的轻浮你的野性

宣称我是普爱天下的流星

却不能让你同时爱上两个男人

本不该给你真相让你在梦中逝去

本不该对你说我更恨你

既然情人成仇人已成定论

不必再演戏再向天下昭示我的痴情

不要奢望用我来抬高你的身价

不要害怕用你来显示我的真诚

我们相爱只管相爱相爱

何惆裂变何愁前路无知己

我实在不想再玩你不想再玩你

苍鹰捕吃小鸡是苍鹰的无能

情场老手诱骗初潮的少女

实在是他的耻辱他的愚昧

行了不再讳言就让我们互相抛弃

失去了情人收了一个学生

要想风流多拜流水为师

风流才子总爱戏弄佳人

1987.2.30

希望之春
——致 X

一

终于受过了幻灭之春的迷茫

终于赶跑了无聊痛苦的时光

终于做过了噩梦绕过了峭岩

终于

　　　终于一颗流星再次幻射

　　　　　　　光亮

忧郁

　　　忧郁在爱的空巷

痛泣

　　　在新鲜的相思树上

曾误解你也是迎风飘飞的杨花

微风拂拂

　　　落在春梦的佳人旁

我总痴盼

她　在水一方

我总奢盼

你　在我身旁

总是这样美美地散步

美的风韵弥漫散进傍晚的天光

我在等待

维纳斯嘴唇上升起的国旗

　　　　　少女的披肩发

遮挡着羞涩的卷帘人

一切依旧

　　海棠依旧

　　窗台上的仙人掌依旧

山坡上

没有升起离合的奇光

肃杀的心的原野

一片荒凉一片凄凉

白皙的美人儿的脸蛋

白——黄

一朵初绽的芳香

　　　　　　凋谢

一座大山

腹中孕出平凡的仙人洞

洞里有你的倩影

我闭上眼　虔诚地朝拜

山竟然成了我自身

于是春风融化了葱绿

我的心不再冷酷

渐渐地冰层盖上冰层

不再做遥远的梦

奢求彗星再次反光

不再等待

　　我也是一片冰心

二

敏感

　　这颗懦弱颤抖的心

触摸

　　这片娇嫩幼稚的深情

蓦地一切都已恍然大悟

情人　情人　永生的情人

凝然回首过去的一串足迹

成双成对的空空的脚印

填注进流行的裂变曲

爱情　用不着坚贞

友谊　何须真诚

不敢相信　世界

残酷无情

你竟然又似一团火

拥进她留下的仇恨

又用少女的吻

挽救流浪者无聊的生命

不敢恨你

　　恨你的真诚

不敢爱你

　　爱你的天真

不再对你唱柔软的夜歌

　　夜歌奏不出

真正的爱情

想说

　　负疚的话语

　　想发誓爱你

却总在反思

　　　　反思

　　　　反思

1987.3.17

三

悄悄地摇荡进涟漪

轻轻吻着柠檬般的月儿

圆的白玉盘

盛满情海的潮水

涨潮了？涨潮

皎洁的圆月浮起

一轮又一轮红晕

一个吻　一个吻

一个赐给圆月的恩爱的吻

梦幻——夜色

月牙儿从树荫中升起

弯弯的爱情的曲径

蜿蜒　总放出诱人的奇光

两颗心总梦着光明

光明连着诱人曲径

一条嫩绿的曲径

婉转　动人

是我的呼唤

是你的声音

一片春光的绿荫

流逝进阳春三月

一只凤冉冉飞来

陪伴着涅槃的凰

唱着一支春的希望之歌

高亢一曲凤凰更生歌

是一双彼此温驯的凤凰

是一对内柔外刚的夜莺

一对又一对自然的夜莺

轻吟曼语

希望的序曲融化

绝望的余音融化

二重奏由大森林弹奏

高耸的危石

天才的指挥家

小泽征尔没有危石风流

卡拉扬没有危石伟大

贝多芬做梦不会料到

危石竟能指挥一代天骄

静谧的原野回荡田园交响曲

沸腾的群山响彻英雄乐章

到处是音乐的世界

小松鼠也用长尾撞出

静静的蓝色的夜歌

命运　淡黄色的梦

揉碎进拼搏的乐章

命运交响曲这般残酷

野旷里的相思树独自叹息：

你漫步在无限好的黄昏

我只遥见夕阳痛苦

　　没见过夕阳欢笑

命运能够超越自卑

超越那朵天边缥缈的流云

新的思想来得这样突然

来不及再次叹息

来不及再唱幻灭之春

1987.3.30

自然人
——致 X

渴望做自然人吗？类人猿

自然会成为天然的后代

渴望做自然的女儿吗？

瀑布飞洒出的善良的女儿

都渴望是天籁中的一个音符

自然的人　人的自然

自然人能够超越自卑

　　　能够

超越是自然人的秉性

　　　超越

世俗的崇高境界

　　　自然

煽动着新的反叛

1987.3.30

悔

哭诉一只小鸟的迷失之歌

闯进疯狂的黄色旋律

心　乱成纷飞的雪花

护卫着仅存的最后理智

呼啸狂风凛冽进隆春

夜色流浪孤独流浪

细细的软发拍打动人的鸟鸣

一颗心分成两半

淌着血的灰色淌着泪的鹅黄

嫩绿一遍遍变幻的色彩

无情的春风吹回恼人的梦踪

一切都在慢慢地流悄悄地等待

拥进粼粼波光斑斑点点的画盘

受辱的蝴蝶扑闪如纱的翅翼

蛛网摇晃着弹奏不归的和弦

1987.4.14

苏　醒

一

在母腹里躁动

哇哇哭泣

在地狱中受难

默默无语

拖着一条笨重的长尾

蝌蚪终于进化成

敢与毒蛇争雄的青蛙

过去是汪洋中欢快的水生物

中生代的恐龙是它的始祖

始祖长鬃上的长长的叹息

摇落掉幼稚的长尾

　　　　左右局势的长尾

一切都失败了

一切都回来了

昔日的幻想迅速消匿

旧时的情人悄然隐去

起风了

阵风　暴风

驱走冥思苦想的悲哀

企望和天真不再回归

一个少女

正用心擦洗玻璃窗

窗玻璃已经破碎

何须再用心连缀

那位少女仍痴迷地擦着

雪白的窗面留下

一串串少女的血迹

一切都没有苏醒

一切都在浑浊中沉睡

浑噩的感情在迷梦中流泪

愚昧的人生在幻景中滋生

潜流　爱的

淡淡从少女手指间

流溢进沉寂的梦幻

少女欣喜期望的目光

凝聚成爱的相思树

潜枝　拍打着天宇的黑暗

依然笼罩着浓浓的哀怨

细细擦洗　细细擦洗

裂缝渐渐由宽变窄

镶嵌成美的图案

仍然在痛苦中做梦

只是光洁的波面涌出

晶莹露珠　斑斑点点

1987.4.25

二

白色灯

轻轻摇晃

陪伴孤独　冷漠的烛光

两根灯草

耗费感情的能源

太阳能

取代诱惑人的媚眼

梦中的你

竟这般衰老

动人的明媚

暗淡无光

魂断神伤

过去的一切是这样

现在的一切是这样

绿岛没有黑暗

芳草不再凄凉

绿岛苍苍

佳人凄凉

一位多情少年郎

遥爱　在水一方

过去的梦是这样

现在的梦是这样

绿岛依旧凄凉

佳人依旧凄凉

一叶轻舟横渡

沉睡一位少年郎

现在的梦是这样

过去的梦是这样

1987.4.28

婚　礼

一道炫目的光亮倾泻

一曲愚昧的哀曲响彻

爱　一道飘逸的春的小诗

结婚　爱构出荒唐的秋的果实

是一曲悲歌不必感叹

是一个梦幻不必欣喜

羞涩的玫瑰颓然姹开

美的色彩淌之殆尽

婚礼天然的美感残酷破坏

一片乌云跃进迷人的和谐

捧着爱的葬棺

　　爬上信仰的山巅

甜蜜的时光永不再来

1987.5.4

爱　情

　　世界上真正的爱情是指只是奉献没有索取的感情　既然相爱就应该以效忠对方为天职　假若一个人的存在不能够给对方带来幸福　他也就失去了做恋人的权利　丧失了恋人最起码的价值。

　　恋爱用不着结婚并不是柏拉图式的精神恋爱　只是恋爱的含义有所不同　正如不能把少年的初恋混淆于青年的热恋　少年时代少男少女渴望的是彼此是对方的精神支柱　一句悄悄的问候　一个温柔的顾盼　一曲甜蜜的音乐　一次触电般的偶然的手的接触　都会使它们在销魂落魄之后产生为恋人奋斗的核动力　他们的早恋绝无世俗的尘埃　绝无性爱的污染　也绝无无聊的花前月下的闲言碎语。

　　无论如何她们都是清白的　何苦要折磨别人呢　既然愿意被情人毁掉　承受爱的重压又何尝不可

　　沉默只意味着痛苦的煎熬　它使坚强变为软弱使自信变得自卑　更可怕的是足以在静静的沉默中慢慢地耗费掉有限的恋情和生命。

　　似乎一切都淡漠了　灰蒙蒙的天　灰沉沉的地　淡灰色的江　在江边的情侣露出哀婉的叹息和惨淡的苦笑：世界末日到了！

1987.5.7

石榴果

火一般的石榴花

展开火一样的爱情

花瓣化作纷飞的彩蝶

爱情在蝶影中凄然归去

金子一般的石榴果

裂变成爱的四重奏

一曲由无数颗心连缀

一曲是旧日花香的收获

均匀地分成四瓣两颗心

含仇地对峙　含情地期待

一大堆情书熊熊燃烧

痛苦胀裂了痴心　冲破

长年的空盼　永久的空盼

石榴花在梦中姹开

初恋的情侣在花簇中团圆

梦中醒来泪湿衣枕

可悲可叹　一个软弱的男子汉

周末　梦中是周末现实是周末

踪迹不见　魂思难现——悲哀

白天　残酷的白天　分手

没有惋惜　没有哀怨——走远

夜晚　甜蜜的夜晚　相见

只有欢笑只有痴望——默盼

过去是泪眼　现在是泪眼

果子成熟石榴花再开

无情的情人掉进万丈深渊

初恋不曾复原初恋不会复原

1987.5.12

鸽 子

一

遥望遥望的一天　一行呓语踱进相思的诗集：

　　梦中的鸽子

　　遗失在回归星云的路上

如今　星云仍旧　繁星似锦　彩云流荡。没有风　只有

一串啼血的鸽哨　飘洒进寂寞的天宇。

　　——希望

　　——流浪

我的鸽子不知流浪到了何方？

　　——何方？

1987.6.7

二

妻子是传统和现代的情人的和谐统一。

爱是理想的浪漫。

有的女人可以作为风流倜傥的情人　却无法幻化为绝

妙神圣的妻子。无独有偶　趣味索然的女人却是忠贞不贰的伴侣。

或许理想的情人在天上

——现实的情人在水里。

三

男儿有泪不轻弹更何况是拳击场上的勇士人生大斗技场上的角斗士。

但是我却把泪尽情地倾洒在她温柔而坚实的怀抱里。

无情残酷的失恋没有使我掉下一滴眼泪　尽管那次使我疯狂　但是没有哭泣。女性的水性不会扬下男人的泪花。

我是那么绝望。事业无成　一事无成。于是要做不屈的灵魂把一切都托付给她。

危难见真情　她不需要外力能够存在　而且有力量填补我的空虚。

恋人　真正的恋人。

于是我将燕子搂得更紧　更紧。

1987.6.18

分　离

就这样默默离去　为了不拖累一颗刚刚发出光亮的明星。

既然相爱　何必要停留在嘴上　不深藏在心里？

爱上一个女人是喜剧　爱上两个女人是悲剧。爱使人颓废软弱　为何要珍惜这所谓的爱情？

角斗场上绝无爱情的存在之隅　更无一丝忧郁和软弱。我珍惜自己的事业胜过珍惜自己的生命　更何况是爱情。

我不相信一切　当然包括爱情。世界上本来没有　何苦要久久苦苦地寻找。

屈身求爱　乃是捉弄世人的绝妙谎言。恋爱可以　但不能失去男子的尊严。

要爱　首先要对别人负责　否则会毁掉情人一生。

燕子　又是一个可爱的情人。

1987.6.20

惊 夜

子夜时分　为逝者守灵的爆竹追随着不屈的灵魂　搅动了宁静的藏满情人眼泪的孤寂夜。

远处　鬼火一般闪烁着守灵的孤灯。

夏风不会送暖入"屠苏"　千家唯有梦呓声。爆竹声突然响彻　惊动了夜　惊乱了好梦。

还好我被惊醒的是燕子南归去留下的噩梦。但我怎么也弄不清为何死者竟留恋人间的热闹　生者却追崇尘世的寂寞。

不可思议！正如热恋突然消失　希望瞬间破碎　世界即刻沉入无底的　罪恶的深渊。

夜　痛苦的相思夜　不再有鸽子的惊梦　不再有燕子的呢喃。

1987.6.21

最　后

最后是一个谜

　　　宇宙中无聊的混沌

朦胧了夜晚的爱的偶影

最后是一个梦

　　　渴求中绝望的迷惘

幻化了白天的情的氛围

最后是一颗星

　　　核变中徒劳的悔恨

蒸发了子夜时吻别的激情

最后是一个迷

　　　　梦

最后是一颗星

1987.7.2

冷　漠

或许是梦幻仍没有消失

或许是仍在苦寻初恋踪迹

M　你给我的是冷漠

冷漠的苦笑冷漠的絮语

定然有当年疯狂的记忆

定然有过去相思的甜蜜

M　你凄楚的惨白的面容

藏的是冷漠收的是冷漠

热恋——分离

　　冷漠的相聚

情侣——仇人

　　陌生的朋友

M　怎么这般狠心

要换取我

　　冷漠的哭泣

1987.7.3

疯　狂

文学新潮

疯狂的潮汐漫上

　　无聊痛苦的回忆

怎能忘记

　　漫漫长夜——寒夜夜冰

躺在 M 温柔的怀里

做一个美梦——甜蜜

　　　　　　　的

　　　　　　　　疯狂

奏响浪漫天真的纯情

记忆竟是这般完整

宛如重圆的破镜

折射思念的光辉

　　垂直交错的思念

　　刻骨铭心的思念

疯狂的探险

就这样疯狂分离

爱的迷雾跌碎

你的敏锐的情怀

我的支柱颓然倒塌

你　不知流浪到了何方

一切都不再回　不再回来

初恋的疯狂

　　　初吻的狂热

我们拥有了对方的一切

然后　一曲悲歌

响彻茫茫的江夜

　　　　旅游胜地

洒下凄楚的苦笑的泪花

一千个痛苦的爱的时光

一亿朵甜蜜的飘荡的流云

流淌进情人的疯狂

初恋之歌

　　　疯狂之歌

浪漫之歌

　　　疯狂之歌

终身愿这样疯狂

迷恋着你逝去的倩影

相恋仅是短暂的旅程

一条虹似的彩绳

系满满天星光

　　遍地疯狂

1987.7.19

偶　遇

垂下你迷人的眼帘

灯光猛地消失

世界回味着两人的旧情

满怀愁怨凝固成一句话

一尊永恒的维纳斯

　　　屹立在迷茫的心中

却不是你渴盼多年的雕像

美梦不会变成现实

仅仅是幼时的花环

凝目相视

偶然的相遇轻轻的接触

恰似一道闪电

划破心灵的阴影

你的眼光

　　　满怀愁绪

哀婉动人

我仍是一座大理石雕像

　　一个冷血动物

不敢回首往事——

痴情交谈　　痴心相盼

不可能启齿说 Sorry

狂风卷走我的梦幻

我的爱早随杨花飘散

流水冲走苦恋的历程

　　冲走少年的痴情

只有对你默默无语

　　　　久久无语

我在幻灭之春残喘低泣

你在虚幻梦境痴心等待

　　　　　　　　　　　1987.7.18

奇　石

风光秀丽的山顶

陡峭无比的悬崖

奇石耸立

把把利剑刺穿宇宙的伪装

神女望夫

危石竟成一代天骄的风流

人世间失去坚贞的情感

于是希望诞生

石头——坚硬冷酷的

化为人类理想的情人

心是冷酷冷漠的

默默无语

深情严峻仅存淡淡一笑

娇嫩的嘴唇

冷酷相爱时的颤吻

　　相别时的长吻

悠长的情丝赶跑现实

幽灵化作瑰玮的奇石

阵阵狂风卷走伟岸的不倒松

奇石的双臂

飘拂着女神的彩带

暴雨肆若

　　撕碎七彩的爱情

吹裂了永久的苦恋之坎

冲垮了再见的悄悄祝福

幽灵的启示首次出现

冷冰冰的奇石

惨淡淡的旧梦孕育在渴盼的心中

一曲短笛

　　吹回轻轻的旋律

1987.7.19

纯 情

——致 M 二十岁生日

生命的小船

触上爱情的暗礁

　　　　　　——马雅可夫斯基遗书

一

拉响色彩单调

　　　黑白分明的手风琴

白桦林中响彻孤独的长鸣

浑浊的夜晚　落叶

　　　沙沙地纷飞

春天　你在等待

冬天　我在等待

凌霄的风云

轻荡着爱

　　　轻轻摇着梦

我漫步在天蓝色的曲径

幽幽的情愫吹皱蓝色的雾

爱的迷雾夹来冰霜

笼罩着你黑色的云鬟

我吻着你的秀发

　　　灵巧的鼻顶

　　　娇嫩的朱唇

吻完了少女的秘密

吻完了人类的本性

啊　轻轻地叹息

淡淡的月儿皎洁如水

躺在你温柔的怀里

漆黑冷清的长夜

考验着患难的知己

疲乏了　奋斗的勇士

倒在你怀里小憩

然后猛地跃起　高亢的

激情托起升腾的风筝

线的一端

紧握在你的心中

绝望时

扑在你的怀里

狂笑大哭　尽情发泄

把一切托付给你

我的生命　阳光下的情人

月牙儿含羞地挂在空中

躲避着情人的亢奋

你是那样浪漫勇敢

除了那么永恒的一点

你情语绵绵　深深祝愿

太阳可以享受月亮的一切

1987.7.20

二

月亮只能追逐夕阳黄昏

太阳仅在晨曦中窥见

月儿的风采　迷人的云影

雪花覆盖着原野

你低垂着愧疚的眼皮

花朵凋谢　语音萦绕

我们在悲苦中沉醉　相聚

我俩在凄惨中长吻　分离

……

江水冲走一曲哀歌

我不能忘记你也不会忘记

永别时没有一丝哀怨

无私奉献忘记的馈赠

带来了我的死亡

带去了你的新生

三

一封冷酷的情书

一个冷美人冷酷的苦笑

复活了不屈情种的哀怨

复活了斗牛士真正的本性

自然人　一个骗局

樱花丛中我独自漫步

你说

　　　过去如流水

　　　永远不再来

我自言自语

　　　往事如烟云

　　　唯君是知音

于是希望诞生　噩梦初醒

　　　知音难觅

　　　纯情永存

1987.7.20

神　殿

一个妙龄少女

患精神病的

酿成一场车祸

少女得意地狂想

两辆车价值她的爱情

猛然　我想到神殿的塑像

他说你不要再逼我

　　　我已经失去少女的天真

我绝不愿毁掉深爱的人儿

于是　我听任殿堂倒塌

心中　永存爱的荒墟

残存的是狂人的诳语

我心中漾起一片新绿

一半属于梦中的她

一半属于梦中的你

一池春水

吹起羞开的夜来香

幽幽的　紫罗兰

我却不喜欢

　　真的不喜欢

那梦一般的令人心烦的

　　　梦中的紫罗兰

一阵浓郁的香气

扑进我面前的格子

一阵接一阵

填满了一个又一个空格

青春的抒情诗

赶跑独处的空虚

　　　　独处的空虚

纵然险峰上有望夫的云

赴梦的只有这阵香气

你脸蛋上的胭脂味

我吻过的俊秀的脸颊

羞红的嘴唇

盛开一朵又一朵夜来香

夜来香

我愿终身为你歌唱

徘徊在爱的神殿

冰山行者划破了古道的寒冰

紧锁的双眉畅开

一丝微笑浮在微笑的表面

你狂热地吻过的男子汉

胡须上边挂满串串紫罗兰

阵阵花香吹开那阵阵迷雾

你是否也在痴痴等待

我捧着团团夜来香

却不能献给我的神殿？

1987.7.23—8.2

触 须

爱的触须

渗进少女的温柔

为了深味童年的梦

我们化为神女峰

自嘲情色染黄触须

阿 Q 的秃头几根癞毛倒立

倒下今天爱的弱者

诞生明天事业的硬汉

尽情的泪花涨潮

旧日曲径消失在宇宙黑洞中

终身的恋人吐出残喘气息

水汽凝结成相吻的触须

1987.9.12

幕　垂

幕布落下

一阵飓风摇醒

酣睡的魔鬼

混沌的天宇

横穿过眩目的核变

　　核变之光

刺透心灵的幻影

一个幽灵

祈祷　幽灵启示录

滑进你心中的柔情

　　女人的疯狂

该死的——

　　　那一个初吻

离别的长吻

落成悲怨的幕布

　　　垂落

幻灭之春

我无所事事　真的

无聊　相信吗

终身的永恒的情人

为何那样遥望

星星湖的石缝里

爬出修道的千年乌龟

还有横行升天的螃蟹

幕　徐徐垂下

　　徐徐垂下

缆绳　一条长蛇

忧郁的孤独

缠住云海的痴情

你上了天堂

我推翻了绞架

幕　真真垂落

　　垂落

1987.9.15

叠 影

重新踱进小小蜗居

夕阳辞去

　　黑夜逝去

梦魂重重叠叠

一个个涟漪

回旋在甜蜜的秋波

夜鹰孤独地长鸣

划破怅惘的思绪

爱流浪在孤寂的远方

远方一个笑话

过去历史的浪漫

苦笑的微波

积蓄成梦的倒影

亭亭女郎走来

潇洒男子走来

步履轻轻

心事重重

痛苦

    迷惘

      悔恨

幻梦重重叠叠

三千里的云游

浓缩默默的再见

    默默的别情

我不愿这样默默离去

这样默默地

     默默地哭泣

我转身过去　断然地

倩影朦胧了两人的叠梦

1987.9.17—18

落　叶

一

曾别离过阳光的抚慰

"生和死"一对永生的恋人

畸形的　但不美　也不丑

虬枝的　但不疏　也不密

一把伞撑开　撑出蓝天

晚霞纷飞的蓝天

杂拌的血泪在流淌

不深红　但透明可见

透明可见几张三角的枯叶

踌躇飘落　飘落

地上　一团散沙

伞下有绿荫　有希望

根根枝条盘旋向上

夭折成弯曲

没有流泪　没有叹息

只有落叶沙沙　落英缤纷

树根伸向四面八方

作无谓的扩张

侵略本是无所谓的

何况地上是盘散沙

于是　感情疯狂蔓延

流溢出巍峨的瑶池

奔突进大地每个角落

爱　告别了绿荫

踏上漫无边际的征程

天阴冷了　天边一阵轰鸣

奇异的和风卷来情思

根更向绿荫靠拢

几片枯叶仍旧悄然落下

1987.9.17

二

匆匆

来也匆匆　去也匆匆

生也匆匆　死也匆匆

匆匆

现代的古堡复活

轻佻的女神复活

无聊的爱情复活

肃穆的悲剧复活

恼人的　这一切

初恋的浪漫

久别的畅谈

痴望

苦笑

聚

——离

不在同一地平线上

无言无语

　　无声无息

不再怨恨

上帝赐给的那片枯叶

翠绿褪去养料失去

没有水分的枯叶

定然有叶脉永存

　　　叶脉永存

少女　无忧无虑

狂风暴雨合成微笑

缠绵的心中一点欣慰

云　梦中的云

飘荡在幸福的天宇

最后仍玩世不恭

无所寄托无所奢求

听任个性在自由中飞旋

逃出牢笼

无言无语　无声无息
来也匆匆　去也匆匆

1987.9.18

中国古典爱情

成吉思汗的长鞭

牵引起三寸金莲

歧　途

街心花园

永恒微笑的雕塑

指示前程的光明

一朵昙花

凋残在深冬的风里

指向牌上幻影齐聚

狂欢的　静穆的

　　喜剧的　悲剧的

染色的韵叹流落

夜漂流着夜来香

铃声叮当

马帮伴着驼队浪迹天涯

路蜿蜒曲折

荒漠的空旷掩饰着

阡陌交通歧途

荒原没有路　没有

一条大道垄断万千曲径

平直地伸入天堂

马帮声响感染了大森林

丛林的奇花异草纷生

驼铃赶走沙漠的孤寂

蠢笨的生物悠悠荡着舞步

一条大河集合万千小溪

冲洗净迷惘的路标

人生的河床时宽时窄

宽时　一曲交响

窄时　一首短歌

荒芜是一曲交响

肃静时　没有歧路

森林是压抑的产床

躁动时　落叶凝聚成悲哀

1987.9.22

半坡村

新石器索然无味

太淡太淡

彩色陶土罐珍存几枚古币

半坡　一幅放大的长卷

成吉思汗的马鞭

卷起三寸金莲

幻影　鬼影　魔影

倒映进石缝里的小屋

（不是黑奴天堂汤姆叔叔的小屋）

偈语　咒语　谚语

混杂无聊的思想

类人猿们本能的冲动

群魔乱舞

群音缭绕

冰川缓缓流动

泥石流冲来半坡村

粗犷的　勤劳的

朴素的　守旧的

圣人蹲在殿堂上

轮流传教　祈祷

半坡的断垣残存

圆明园的草木依旧

半坡村　考古学家寻出阴阳

五行的历史浸润得发白

苍茫的岁月不再冷漠

成吉思汗再度挥起长鞭

一声令下万马奔腾

阴差阳错几十个世纪

村民们重新耕耘历史

1987.9.22

第三者

竞争　竞争的产物

远古的群居

不会疏远竞争的魅力

闭上眼睛痛苦

图腾刻在母系氏族

这里有女人那里

　有女人

处处有

　女人

三块冰块刚脱离冰川的怀抱

跌撞　奔突　漂泊

一串一串白色的冰凉

一片片银白的幻象

杂合在一起奔流

时而分　时而聚

总有那偶然的巧遇

　　两者融合在一起

仙鹤飞来

扑闪着欲望的诱惑

一块冰块脱落

一块冰块独自流浪

昏噩的梦呓

流逝进冰花的蕊中

飞翔吧跃上鹤的翅膀

几棵枯树屹立在远方

孤孤单单

寂寞的指向标

一块冰块独自流浪

一块冰块放射秋浪

一块冰块惆怅彷徨

奇妙的组合

吻冰心吻着冰心

远古的寒风刮起波浪

现代的冰河汹涌澎湃

第三者动物界的

本能的冲动的

司空见惯的无可厚非的

流啊尽情地奔流

无意的碰撞

有意的捉弄

爱在飞旋

有爱　无愁第三者

古典的冰川毁灭

太阳的儿子私奔

月亮的女儿恰是第三者

1987.10.2

迷　宫

苦涩的甜美

爱的迷宫

永恒生命的挑逗

唤醒生命的喧嚣

曲径通幽

幽幽的情感

漫延进幽幽的迷宫

吻爱的见面礼

吻着圣母玛利亚

漂亮的脸蛋

浮现羞涩的红晕

　　欣喜的红晕

昏倒在放荡的情感中

做着甜蜜的深梦

自由的嘴唇之间

留下永恒的吻的轨迹

弧形地
罩住两个灵魂的梦踪

圣钟敲响
嘴唇传递丧钟的消息
江水流走人类的伪饰
伊甸园弥漫
人的欲望的本能

蝉去掉沉重的旧壳
依附着软软的腰声
世界只有上帝和圣母
狂吻以后的喘息
混合美丽的眼泪

欲望充实迷宫的空虚

在爱的迷宫

朝拜自己的神灵

堕落成动物的本能

开发成神的精神

永永远远地闭眼

双重神秘的足音

回荡在少男少女的探险中

曲径通幽

迷宫不再神秘

你中有我

我中有你

1987.10.7—27

迟到的悲哀

钟声缓缓地

流入晨曦的迷惘

心溢满

晨雾浓浓的

注定了要四处流浪

朝霞不再踌躇满志

风流不再倜傥

高傲地巡行

一行大雁忙着南飞

迁徙的号角惊醒

梦谷中的烂柯人

静静的

教堂一片静穆

圣地一片寂寥

生物各自忙碌

销声匿迹

冬日阴晦画面

悬吊起春天的温暖

寒梅与雪苦苦对峙

分水岭一道闪电

这是欣喜的冬天

南方茅屋长出触角

炊烟得意地升腾

吻着无影无踪的天

做着无影无踪的梦

悄然一片白帆

轻轻摇动沉寂

人类的摇篮

华美而寒酸

航程各自冬眠

销声匿迹

1987.10.21

平淡的絮语

一

苍白映衬苍白
泪——懊丧的
滴落进幼稚的初恋

心全然破碎

苦恋千万次思念
千万个梦醒后
过去竟全是噩梦

丘比特罪恶的骗局
维纳斯美丽的符号

超脱出咒语之外
仰天长笑默默地
默默地沉默

沉默到梦的黄昏

一棵枯树缠着古藤

紧缠永恒地

永不放松梦的间歇

女人的絮语冷酷

女人的咒语温柔

一切都太平淡

激不起一点亢奋

首先是女人才是恋人

断然地挥手作别

陌生人我不认识你

再不为你唱圣曲

二

风掀动窗帘

勇气揭开唯一的遮羞布

丑陋　卑鄙　失望

骤然产生欲望　快感

痛苦宇宙的永恒

过了五百个世纪

再来探望圣母的女儿

风姿和冷漠依然存在

窗帘复遮住丑恶

去吧无聊的女人

只惯于防守防守

平淡而牢固的防守

防守是最好的进攻

被爱是悲剧的笑话

单恋凄苦的快乐

野火烧透女神的嫉妒

用心再狂扇一下

两下　三下

熄灭恋情的火焰山

融化大山的顽固

一下　两下　三下

凝视着受辱的情感

拼力一搏残蕊

纷纷飘落进夜空

不留恋亢奋的甜蜜

幻想的夜的草坪

危难中的暗箭早已射出

爱的疯狂和热情受辱

——不再苦恋深梦

三

一切都太平淡

庸俗的现实破碎成

水性杨花

绝佳美人模糊

渐渐完全隐去

留下可恶可笑的咒语

一切都太平淡

思念的殊死搏斗

写完一千零一首情诗

造就一对狂人

好吧暂停

裁判竟要小憩

……

唉　一切都太平淡

1987.10.30

尤物的历史

超群的美丽的尤物

沉静的孤傲的水莲花

弱似凉风的娇羞

羞红了来自远方的孤帆

缓缓地浸入流动的情感

传统的尤物妩媚动人

销魂得道升天

留给世界一个飞吻

长长的

久久的

落魄的遗憾常驻人间

现代的尤物强悍伟岸

超人角斗好手

一个漂亮的重拳

击醉人的本能的软弱

完成人与兽的对峙

残酷的血喷涌而出……

血红的眼睛点燃了火

野火吞没了唯一的柔情

浓浓的血仍然流着

濡湿了媚眼

奏响格斗的战歌

现代尤物毅然逝去

没升天下了地狱

世界从此春意盎然

血的壮丽成为尤物的馈赠

1987.11.4

蜗居的躁动

躁动　蜗居

一阵又一阵哭泣

一阵又一阵轻吟

一阵又一阵细唱

一阵又一阵冷笑

冷笑冷漠的人

狂笑温情的世界

嘲笑虚假的人生

蜗居　躁动

一只大白熊摇摇晃晃

闯进静谧的象牙塔

闯进蜗居狞笑者

踱着方步做着甜梦

伴奏一首模糊的夜曲

群兽赶来百鸟飞来

过去的蜗居现在的闹市

五彩的斑驳的色彩粉碎

黑色的白色的河床延伸

黄色的流水涌向远方

雪花卷着众多的声响

　　卷起千万重波浪

蜗居的宁静无踪无影

平庸的一切俱全

色香味俱全

凤凰飞来朝拜

圣殿响彻惊雷

圣母和上帝站在殿外

造爱冷眼旁观

为世界造爱

吸引旁观者的蜂蝶纷争

逗来世界的冷眼

局外人的冷眼

外星人的冷眼

无聊的寂寞的

空虚的迷惘的

冷眼旁观

站在圣殿之外

倾听躁动

让躁动毁灭蜗居

一声唇音一阵唇音

吻的魅力迷住世界

蜗居着魔世界着魔

灵魂不再躁动不安

1987.11.10

礁　石

坐在江边眺望

天空格外晴朗

凝目远思眺望

遥远的水波遥远的思想

足前是波浪波浪

身后是失掉雾的云

少女的梦碎成卵石

泥沙奏响漩涡

一条渡船把风云带走

一个倩影把雷雨载来

坐在江边

天格外晴朗

独卧江边

水格外苍茫

1987.11.18

观　海

无数沙砾

塑造了海

无数美丽的海滩

依偎逝去的波光

海如此宽广

海如此狭隘

漩涡是爱的种子

浪花不会逝去

生命不会死去

僵硬的思想误入漩涡

更加晶莹透明

情感渐臻完美

珠贝散失在海边

海孕育永恒的信念

美好的回忆深藏

白洁无瑕的贝壳中

一张一合

阳光哺育着回忆

回首也有甜蜜

遥望仍有知音

火山爆发

岛屿沉入海底

火山爆发

岛屿漫上海面

句号不凝固希望

　　不宣布悲壮的终止

到海里去朝拜圣母朝拜

那里有不屈灵魂

有波光有爱

1987.11.26

冷色的抑郁

冷冰冰的软发

结满暖融融的梦珠

瀑布悲壮地垂流

三千里江山

回荡三千丈哭声

　　三千丈笑声

三千丈白发

缀满三千名哀怨

三千首

絮絮叨叨的情诗

三千个夜晚

挂满三千个冷色

　　三千个

扼杀人性的抑郁

三千里铜墙铁壁

熬化三千锅金汤

光灿灿泻进人间

铜墙排斥了异性

铁壁隔开了两个人

一个男人一个女人

男人是旗杆

　　孤零而高傲

笔直冲向天宇

女人是旗帜

　　猎猎寒风

吹落梦里霜花

男人在啜泣

女人在啜泣

冷色抑郁在啜泣

1987.11.30

快活的周末

泛着小舟

身边伴着风流女神

自由女神

爱的女神开怀长笑

瀑布垂下水沫

垂下浪漫

灾难女神慷慨地

赐下两代人的风流

一群少男少女狂欢

草坪幻化成皇家舞厅

一群青年狂饮

羡慕他们正年轻

河畔流荡情话

情人播下情种

现代人不是男人女人

是溪边咀嚼时代的老牛

悠悠地踱步

老牛静静地

注视着绿草坪

　　　青草地

老牛走过深情地

也没有留下歌

　　　留下爱

一株病菊

畅开在山村野店屋檐下

茅檐低小

流行曲无法回荡

碰断了流水

碰折了菊花

1987.12.4

解　谜

揭开你的秘密

解开你的心

洒下一掬热泪

爱的祭日

搂住风

　　轻轻诉说

没穿裤子的云

聚拢飘散

垂危的灵魂悲戚

雾在柔驯的病榻上

等待死神亲吻

推开窗

一无所有云雾

解开了你的秘密

猜不透你的心

1987.12.7

梦　析
——梦中诗

从一片倒立的热情中

吻出一阵冰凉

倒立的永恒的梦

乡思知道

沉睡中昏梦挣扎

我要起来痛哭

三位魁伟的男友

救护待亡的光

我呼唤无人知道

情人就在眼前

一条通人性的黑狗

诱骗去日夜情思

用生命交换回给你的诗集

才深知灵魂爱的仍是影子

1987.12.11

叶　恋

枯叶落下

升起一面青春旗帜

红艳艳的爱

浸透了天空的流云

折叠好思念的风景

烫平岁月的风衣

过了一万年

弹奏淡漠的琴弦

心永久地为叶脉律动

虚幻无法分解

灰黄色的初恋

恋大地太难

恋蓝天太远

遥远的梦幻聚拢

爱云永不飘散

普罗米修斯

怒吼

拉奥孔呼号

维纳斯娇媚的泪珠

滴落

润湿着断臂的疼痛

她苦苦等待梦幻

为虚无当烈女

庙里千手观音

守寡千年

失掉九百九十九只手

抚揉过男神嘴唇的

被泪水冲走

枯叶的一往情深

化作缠绵的深涧

空空虚虚热情

实实在在迷恋

树叶落下

苦恋一万年

望夫石长出一株巨松

倒立的

孤独

因为劲松伟大

1987.12.11

虚 空

落叶乔木

落下叶绿素

落下乌发黄色激素

生长在无垠之地

无壤之地

洪荒之地

盛产感情的虚空

畏缩的冲动

夭折在情人的呓语中

恋爱狂撞碎情种

撞碎

最伟大的金刚石

顽固不化

躁动充实的虚空

信息不再反馈

恋情没有回报

戴上面纱扮阿拉伯

女人不再掩饰

自由的情感和形式

从此窗总是打开

门也敞着

房顶也是空空的

落叶乔木飘叶进城

都市没有生长素

有无垠之地

　　　　　无壤之地

1987.12.22

抽 象
——答 L

疑惑是抽象的

诈骗是抽象的

情诗是抽象的

人情味是抽象的

人的欲望

抽象的神灵

诉说不清线是否断了

空间是否存在

距离是否拉长

听老人们讲山仍是青的

水仍是绿的

花仍有余香

潮退了沙滩仍有喧闹

虽然童话早成神话

传说已成为远古的历史

能欢乐就欢乐吧

你说大家说我也曾经说

于是山不再浪漫地长高

水不再抒情地倒流

雨点只管垂直落下

不再牵挂天地

是否有缘

终于在那一瞬间

天醒了地醒了人也醒了

骚乱以后天不苍苍

地不茫茫

人奇怪地失去欲望

从此困惑开始解谜

星星无聊地数着小雨点

像外星人数着肥皂泡

这个世界——唉！——这个世界

一个缥缈的朦胧

一个朦胧的缥缈

风戛然而止

那个人完全苏醒

在远方在祈祷在深思

不知还有无抽象梦

1987.12.22

魔幻之谜

一个一个空洞的魔方

筑成成双成对虚幻之宫

躺在宫之顶上做梦

远行者听到一声猿啸

一声鹃啼

巴山夜雨失去永久魅力

七七四十九座望夫峰

峰峰有神女

峰峰有情妇

峰峰有无情流水

多情落花

一个一个的魔方

煽动成双成对的石磨

坐在磨上旋转

天昏地暗

夜归人听到一声狼号

一声鬼叫

荒山野坡不再有萤光闪现

甚至没有了萤火虫

九九八十一条河流

条条有浣女

条条有痴情

条条有陈坝断桥

有野渡新舟

1988.1.7

黑森林

黑森林黑森林

生命之魂的沼泽地

孕育了森林之波

森林之舟

漂泊云里雾里

漂泊和风彩云

漂泊秀发朱唇

黑森林黑森林

黑色幽默的黑森林

原始本能奏响丧钟

齐鸣千千万万个太阳

在山那边升起

恐怖穿越过黑森林

最后坠落进黑森林

坠落进黑森林

黑森林——沼泽地

黑色诱惑中的黑森林

原欲不在这里诞生

诞生生离死别诞生爱

刻骨铭心恨

刻骨铭心恨

恨透千万条触须

千万条忠贞

黑森林贞洁之林

魔鬼久居的大森林

滴不尽的泪浇灌

流不完的梦滋润

城门徐徐打开

迎接勇士冬日倒伏的

枝条坚实夏日昂扬的

旗帜柔驯上帝发出指令

"打开城门打开城门"

打开城门打开城门

城门里面是黑森林

梦魂依旧的黑森林

遍布沼泽的黑森林

心旷神怡的黑森林

失魂落魄的黑森林

爱爱相生的黑森林

哀哀怨怨的黑森林

啊黑森林哟

失魂落魄的大森林

浪迹天涯的黑森林

唉无可奈何的

黑

森

林

1988.1.15

牛皮鼓

当寒风敲响牛皮鼓的时候

夜霜偷偷地染上爱的秋波

生命的暗礁在冬日破碎

我听见那只小船驶离了码头

驶离情感之岸

驶进茫茫夜色

茫茫情海

我听见女人的秀发

撩响牛皮鼓的阵阵回音

深涧里不再有雾

浓雾填不满大山的空虚

和着鼓点从山脚响到山顶

一声一声

牛皮鼓敲响了一声一声

我走出荒凉的原野

踱出虚无的爱的

象牙塔

静静的山谷没有回音

听说牛皮鼓已敲响很久

很久很久的古老岁月

一座大山已经响应

于是我驱赶着瞎马

穿过那片黑森林那块沼泽地

顽固地回味着鼓点

回味沉睡了很久很久的梦

舟已经驶出箭已经射出

绵绵细雨下了很久很久

阳光捎来了罪恶捎来了爱

却没有飘来故乡的云

据说那天晚上爱的小舟

首次触礁首次碰成碎片

纷扬进海里才猛然清醒

山的血型是 B 型

海的血型也是 B 型

小溪的血型也是 B 型

飞流直下三千丈离目标

还有三千三千丈

只管跌入海的怀抱

粉身碎骨地跌入

当寒风再次敲响牛皮鼓

我听见你在做梦我在做梦

鼓声真的会再响彻长空

我不相信暗礁已经隐去

潮水已涨了很久

小船还在浪尖漂流

牛皮鼓再次敲响

我怀疑嫉妒的那座大山

是否有勇气

是否敢吃酸梅

是否真的存在

骑士骑着瞎马箭囊空空

水手帆折桨断灵魂静静

我听见牛皮鼓在敲你是鼓手

情海深处你开始解梦

我开始解梦

1988.1.18

长明灯

长明灯已经点燃

已经点燃

玻璃窗已经打开

已经打开

阿里巴巴和四十大盗

载歌载舞轻轻呼唤

芝麻开门芝麻开门

门紧闭

窗仍然敞开

爱的长明灯在冬日点燃

爱的玻璃窗在岁寒打开

江洋大盗闯进青春殿堂

大森林中的小房子

外婆的小白兔感叹

不开不开

妈妈还没回来

步伐轻轻门帘解冻

晚霞落进羞涩融化夜晚

第四世纪冰川衍变山岭

奇异的风吹过

峰顶长明灯点燃

阿里巴巴吹着呼哨

快快活活解开宽广的情怀

一匹骏马尽情驰骋

骑手举着长明灯去远方

永久地默盼永恒的期待

1988.1.19

红桃 A

算命说你很钟情

扑克牌总是显示 A

红的　黑的　方的

唯独缺少花样的

马到成功不会是莫名其妙

不会是自作多情

红桃 A 是皇后

也许天地都不相信

可我承认 A 是一见钟情

捡起纸牌珍藏起红桃 A

红桃皇后　红桃皇后

王冠上只有明珠没有秘密

魔术师说你很神秘

一阵风吹来一阵花吹去

你预言将来红桃 A

会变成黑桃 A

玩着魔方红桃 A 复活

又一阵风轻轻拂过

A 倒立形成天然茶杯

盛满甜蜜的友情和温馨

痴情地抛入颗颗红豆

杯里是相思

杯外是相思

啜饮这杯酒不知是甜是苦

纯情红桃 A 黑桃 A 都属纯情

1988.1.19

情　书

……

我不得不承认

我是爱你的

尽管我没有

你的小小蜗居

来吧我的情人

推开窗

外边天气是阴的

我的心也是阴沉沉的

没有爱

就没有雾

……

1988.1.20

纸　船

——致宇

一

一只纸船一只

飘扬进逆流

冰浮于水面

三分之二融化

三分之一潜伏

爱的潜流卷翻小舟

垄断融融春心

岁月梦醒了又梦

连绵不断的女儿梦

连绵不断的情人梦

连绵不断的爱诞生

连绵不断的恨复苏

连绵不断一条线

系住心之旅

爱之舟

恋之梦

静穆风

黑色狂想的云

脱去伪装

妖冶的风衣

抵抗心之魂的魅力

裸体的真情

融化固体的冰心

生命的小船

触过爱情的暗礁

吻过汹涌肆虐的波涛

惊涛骇浪击打出舵手

冷酷无情的残阳

洗褪了星光灿烂的晨曦

不再回味航程

蜿蜒崎岖

幽灵流入风尘

迟疑释放出小船

不再唤回梦已醒

梦中人推开了窗

也打开了城门

二

敲响钟

敲响危崖上

悬吊的奇石

敲响心中的瑶梦

睡美人

绪宇　你敲响了钟

让世界走开

让寒夜过去

让欲望诞生如火

火山爆发

船长发出神圣的指令

绪宇　你击碎了顽固

爬山沿着石梯

陡峭的一阶一阶

粉身碎骨灰撒在

山清水秀的故园

悄然逝去路

升起一块里程碑

睡美人

绪宇　筑起了里程碑

却不愿苦守独泣

里程碑里程碑

你轻轻敲响牛皮鼓

敲碎凝固的本能

敲碎凝固的相思

冲动一点一点飘零

献给舵手献给你

三

醉女儿梦

醉醒浓郁的风

勇士颤抖狂喜

你打开了城门

我打开了城门

在梦中

醉汉

海量的醉女

喝醉了酒

……

1988.2.12

爱的小船

我们的小船既已放出

它会载着我们的理想和愿望

情和爱

避开激流险滩还有

暗礁

朝着我们所希望的目标驶去

——摘自宇首封情书

触　须

收一条神秘之波

荡一首迷惘之舟

冷漠地观望

自然界兽欲纷纭

透过雨点撩动触须

透过黑夜的噩梦

猜不透雨点之中

孕育雨点

猜不透冰心之中

还有冰心

用惆怅的思绪

引爆相思的火山

火山岛沉入海底

火山岛浮出洋面

条条水草引诱

点点幻光点点生机

蔚蓝蔚蓝的世界

飘浮条条梦的触须

神秘之波荡漾

微微涟漪神秘

你的触须引爆

月宫永恒的静穆

一声一声深情呼唤

在触须间遥传

1988.3.9

补偿的余音

信念

流连在彩云深潭之间

路途曲折遥远

穿行原欲的躁动

爱的补偿

一只乘风破浪的小船

折叠起故乡的梦河

补偿苦恋的欺骗

纸船缓缓流进记忆

爱的思念如水

不紧不慢不松不软

缠缠绵绵

爱的孤帆载满长年渴盼

鼓舞永恒的迷恋

如云信念

轻飘进浓雾

轻摇落雾霭

一种信念

连绵不断

唤醒百鸟噪鸣

催化百花畅开

一种信念

一种信念养育的男子汉

1988.3.26

余　韵

空谷诞生的回声

激荡空谷

激荡空空然也的心

心灵敞开一隅

情扉的漏洞

一阵和煦的春风拂过

爱充溢甜美的虚空

春冲破密密的空谷

打乱情感的平衡

你编织的经纬网

显示红色信号

春色匆匆沐过

静穆我依然如故

响应你淡淡的指示

深沉

空谷传响

余韵叠变掉诱惑

神灵都成凡人

层层环绕

大山向小溪招安

溪流清澈的溪流

冲走了安全的灯的澄绿

清亮的明眸

一盏信号灯红色的

两颗心不再盲目寻觅

心门全部开启

处处是浅浅的经纬网

处处是深深的交通灯

1988.3.26

双峰驼

灵魂沉入河流

肉体沉入汪洋

永恒地凝视着爱

爱一种狂热的情绪

爱一种冷静的忧郁

河床漫流进汪洋

灵魂流落进肉体

神圣地亲吻温柔

吻黑夜的长长思念

吻黎明的依依别情

灵魂之波长久流荡

孤帆姹开美丽的忧伤

古道不再踱来单峰的驼铃

瘦马不再骑白云流浪

西风吹醒了双峰驼

吹醒旷漠中沉睡的黄沙

快活地纷扬撒下

金子一般圣洁的心

填注一行行远行者足印

注满一行行空虚

群峰孤岭

二者合———分为二

等待造化如歌的礼物

嘲笑初恋岁月的荒唐梦

托浮沾血的枯叶升天

含泪的温柔的迷踪

游出复活了的双峰驼

1988.3.16

回　声

说不清山那边有无回声

有无老牛牵着夕阳暮归

有无春风轻轻地吹

春雨轻轻轻轻

棕榈树孕化了天空

无垠的甜蜜弥散

一阵浓雾一种情绪响应

罩住女神罩住爱的使者

留住我俩的深深梦境

山渐渐隐去隐进水的温柔

色彩褪去雾浮现幻影

蹉跎时光没有回声

深深地吻深深地

温柔复苏了冰冷的吻

静静地依偎着宁静

一个爱的故事声声回音

岸这边无风无雨

太阳狂热地升起

映红月亮的光晕

羞色静静静静

岸那边也有风你说有你

伫立的倩影的永恒

静穆的爱心的深沉

我俩的河流冲淡凝重的雾霭

有了呼唤有了回音山那边

太阳不再落下月儿依然升起

1988.4.21

倾　斜

——答 L

听石匠叮叮咚咚敲打巨石
顽固不化的心也叮叮咚咚
花岗岩早已不复存在存在
单调的翠绿伴寂寥的空间

那一个夜晚很冷无风
轻摇的是无可奈何的呓语
窗外黑漆漆的群山栖息
千手观音守护永恒的秘密
一个女人砌成一座坟墓
去爱情陵园悼念爱情
镌刻上太阳的墓志铭
不怕真的
什么也不怕一点不怕
真正的勇士
做了一夜梦睁着眼格外清醒
月儿没圆冷清地亮着

冷漠残酷地驱逐流星

一点点眩目无力的余光

下雪了不知道也不知道

寒冬隆春已挥泪远去

到了夏天什么也不知道

什么是天真热情什么是理想

欲望都是骗子一张张枯叶

游泳池男人的归宿

尼采断言蛙泳是人的本能

那一个白天很可笑很可怜

收的是冷漠藏的是冷漠

夕阳冷漠地接受晨曦的祝愿

去自然流浪不再悲哀

长年累月恨透了人造世界

下雨了连绵不断尽情下吧

不管真的一切不管

桥已经倾斜未完全断开

积善德的石匠叮叮咚咚

不是噪音没有污染水

仍不紧不慢地嘲弄人间

那一个世纪很怪

欲望之流冲击倾斜河床

无聊地躲进理智之巢

每天都很冷很冷心冻成冰

每条路系着凄楚的流云

任石匠敲碎眼泪涌出的哀怨

任叮咚的喧响拂去天真的尘埃

苦命的树结满串串甜梦

真的那是酸酸的梦

不酸很甜很甜

1988.4.28

一　半

月色平分一半秋水

一半凝聚成无聊

一半哭着相思

半个浪荡公子

半边残月摇曳无力

美丽的昙花绽开

鲜血冻结了初恋

爱本是无所谓

是半个正人君子

那时树叶很嫩

世界也太小太小

半次疯狂

孕育半个诗人

1988.5.4

咖啡枯井及其他

咖　啡

力比多如梦

喷涌时间时长时短

空气停止生命窒息

黑色的咖啡倒进

牛奶路上没有面包

一阵煳味

挡住一堵黑墙

死水开始倒流

从地上升到天上

得道的深潭破碎

倒影染绿了天堂

天之骄子进了地狱

黑咖啡如梦

洒满离经叛道的血泪

观念是麻醉后的木偶

呆呆地数着读着

窗外流过的动画片

皮影戏上演一段故事

木偶和菩萨造爱

演了一场喜剧

悲剧上演的时候

庙里还供养着笑和尚

卧佛睡熟了没有做梦

古寺的蜘蛛敲着木鱼

更夫敲亮了灯笼

千手观音拉响了丧钟

卧佛不知道天有多大

他在回忆下雨天的霉味

咖啡煮出怪味

七仙女下到桃花源

卧佛揉醒了睡眼

动画片不再动

奔放不羁的奔马垂首

形成世界名画

一堵黑墙由远而近

挡住黑咖啡的诱惑

一首童谣由近而远

美酒咖啡

咖啡美酒

1988.5.9

黑　墙

处处碰壁处处

没有墙存在没有

一头碰进软软的黑色

温柔从光孔逃走

点燃一支香烟慢慢地

吐着烟圈吐出宣言

思索以柔克刚的祖训

烟圈一环一环紧扣

宣言越变越圆滑

还是无效黄牌开始警告

夜风耐不住寂寞

抢着发出刺耳的嘲笑

雨不紧不慢地飘着

湖上荡漾着几团涟漪

几只金丝鸟在花中围观

没有墙存在无处碰壁

不至于搬石头砸脚

练气功还不是时候

也不需为颜色拼命

不相信决斗的魅力

祖传秘方失效

烟圈轻轻地罩住黑墙

无形的黑色逝去

淡淡的似雾

不可言更不可即

1988.5.9

枯　井

做井底之蛙呈伟大状

孤傲地做着鬼脸

天有一个井大

很小很小井就知道

井里盛满了水

不空虚也不自豪

默默无言不等待谁

早行者踏破了井沿

踩坏青石板

忘了躺在青苔里

做青色梦的挖井人

空虚的时候井成为符号

标标准准让人检验

藏起很深的躯干

闭口不谈辉煌的历史

缄默风拂袖而去

雨垂直地落在湿井边

哗哗流水在嫉妒中听见

眼前是内流的怪圈

南方的井没有井架井绳

告别世界不用绞索绞架

勇气是一种欲望

遁入枯井的空门

她

乳白色的银河

流进都市观赏风景

细雨湿漉漉

扰乱因思念而错综的

秀发一根一根

燃烧尽热烈的爱恋

明明白白地走向黑暗

投进深渊留下清白

无名亢奋驱逐莫名烦忧

淡化长久的分离

相聚白色凝聚情感

千里以外是湛蓝的街灯

进入魔幻之城

雨点密密地抛洒

夜来香一首歌

一句永恒的期待

闯入迷宫去大海捞针

聪明的猴子获潜水博士

打捞上来的月亮

无踪无影

针尖没有针孔

用不着好事者牵线

细雨还在密密地下着

濡湿的不仅是爱的心扉

还有她的一片情感

也许从此以后远足者

故步自封不再探险

夜行人怕鬼不敢再走夜路

迷宫灯光全变为红色

红红的爱毁掉多情的勇敢

天慢慢亮明亮醒

雨停止了降临梦

一声一声的丧钟轰鸣

这里有一座坟墓

有她有你

1988.5.13

台　阶

跨上爱的台阶

终于叹完最后一口气

长长的　很高

很遥远的梦里落花

缓缓的　很轻

绣出大写特写的英文

字母很动人是 V

说不出刚跌碎的是 V

是胜利的化身还是

破碎粘成的茶杯

喝下那杯茶很一般

不苦不涩不甜不酸

咽下破碎的结霜冰花

像喝下了一杯又一杯黑咖啡

乏味口中余韵心里

冰块和玻璃砌的台阶

光滑诱人很美

春风得意地吟诵

一首圣歌一曲情诗

变形台阶 V 是金字塔

情途:天涯何处无芳草——王珂情诗选(1982—2024)

攀缘者不愿成木乃伊

更不愿进冰箱当四星上将

孤孤傲傲地爬山

攻关用吃奶的力气

台阶越砌越高现代

都市因为高楼大厦伟大

眼泪从摩天垂流三千丈

悬泉瀑布危乎高哉

台阶太高脚步却轻

轻盈似潺潺流水

淙淙地滚入了自由王国

滚进梦幻之城

王道乐土

造梦用高贵的阶沿

一个三级跳合法地

跳过初恋再恋单相思

跳过鸭先知水暖的春江

跳出鸳鸯戏水的小圈子

一个三级跳尽情地

闯入伊甸园

上帝的禁区

马戏团的小丑拼命跳呀跳

冻结观众无聊的捧场

超脱风尘妙哉

去大佛寺献佛去鬼城捉鬼

更叠的台阶一级一级

浩渺的波光无边无际

第一天上路路途漫漫

酒肆挡住行者游人

第二天走过那座小桥

红五月的垂柳仍旧温柔

生命的台阶悬挂树梢

吊死在同一棵树上

爱情的先知发出指令

闭着眼筛选舒软的台阶

支离破碎的脚印斑斑点点

袒露的真情水性杨花

女人托起的阶梯步步升高

风流浪荡的旋律凄凄切切

横下心探险步履维艰

闯一段余音讲一则故事

依偎台阶上堆满的足迹

你在期盼空空的台阶

她在等待空空的台阶

1988.5.19

组诗后记：

一日　旧日情人偶遇。淡漠隔离了情感　没有旧梦重温　没有多余的半句话。

一切　都很淡然　也很坦然。

渐渐　消褪了色彩的记忆滑进空谷　迷惘世界的风云荡然无存。

一个测试　算命先生的心理学家列出奇异的选题：

咖啡

一堵黑墙

一口枯井

一个台阶

不假思索　旧情人刷刷几笔：女人—女人——自杀——她奇特的联想令旧情人瞠目结舌。

他

捡起岁月之鞭

仰首长空狠命一击

他诞生

一团混沌的乌云

疯疯狂狂地初恋

冷冷静静地初吻

造爱用尼采的长鞭当箭

抽打雄性雌化

鞭笞小丈夫的懦弱

雌性雄化的女人挺立

一条大河穿越温驯的草原

蓝天白云一串梦痕

情也依依爱也依依

苦难编织的冷酷之鞭

漫天飞舞像变魔术

一条又一条忧伤的长蛇

温柔地姹开美丽的小花

素洁的睡莲沉寂污泥

迷人地跳着狐步舞

戏弄新鲜自负的空气

爱情妩妩媚媚如神鞭

随夜风摇曳轻歌细吟

他抓握长鞭苦苦地

无情地抽打瘦弱的人生

抽打出一个又一个肥皂泡

有水自天外铺天盖地涌来

托浮次次希望绝望

梦幻之春的梦幻之爱

随海潮打来海风吹来

摇落沉重的山间危石

心从情感之巅坠回

散居空旷冷漠的深涧

平静地在黑暗踱步

现实徘徊理想徘徊

浪漫是一串串冻结的问号

莫名惊诧自然消失

感叹号不再快乐地律动

句号不宣布悲壮的静立

热恋失去永恒的意义

刻骨铭心地恨

浪荡的痛苦的别吻

长长的是梦中绞绳

1988.5.28

五月在梦中

——致宇

五月的温情轻叩你的心扉

宇宇　暖暖的夏季风吹送远方

一份情爱蜂拥进半掩的柴门

在梦中你说月儿朦胧鸟儿朦胧

心上人飘然失去朦朦胧胧

一片流云滑过你羞涩的嘴唇

美丽唇音惊醒相思湖畔一行白鹭

南方扑闪的翅翼煽动相聚的欲望

烧熟了我们心的山火在梦中熊熊燃烧

北雁南飞花开花落潮有汛期鸟有归期

归程迷迷糊糊串满迷宫条条曲径

宇宇　雨季的巴山夜雨吹湿我的窗纸

悱恻烛光孤零零情书情诗形单只离

西窗烛没有你来剪断苦苦相连

东吴船不泊门前门后遗憾

你在远方盼梦我在你的梦中真正

相逢风景迷人我俩不在镜中

五月是雨季是梦的季节相逢的雨季

夜夜喜降绵绵细雨首首小诗飘逸

撩起思念你的秀发你的悄悄叮咛

一阵兴奋一阵喘息一阵个性丧失

温柔的情绪寄生发烫的体温

这样一个发霉的日子想吻你不能

情书上的冲动粉饰遥远的太平

宇宇　你相信吗　五月披上梦的衣裳

穿着旅游鞋上路在梦中轻摇你的梦境

1988.5.30

梦中的虔诚

——致 M

一

很老很老的童话装订出本本情诗

小敏你细细读过没有读出梦中的虔诚

千遍万遍地呼唤爱的空谷没有回音

有一段征途我们共同闯过跋涉过一座高山

在峰顶云雾缭绕如仙似醉你说真甜蜜

幸福动人初恋晕眩眼前一片迷茫

浓雾散开以后好心人铺出一条长长铁轨

我们从荆棘山路闯入平坦的阳关大道

终于走完了独木桥你轻松地笑了

笑得很甜很甜如首次获得深沉的爱

欣喜若狂男子汉第一回掉泪心里很酸

小敏你还小你不懂梅雨季节

夜雨倾泻完全部情感白天晴朗无云

在雨中浪漫的欢聚延长平行的双轨在梦中

没有尽头阳光下铁道不会消失永远平行

永恒分离无意间一切陌生一切熟悉

二

我孤独地征服含泪的又一座山巅

你开始在清泉边轻擦少女的泪痕

小敏从没见过你哭那一夜

纯情破碎我们都笑了笑声

那样潇洒快活那样风度翩翩

分手在冬季你天真地想冬季

很冷无风很残酷冷漠不掉眼泪

我们容易记住容易忘记冷冰冰的日子

看着你的倩影消失美瞬间凝固

笑瞬间凝固爱永恒静止我不会哭永远

我深知过了多少年相逢不在冬季

多少次梦里落花梦痕依旧

我不愿揉去欢聚

冬季不流热泪冬季很冷

没味没趣

梅雨轻飘的时候小雨伞张开温柔惊梦

仇恨的情人轻诉冬季的苦恼在雨里在梦中

1988.5.31

顿 悟
——致宇

一条杂棘丛生的患难大道

一条曲折多艰的苦命小溪

行者在四方云游八方流浪

敲着世纪鼓踏着岁月的鼓点

唱一支山歌山那边流行的

阿哥阿妹阿妹阿哥

野山纵横成条条沟壑

山这边飘逸宇宇的山歌

宇宇的山歌是生命的变奏爱情的

绝唱风声雨声汇合相思乐章

那边的山很雄伟很粗犷

一首首宏大史诗铭刻成块块巨石

悬崖上挂满勇士的足迹

爱情路上生长墓碑森林

森林如墨如火呈瑰丽之观

山这边飘荡优美的夜歌

淡淡的忧愁蒸发深深的相思

这里是平原无山山是假的很小

没有自然灵性有人工的典雅

天似苍穹笼罩着歌的回音

平原上处处流动爱的祥云

宇宇你融化自己在迷人的黄昏

高远的晚霞来自群山群岭

你的他放飞了山间浓雾

1988.5.5

纪念碑

——致宇廿四生日

谜

二十四个春秋

在月儿的阴影中升起

一打的平方并无秘密

神圣的是一打的两倍

那满盈的月色是心中的爱恋

是深深的相思余晖

听说爱情恰好等于两打

我的一切便是你的价值

四六二十四

能被四被二被八整除

甚至除去一打也可整取

爱没有约等于

更无相似更无余数

命运的价值等于一打

对吗一个男人一个女人

单独存在世界的时候

也许那是句至善名言

男人和女人合为一体

在冲天的欲望中

一打减去一半增加一倍

魔方之秘显露

如魔的本能

思

瞎子再次戴上明镜

考证大象的模样远古的秘密

黑森林回旋着疯狂的飓风

那一瞬销魂落魄观望

雨季在晴朗的天宇巡行

充实的旗杆缓缓升起

驱逐尽百兽之王受宠的

娇小的猫咪呼唤出温柔

降下孤独的破旗

让一阵狂潮涌过

一阵风雨袭来

大模大样地踱方步

那点战栗被大象勾在长鼻上

猛地一动欣喜飞得老远

挂满所有飘扬的旗帜

占领神圣的两座圣母山

当爱的虔诚之徒

却没有时时祷告

没有千万个奢求祝福

思想中盲人是爱的化身

相爱用不着昂贵的明镜

细细考察森林的秘密

没有荒原没有沼泽

甜蜜的昏眩中

大象的千年碎步最稳

森林里的黑色最静

1988.8.29

碑

奔马衔来神圣的丰碑

铺在波涛汹涌的河上

温驯的水开始倒流

涌进历史的繁衍长河

涌进历史长河繁衍

历史

天下的丰碑不再直立

人们不再因瞻仰头疼

当马蹄踏过碑桥

天下了一场瑞雪

是巨龙欣喜的泪花

魔鬼变成了天使

细读过碑上的铭文

纤弱的女神得道

载走桀骜的飞马

奔马不再狂歌

端详碑沉重的皱纹

挂满如云的鬓须

挂满天地合一的灵魂

轻松地跑下阶梯

微笑那块里程碑

凝听潮湿的森林

无言的象征的温柔

无言在奠基的日子

默默无语祝福

绽开在心灵深处

心灵深处

1988.9.1—16

红 豆

红豆生南国，

春来发几枝？

愿君多采撷，

此物最相思。

——（唐）王维

一

不生在南国

两根灯草只点燃一根

生命的油昂贵昂贵

奉养不起供台的光明

潮湿终挥不去

芳草仍旧萋萋

触觉瞬然伸延

扎根在自然每个角落

灵魂的相思黯然失色

红豆由红变黑

由黑变蓝

呈一片金黄

爱情孕育其间

传闻生根的不是种子

爱是神奇的无花果

红豆上黝黑的斑点

是爱的高贵嘴唇

诱人但不腻人

1988.9.16

二

红豆之恋

核变重新繁殖

摘取皇冠上的花岗石

种成稀疏的相思豆

六弦琴上落满红霜叶

捡起一支芦笛

胡乱拨弄吹奏

一曲恋歌喷涌

稀释干枯的深红

人生旅途因为爱

裂开万千条支路

相思成荫

遮掩无垠的尽头

无力的东风垂下

惊飞绿洲夜莺

江畔倩影沉入水中

红豆之海

翻滚时爱时恨的波澜

藏匿时燃时灭的火山

最相思的信物

流入尘世的污染

横看无相思

纵看无相思

冷冷的红色奔突

冲破千年封锁

击碎或有或无的苦恋

空空荡荡

无翅的思想飞起

飘入悠悠宇宙

1988.9.16

三

天女散花

天星草散状生长

天星花如云飘逸

相思是河

红豆是海

淹没万千堵黑墙

万千个阴影成为幻影

迎接光明的际会

望着一对红豆

整个男人的责任碾碎

仅有点点温柔和软弱

红豆破碎为天星花

从太空尽情飘洒

染红晨曦的欢聚

染黑夕阳的垂落

染遍心扉的每一片活页

爱情鱼的每张鳞片都发光

金灿灿的相思粉扑闪

蝶粉填平鸿沟

相思鸟飞过黑墙

黑墙颓然倒塌

1988.9.18

深深的海

——致宇

往　事

往事一本翻不完的书

翻开永不褪色的记忆

细细查寻旧日的踪迹

竟那般遥远

这般亲近

偶然间往事倾诉

你我的爱恋

是一条没有踪迹的曲径

当深深的海卷飞起浪花

你流出欣喜

流出如烟往事

往事如烟思念如水

深深的海吸干疯狂的浪潮

平静的误会的无聊的

烟的潮云的潮火的潮

情丝铺结无影无踪

掀起一年一年的潮汐

一年一年的黄昏

梦诞生

爱诞生

往事发芽的季节

十八岁的少女

走过那段悠悠美景

走出单纯

走出静谧的海底

做不懂事的美人鱼

那段如烟往事诉说

很深很静

终于往事开花

学会了微笑长出触须

记忆的海返璞归真

你重新幼稚

1988.9.10

过　去

一段如烟往事

追逐一段段潺潺流水

一个个思念的涟漪

滴落晶莹泪珠

站在这里

当一尊永恒的雕塑

一截恋情在手

挥别回头的瞬间

记忆残缺

从这里回过头去

透视空洞的爱情窗

拉开黄色窗帘

摄一幅冷漠的风景

心孤零零地

在风景线上

掉泪

在凝视的时刻

没有爱情光临

世界在潇洒地

走

决心闯出沼泽地

踱出黑森林

心里不惦记着

北斗星和启明星

回首缓缓地

录一段初漾的余音

诉说初恋

风告诉我雨告诉我

过去是发霉的日子

现在是晦涩的日子

岁月都没有朦胧

1988.10.24

探　路

无为在歧路

儿女共沾巾

——（唐）王勃

一

听说是无为

听说有虚伪

一条洁白纱巾

联接两条蜿蜒歧路

联接两座山峰

两条河流

游出唯一的一条神仙

鱼

来自心灵深处的飞泉

溅满点点鳞片

朝拜神奇的爱情圣坛

朝拜

邀一轮明月

举起精神酒盏

牵一条金线

让电波越过

让飞鸟越过

让无为与虚无越过

1988.11.3

二

漂洋过海

游入梦境的幻光

游入海底的奇妙世界

钻探爱的内涵

发现深深的海沟

深沉得一无所有

无处可逃了

在仓皇奔突之间

仓皇奔突

在负隅顽抗的恐慌中

体验偏安一隅的乐趣

固守一座孤岛

不企求增援

不奢望突围

只静静地静静地

望着美人鲸远去

仙人鱼游来

一座孤岛

合围的没有水

突围的没有风

回味风和日丽的静穆

顷刻间孤岛沉入死海

三

又一次唱起呼唤海的歌

吹奏出童谣神话唢呐

追赶一队队送葬的队伍

一队队嫁女的队伍

踏破一条条深刻的歧路

狂喜的变得疯疯狂狂

悲哀的变得悲悲凄凄

迎接新的交叉歧路

迎接新的生命诞生

既然终有重阳垂落

梦中人不用考证起点终点

沿着歧路做无为者吧

不相信软弱是女人名字

眼泪是女人天性

既然已从海底衍生到陆地

既然陆地已屹立孤傲山峰

走那条歧路

走那条歧路

闭着眼模糊那座峰岭

1988.11.5

四

相逢在他处的歧路

分离在遥远的歧路

携带一路风尘

制造新的凝固沙漠

让群山窒息

让河流消逝

让水不再流桥依然存在

仅仅是为了生命的馈赠

一条时宽时窄的

歧路

仅仅是受到一次诱惑

领悟生活的归宿

——到灯塔去

观赏的不只是灯影

幻影不只是红红的

眼泪连同一种悲壮

一种飞蛾扑火的崇高

一种蜡炬成灰的奉献

所以在歧路的支点

有一个发誓的声音流传

有一种破裂的情感弥散

在有意的期待中

在无意的相遇中

装饰一种无心的矜持

何处是男人的歧路

何处有女人的歧路

在歧路的中点划分

爱情的长长短短

苦恋的离离分分

数不清的歧路

随流星蜂拥而来

随陨石垂撒而来

随生命潮汐漫卷而来

寻思那一条歧路

奢望那一条歧路

或苦或甜

或甜或苦

1988.11.7

五

从此后不再探路

不再为无聊顾盼痛苦

情感的小径汇入

爱的温柔大道

寻到了一座丰饶的岛屿

一个终生的归宿

也许将来有一天

会从窗孔向外观风景

也许想冲出城去

和外面的世界亲热

也许有一天在梦幻中

死去

然后留下永恒的誓言

你是我的妻子

我的情人

我爱你

难以开口

向过去道再见

也许她的温柔

恰似你的温柔

也许我们将一无所有

一无所有

在风雨冰霜中

怀念这一段炽烈的爱

也许

怀念是黄色的风向标

填补着你和我

情和爱的距离

也许

那一天你会哭

我也会哭

1988.11.11

六

孤灯下

我凝视你的明眸

试图在你眼中

发现一颗新星

发现两个灵魂重叠

两个灵魂

寻找叠合的秘密

爱你爱我

我注视我的眼睛

淡漠的迷狂的

圈圈黑色涟漪

点点深色晕影

在静寂的夜晚

眼神独自徘徊

独自犹豫

独自讲述

一个不会发生的童话

让明镜在夜里寻找

风里的你

情里的你

爱里的你

寻找我不曾读过的情景

1988.11.11

淡色花

嗅着采撷阳光的那束

淡色花日子

沉重又潇洒

潇洒

捧一束情感淡色花

朝拜爱情圣殿走遍天涯

默言无语

你没说话

我不说话

淡色花

暖暖的温柔花

把你的心融化

把我的冰融化

烈火燃烧的淡色花

在山间扎根

在风霜中长大
余焰在灵魂中发芽

淡色花淡色花
情意浓郁的淡色花
爱意弥漫的淡色花

1988.11.19

失　落

空虚的世界　梦中

失落　我不曾哭过

不曾真正解脱

一

过去的日子

慈祥的妈妈把我抛在这个世界

跟多灾的爸爸一起编织艺术的梦幻

许多许多年过去

我的心中建起了一座水塔

　　　一座新的金字塔

没有动力甚至无风

水却永远永远奔涌

总冲不掉那句话　妈妈

你曾说过　写诗

便会忘掉混乱世界

我怎么越来越依恋

这丑恶的伊甸园

很小的时候

我学会了在孤独的林子

徘徊　当乌云把阳光撕成

碎片　牧童幼稚的愿望

再也追逐不到晚霞

再也吹不响作横笛的

嫩　竹　叶

我体验到世界末日

　品尝了徘徊的苦味

妈妈　那一次

我没哭过　也没笑过

当儿子的童心破碎

　稚嫩神经成了吹奏不出

天真旋律的叶片

天痛哭了吗

地嘲笑不懂事的孩子

　嘲笑那般多愁

　嘲笑那些善感

是吗　妈妈

……

被撕碎的乌云落入

我的心扉　那一刻

我不再做噩梦

　不再说谁都解不透的梦话

开始相信命运的捉弄

男子汉学会了掉眼泪

　　　学会了斜视阳光

妈妈　学会了流浪四方

你是否觉得

　　　　你的那群落难孩子

　　　正让苦难生根

　　　　　发芽

1988.11.24

二

我曾听过一段浪荡乐曲

月儿落下待羞的原野

表达一种晦涩的情愫

沿着陡峭的山路

向前向顶峰攀缘

眼帘垂落杜鹃啼啼

热血哀猿的声声

愁怨

我曾听过一段浪荡乐曲

紧闭的双眼猛然睁开

视野做无谓的扩张

化成夕阳敌视大地的斜光

将眼睛睁开又闭上

闭上又打开反反复复

演奏那段含混昏眩的乐曲

将沙原的宽路拓展出去

千里马尽情驰骋

传说中的叶公骑龙升天

在一片苍茫的欢乐海中

有永恒的痛苦浸进涩味

深沉的梦幻在海底复圆

在那个茫茫世界

我曾听过一段浪荡乐曲

1988.11.25

三

凄冷的夜

孤单静听情人的谣曲

一声声呼唤从天外飞来

奇异的电波

在脑海深处启亮

爱情的灵魂红色指示灯

一座神圣的电台在心中播音

是你的轻吟细语

孤单静听情人的谣曲

让电流涌进凄冷的夜

在静态中碰出温暖的火花

凄冷的夜情人

倾听着遥远的呼唤

本能的爱情温暖

千丝万缕冷色思念

让欲望化作雪花

热情地飘进泪珠

让泪珠裂变成电波的灵魂

凄冷的夜

孤单静听情人的谣曲

1988.12.1

四

走进影子森林

做酒鬼做饿鬼做上帝

和妖怪造爱

和圣母嬉戏

我一个酒鬼

用酒盏度量人生

让爱装半杯

仅仅半杯

丘比特来吧

我携带嫦娥

让我们连酒带杯

一起喝醉

那杯苦酒

漫漫长途中啜饮

让阴影布满凡间

让阴风刮遍黑森林

影子的黑森林

那一天天涯同命鸟

一起孵化一起腾飞

一起跌落进深深的海沟

听任蠢笨却已得道的企鹅

嘲弄

也许一万年以后

太久的岁月留下一块化石

　让后世考证

化石

是人是鸟

是两颗患难的心

为了后人的生计

化作同命鸟吧亲爱的

让梦跌落

让乌云飘去

在一个天高云淡的黄昏

我们驾着夕阳

归去

落叶归根

那个踱满脚迹的爱情河

流浪进阴森的密林

有野狼狂嚎

有饿虎嘶叫

有鬼哭的泪珠在荒原

闪烁

那片森林

是镜中发红的

酒中人的迷醉眼睛

时明时亮时黑时清

迷惘在冬雨绵绵中

阴影的广场

我和幻影同欢同歌

同醉同乐享受

成仙成道的旨趣

欲乘风归去

让鸡犬升天

那时我和你不

再叹息无缘不

再悔恨有缘

有机会一起去

黑森林探险

让梦失落

美的甜的苦的酸的

在纷飞情绪的时刻

情愫冻结成黄昏

血不再喷涌

爱不再狂奔

我不要突围

不想到对岸去

伴随孤傲的岛屿

火在地狱燃烧

熔化心中的冷漠

奉送神圣的爱情

去天堂做儿戏

终于影子渐渐隐没

你渐渐褪色

花渐渐凋谢

酒醒后梦仍然继续

原来你不曾失落

在森林

我不曾失落

1988.12.7

五

单峰驼悠然进入

我的酒盏中

不挂虑杯弓蛇影的后果

骑着单峰驼

在酒海巡行漫无目的

这个世界淫雨正在垂落

冷风混入酒中

混入心里的暖流

不规则地扩散

诉不清该去巡夜

还是去酒肆拔旗帜

去茶馆压老龄竹椅

冬夜冬风正在刮着

不知道从哪儿来

到哪儿去

漠然遁入抽象

如亲吻少女的朱唇

首次狂吻的战栗

吓退一生的勇敢

发誓永远做一个感情的

懦夫当乖巧的俘虏

报答初恋

报答再恋的一片痴情

酒醉时不知道

向何处去

寻找生命的归宿

爱那样遥远遥远

如避瘟神心上人

躲着酒鬼回避

这一片淫荡的寒风

我不愿归去不愿

从一个圆圈滑回原点

不愿做超脱的神仙鱼

一切不愿亲爱的

请让我在寒夜中屹立

听任风和雨把相思泪

淋湿吹干

学会不再在爱人怀抱痛哭

学会不再多愁善感

一个酒鬼

独自闯进夜的棺材

睡大觉做美梦

造爱也无所谓

只奢求街灯不亮

夜风不无聊地吹

心中的半月永不复圆

在雨中在风中

让我的孤傲徘徊

在过去的冬季

在将来的冬季

回味现在

懊悔的眼泪不掉下来

负疚的心灵失去感慨

在爱的孤独面前

体验曾以有过的一天

让这片淫雨洒下来

洒下来

1988.12.7

六

真想哭断那个故事

梦不再延续成神话

众人传颂冬日的苦恋

那一片云彩

飘然逝去

真想不再追逐云

在朝霞满天的时刻

扯断故事的情节

让梦真正失落

让我真正哭过

为失去你的痛苦

为得到她的欢乐

我不曾哭过

不曾笑过

让你失落在记忆深处

灵魂由惆怅而平静

你由她而安居

一阵爽朗的笑声

随雷声闪过闪过

1988.12.7

沉淀黑暗

一

在镜面上做梦

欣赏自画像的忧郁

冷漠被目光驱逐出境

流放到遥远的森林

享受一种永恒

做清醒的旁观者

沉淀黑暗

镜中的一出戏

断断续续排练公演

一条线无谓地连着历史

一个或有或无的情节

上帝读过圣母读过

疯狂地球不停转动

旁观这场喜剧

千手观音伸出第一千零一只手

渴望轻轻掩上序幕

黑暗流过

幕布紧紧闭着

天真挑着灯笼和影子巡行

夜玻璃完全被雕饰弄碎

黑暗沉淀

世界开始热情曝光

1988.12.9

二

夜晚的阳光随着幕布拉开

欣喜地歌唱悲壮地倒下

剪断一截时代的缩影

藏匿进黑暗

轻轻地道一声永远再见

那一声如泪如歌的珍重

铭刻进残蕊的眼帘

在夜幕降临前潇洒离开

追逐夕阳的步履

如血天空热情喷涌

染尽整个生命

黑暗孕育成影子

在黑暗中孤独徘徊

在光明中孤独徘徊

幕布徐徐弥散

卷扬起细碎的风

飘向荒芜的原野

静听琴曲响彻

小夜曲戛然而止

1988.12.16

三

黑色河从心中流过

都市风

狂怒地展示夜的泪痕

浓郁时刻

心绪被你湿透

迎接肆虐的寒冷

迎接我们的冰霜

雨

泪似的涌现

线似的折断

欣赏宇宙的哭泣

昨夜和明夜的星辰

交相堕落

上帝受难的时刻

虽然涅槃沉默

南天门依然紧闭

我依然走着那条

路

做着祈祷和祝

福

1988.12.20

四

在向往黑暗的静夜

万千条思绪刺穿太阳

遥远的多情

连缀古客的长梦

端坐镜前

听任斑斓色彩心中滑落

昏眩的光迷失星空

茫然沉思

黑暗盲目探险

这个时刻

追求圆寂的旨趣

有过客诱我而去

有美丽骑着古道瘦马

品尝水仙花

水莲花的高洁

领悟夜来香

冬日蜡梅的妙意

有仙鹤从天外奔来

呼唤水中伴侣

呼唤光中伴侣

人间

有情爱泛滥而来

看

维纳斯在爱河中挣扎

丘比特在湖畔游荡

形形色色的动物结队走过

形形色色的静物久立逝去

在一个偶然的日子

拒绝天星花香的诱惑

黑暗梳理杂乱黑发

如整理永恒情结的头绪

无辜泪珠完全跌碎

生命纠缠凝结阳光

你在梦中

在雨中

向往黑暗

用黑拼凑未来的历史

深色图

回味童年堆积木的稚趣

那一个诱惑的一瞬

七色花纷纷姹开

远古冰川纷纷消融

一条内流河由宽而窄

由窄而宽

你冷冷地坐着

体验黑暗

冷静如深潭卵石

听任河床衍变

瀑布砸碎阳光

1988.12.29

预言流过灵魂

一

黑色高尚从泪珠斑斓中

轻飘出炫目的白光

混沌掩饰的光明际会

麻木粉饰的爱情墙

颓然塌进 D 大调的

情感河

琴声骤然而起

疯涌进千万种情愫

万千个声音销匿

琴弦悠悠出镜

超脱有序的紊乱

二

蜻蜓也学会采蜜

在六弦琴上有一天

一根主弦断开

一阵谣曲流出

如纱翅翼煽动

五线谱上漫步的预言

预言被岁月酿成蜜

合着乐音进入玄思的世界

那世界好大好空旷

美丽得只有一只

与阳光争辉的彩蝶

蝶粉扑撒进音乐

堆砌新的爱情墙

让艳丽的预言久居

墙顶之宫

罩有神秘光环

诱惑有心人

在无意自鸣得意

一声口哨

来自墙外的报春鸟

蜻蜓神秘而归

彩蝶神秘而焚

1989.4.14

三

那个日子很遥远

泪珠自由地滴在

铭记爱情的脸上

美丽月光瞬间破碎

溅抹银灰色思念

江水依旧在夏夜流淌

无声无息的思想

一种迷惘情绪陡然升起

镌刻远古的情爱符号

在图腾的梦中

诉说蛮荒时代的冲动

诉说古石崖上的古道具

装饰的男人和女人

那个时候很热

奇异世界无风

破译那个日子那种符号

在星星跌碎的夜晚

镜子

释放泪花的能量

暴露心灵的战栗

暴露耸立的毛发

在悟出的顷刻

道一声再见

说一句永远

1989.5.13

四

在预言中过日子

伴陪圣女

伴陪俄狄浦斯情结

和未来世界造爱

和命运结成秦晋之好

在一个白昼的幻梦中

发布世界将要毁灭的宣言

敲响大小灵魂的警钟

唤起一种紧迫一阵恐慌

变超俗者为入世者

出世者为戏中人

不管丧钟为谁而鸣

预言总是连绵地流着

流响阵阵钟声铃声

角声号声

流响遥远的梦谷

预言流过的日子

冬青树开始生长

梦呓吐露出泪花

发育成斑驳的触须

柔软地寄生预言

如爱神在少女的怀中

疯长但没有结果

终于有了那么一天

灵魂的波光泛出成熟

爱神不再幼稚

不再偷吃苦涩的禁果

预言真正坦坦荡荡

成正人君子

光明正大地闯进灵魂

唱一支悠悠圣歌

1989.6.3

洞　穴

女人是巨大的洞穴

吞食男人

男人是巨大洞穴

吞食世界

——《穴之谜》

一

有一个宏大的洞穴

在旷野

神奇深邃

漫漫情绪卷扬

阵阵黄沙

滔滔流水

一条黄色河

滑落进古怪的沙漠

不毛之地

顷刻间生机衍生

情绪生长出沙丘上的

怪异草

万般无奈地招惹洞穴的

诱惑

传播洞穴沉闷的回音

传播繁衍风

传播生殖雨

让生命和运气悬挂草叶

悠然自得地摇晃

踌躇满志地喧响

听任进化的雷声轰然过去

情绪草

在一片孤寂和哀怨中

孤芳自赏

在阳光沐浴过的生之途上

完成爱的使命

神圣

庄严

1989.5.20—6.1

二

轰然倒塌

大森林中与世隔绝的小尖塔

在小美人离去后

和小仙宫一起裂变

阴阳混合成一轮红日

冉冉升上天宇如祈祷的烟云

罩着神秘的塔墟

罩着破碎的和平

当红日升上天宇落进洞穴

洞穴释放出如明月的光辉

穿透繁星凝聚的能量墙

繁星如熟透的果实纷纷落下

掉进无底的黑洞

掉进无垠的金竹宫

渐渐地在某年某月某日

宫旁兀自长出一块残碑

一个模糊图案残缺

一根金竹

滴下晶莹露珠

周围香雾依然萦绕

在那一瞬间

金竹宫金竹宫

没有了小仙女

　　　　小美人

　　　　　　　　　1989.6.1

蛛　网

一

羡慕临渊羡鱼

羡慕退而结网

听窗外雨声淅沥

坐井观天的

一种逍遥

闯入雨织的天宇

退守一个角落

光明交织黑暗

在隐隐约约之间

回味平淡风

拂面而来

拂面而去

世界恢复平静

伫立在凝视的

回眸中微笑

意味深长

淡淡的如水

如烟如云如雾

轻纱轻轻掩没

梦的门窗

回忆诞生

在水中在烟中

在云里在雾里

心门开启

1989.11

二

缀饰静止的玻璃窗

剪集大红喜字

充盈稀疏的空间

点燃黑暗

悠悠境界

如蛛网摇曳

美丽光泽漫游

温情脉脉的家

一朵娇稚的小花

和太阳一起绽放

欢乐时分

独自欣赏小花的娇羞

香气独自徘徊

仙味纷沓而至

朝拜唯一的圣坛

潇洒地向着太阳走

说不清是否进入迷宫

是否被蛛网纠缠

是否被黑洞吞没

总是一直睁开眼睛

尽可能避开陷阱

尽可能地寻觅出路

挽着大弓警惕地

注视黎明

考虑有无射落九个太阳的

必要

三

临渴掘井

不慌不乱当预言家

为井的源头占卜

让水从心灵自动流溢

浸透干枯的灵魂

争取从井里跳出去

试着做网中之鸟

不再被称为井底之蛙

在大森林的绿色中挣扎

涅槃成绿色

绿色网笼罩

摆开一个古战场

阡陌为壕

顽强地抵抗诱惑和妖术

祈求巫女的毁灭

预言的落空

井水的倒流

透过井孔向外窥探

每一个井孔变成网眼

洪水在视野中消退

潮汐隐没静默冥界

一个古老的情结解冻

挪亚方舟愉快地驶出

古战场古童话

都进入网中的历史陈列馆

表演历史

四

梦话填充象牙塔

梦从每个塔孔流出

如传说中流出粮食的仙洞

源源不断地流进岁月

耐心地孕养心灵

忧伤的时候

塔顶有红灯闪闪

暗示眩目的蛛网

光线和网线对阵

激烈搏斗之后

世界有了平面的网

立体的网

时间的网

空间的网

生命在网中演戏

帷幕披露

一条条最新消息

钻出网眼

灵魂集合精神

凭借抽象的魔力冲锋

企图化网为井

破网为路

夷群山为平地

在悲壮的顷刻

精神缤纷灵魂飘逸

情感斑斓生命美丽

蛛网霞光万道

井底流荡光明

1989.11.7

黄土高坡

——致神仙鱼

一

漫步

无垠原野

风土人情填满

千沟万壑的空虚

黄色土地

飞扬起黄色旗帜

粗犷自然

定格

冥冥太空

悠悠人生

跋涉

黄土高坡

云雾透明

阳光透明

在透明的世界

悲壮的黄土

孤独的黄色

透明

在朦胧细雨中

黄沙停止流浪

黄土高坡

歌一样的雨点

柔柔地呢喃

温情征服大地

阳刚之气

弥漫青春的秀气

1990.10.16

二

无声的叹息

赞颂飞天的壮举

无语的思念

浸透奔月的爱恋

干旱的土地

渴盼大雪降临

痛苦无期

等待在高坡

向低处滑落

叮咚入水

永远等待

黄土哭泣

无畏的叛逆者

装扮黄土

让黄土高坡

遍立雕像

装饰历史

太阳高照岁月

风化雕像阳光沉淀

黄土渐渐厚实

岁月渐渐软弱

雕像和阳光一起倒下

复活美妙的

回忆

1990.10.17

三

月色拉开距离

星星开始大战

启明星

放射超群的光

释放诱惑的能量

吸引远行的梦中人

考古陨石

惊叹流星的精神

推开爱情窗

透视黄土的相思

青山绿水隐退

闯入视野

一片黄色的希望

被大漠孤烟

托出地面

幻想作流星

陨落黄土高坡

点点炫目的光

照亮孤傲的高原

高原从此静观

高原风呼呼吹过

高原雨细细飘落

黄土高坡尽情地

滋长美丽的信念

如诗

如歌

如爱

思想在严冬复活

爱情花在冰霜中

姹开

1990.10.18

孤傲的雪峰

一

抓握闪电

惊雷炸碎雪峰

缤纷色彩

迸裂超越时空的幻想

在闪电和惊雷之间

孤傲巡行

惊梦如流星

融化孤傲的雪峰

从峰顶滑向峰谷

攀登者

沉没坚强意志

沉没万种孤独

让生命迷恋永恒

从峰谷攀上峰顶

生命延伸

形象逐渐高大

征服者

笑傲江湖

太阳光投射雪峰

伟大沦为渺小

冰雪纯洁

雪峰孤傲地矗立

影子成群结队

忙乱地从山顶

移到山脚

从山脚爬上山顶

1990.10.21

二

无语的温柔

结满冰霜

倒立的冰山

悬浮在爱之湖

情之舟狼狈逃离

沉没爱情岛

驶向思念的彼岸

冰川撼动

渴望欢聚的信念

爱之湖惊涛骇浪

雪峰倒塌一角

爱情小舟闪避冰山

穿梭忙碌

收捡雪峰碎片

冰山横冲直撞

和小舟搏斗

爱人湖袖手旁观

爱情岛

喷放阵阵烟雾

掩护爱之舟冲锋

一场殊死的战斗

湖泊重新平静

雪峰依旧屹立

冰山不再倒立

爱之舟

沉稳地

在碧波荡漾的日子

向情海深处驶去

1990.10.22

三

幻想作一条

神仙鱼

托浮海的女儿

跃上雪峰的顶端

从海洋向陆地

进化

海的女儿

成为缪斯女神

不须透视天空

或者窥探鱼的秘密

当有心人从井里走出

鱼化石便开始复活

不再藏匿在雪峰深处

像一颗初放异彩的

明星照耀顶峰

幻想有一个时刻

鱼平静成水

盛满古陶器

行路人跋涉将至

用开山辟地的双臂

抱起神圣的方鼎

把鱼和水一起喝下

鱼之水在心海游荡

弄不清水和鱼的距离

水碧波荡漾

鱼鳞光闪烁

只有心汹涌澎湃

如杞人　忧虑雪峰

1990.10.23

多想有个家

一

内流河

流过亘古未有的大沙漠

热烈的拥抱吸干

时光的水

内流河流淌

无水

只有河沙沉积

在岁月的中心

成为沙洲

河沙不指望突围

不盼望做坚硬的卵石

金光灿烂的影子

在过去的梦幻中

时隐时现

卵石突围

趁洪峰汹涌

顽强地翻着跟斗

戏弄飘浮的云彩

卵石停住脚步

在枯水的季节

河床封冻

河岸堆砌黄沙

河里藏匿无数

莫名的生命

想要有个家

卵石深陷泥沙

既不在水里

也不在岸上

二

水里有个家

一个个翻滚的洪峰

一个个奔腾的漩涡

在洪峰浪尖

在漩涡中心

一个家

始终微笑着存在

水里有个家

内流河干涸的时候

月光和阳光都已枯萎

生命在特别的时刻

裂变巨大的能量

向着远方喷射

黄沙弥漫

阴风怒号

浊浪排空

万马奔腾

人冷静地

在世界大突围的

出口悠悠地

踱着方步

踩出无谓的图案

有山有水

有草有树

在万花丛中

有一个家

在水的倒映中

时隐时现

三

外流河

伸出友好的手

拯救沙漠中的朋友

默默地

向无边无垠的沙海

抛出小得可怜的

救生艇

救生艇

在沙峰冲行

冲击沙浪

冲击呼呼风声

冲击愤怒的沙神

内流河

软弱地

缓慢地向希望靠拢

慌乱欣喜之中

竟忘了发出 SOS

救生艇左冲右突

冲进沙丘的迷魂阵

沙丘演变阵法

摆出神秘的八卦

放倒灵通的消息树

在接近内流河的时刻

救生艇消失

无踪无影沙海里

一群无所事事的生物

从此研习阵法破译八卦

忘掉了在水中

还有一个令人神往的家

1990.10.26

梦中的一个家

家的诱惑

梦中的一个家

在云雾飘散的

岁月释放柔情和诱惑

开放朵朵多情的

小花蜗居

爬满永恒的常青藤

小小蜗牛

追逐黄鹂鸟的歌声

从云里走进雾里

到遥远的地方去

取水寻找源头

在很近很近的地方

温情如泉浸湿

饥饿和干枯的灵魂

在水中变化

成柔柔的水草

缠绕时光的触须

成静静的礁石

独卧迷宫当沉思者

成喧闹的漩涡

排泄岁月的尘器

成水中的万事万物

任水任意冲洗

任浪任意冲击

在梦中渴望水汹涌而来

在水中盼望梦缤纷而至

在水中在梦中

家的诱惑

一个呼唤游子的声音

复

活

1990.11.1

我要回家

随风漂泊

总是满怀疲惫

满怀绝望

在希望与绝望之间

拼命挣扎

企图逃出分界线

孤独的时候

才知道山有多高

　　　水有多深

　　　家有多温暖

于是想象天有多蓝

于是疯狂地呼叫

我要回家

　　　我要回家

归来吧

浪迹天涯的游子

在古河之滨

在茫茫荒原

圆月流溢出旋律

诱惑远行者

不再犹豫

打道回府

归来吧归来吧

刻骨铭心的乡音

在凄冷的风中回荡

响应远方的回音

在孤独的夜

被皎洁的月光

凝结成霜

1990.11.1

大漠中有一个渺小的家

沉淀孤独

思念被孤独蒸发

成为升天的水雾

湿润冥冥太空

缩短爱情距离

从逗号走进句号

不宣布悲壮的终止

从感叹号走进问号

不承认美丽的诱惑

有阳光的时候就尽快歌唱

有水的时候就纯洁灵魂

在离家的日子

到处缀满感叹号缀满问号

如北国小院挂满串串辣椒

红红的　令人兴奋

走进沙漠中心

不知道何处是归程

不需再费尽心思

破译问号的含义

也许更无心思

做闯出迷宫的游戏

忘掉芝麻开门的咒语

舒心地微笑

开怀地大笑

欣喜地狂笑

终于有了一个家

不在梦中不在水中

在伟大的沙漠中

有一个渺小的爱

1990.11.1

离家的时候

候鸟北飞

候鸟北飞

巢留在南方

北方的风雪

冰霜暖和

渴盼移居的愿望

一个巢滋养一种希望

遥看南迁的轨迹

沾满鲜血和泪珠

一只候鸟

从北方飞回南方

逃避寒冷的迫害

冲出时空的封锁线

寻找失落的

家园

在南国的温暖中

候鸟失去阳光失去力量

浓雾笼罩

浓烟弥漫

一场亘古未有的大火

烧红绿色原野

家园走向没落

鹰逃离世界

一只候鸟

追随鹰的歌声

从南方飞回北国

沐浴冰霜中的阳光

1990.11.3

不如归去

穿行黑色走廊

摸索通天的栈道

没有天梯

云沿着太阳光柱

攀进宇宙的大门

宇宙空空

门不复存在

云无处藏身

找不到出去的门

被迫改变模样

鸟儿无处飞翔

云彩四处流浪

情感四处流淌

观念无处更新

离家的日子

湿润而干燥

思念如水

冲走千山万水相隔的空间

思念如火燃烧

情和爱生和死的距离

何处是归程

何时有归期

在遥远的圣地

一只鹰肃穆地屹立

在陡峭的雪峰之巅

如杜鹃啼血

唱着一支古老的谣曲

不如归去不如归去

1990.11.5

沉入高原湖

听一阵圣歌响彻

悠悠流着思念的蓝天

赤色的期待

浓缩两颗被冰雪融化的

心灵

茫茫无归期茫茫无归程

离家的日子沉寂如

黑色的高原湖

墨似的云彩落入

翠绿变成漆黑

生命抵抗一阵逃遁

湖水永不外溢

情感孕育在湖里

湖心有梦中的家

梦中人轻轻呢喃

在水底呼唤美人鱼

呼唤远方的游子归来

为什么流浪为什么

美丽的晚霞终要逃散

远方的群山总要吞没夕阳

月亮从山里走出来

没有太阳甚至没有

几颗明亮的星星

陪伴孤独到黎明

才望见孤独的启明星

被魔法定在半空

一动不动　心

为明月悲哀缺了又圆

家在远方的云雾中

时隐时现

1990.11.7

爱人的声音

风从哪里

风从哪里来

影子在阳光下欢聚

歌声在阳光下流逸

笑容在阳光下闪烁

爱情在阳光下沉睡

风从哪里来

风来自长满潮湿触须的

南方山脉生机盎然

绿的山绿的水绿的树绿的人

绿色世界情感透明

绿色风追赶皎洁月光

月儿不再被呼作白玉盘

掉进深深浅浅的绿潭

听任披着绿色的猴子

慌慌张张地

用绿色的网打捞

风来自阳光灿烂的高原

金色染遍光秃秃的群山

浩瀚的沙漠泛出金光

粗犷的戈壁泛出金光

金色掩饰的荒原

深处爆发一股强劲的

旋风从心里喷了

从灵与肉的对抗里逃出

冲向遥远多情的南方

同南国的温柔风会合

这时候一道闪电一声惊雷

阴柔风尽情呼啸

太阳雨尽情飘落

1990.11.20

相思音律

山谷山涧

给我一个回音

一个穿透千山万壑的

魔鬼的回音

伸长你的柔臂

你的如云的秀发

把搁浅旅途的心

紧紧缠绕

紧紧缠绕

声音之须

织成巨大的柔情网

罩住旅途上匆匆

奔波的夜行人

罩住不甘寂寞的灵魂

罩住逃出盆地

流浪高原的爱情

罩住你心中的冬日

失魂落魄的太阳

罩住你梦中的寒夜

冷冷清清的残月

旅途蜿蜒向前

命运的曲线生长

回音洒在曲线上

溅起一朵朵思念的

泪花野性的呼唤

响彻漫山遍野

河流奔游疯狂的相思鱼

群山疯长相思林

群群相思鸟鸣叫飞过

相思崖上望夫石轰然倒下

1990.11.21

梦见白光

柳絮缤纷

二月春风张开娇嫩的

剪刀剪碎片片温柔

洁白的光辉投射树身

形成婀娜多姿的倒影

柔情散落在影圈中

等待粗犷的风流

漫流到天涯海角

白光变幻

黎明投射剪影

黄昏投射余韵

骄阳投射火热的心

皓月投射纯洁的爱

太阳追逐月亮

月亮追逐太阳

神奇宇宙

在简单的相互追逐中

单纯透明美丽

影子游移

在光的变幻中变化

时而朦胧

时而清新

时而广阔

时而狭窄

只有情和爱

悬挂柳枝

像只只云雀

快活地歌唱

听任世界静静世界运动

独自寻找流淌歌声的生存空间

1990.11.22

爱情游戏

——关于爱情本体的思考

爱情是座小尖塔

一座小小的尖塔在雾中隐约可见

一个小小的情人在心中朦朦胧胧

一条小小的曲径在山中百花簇拥

一个小小的巢穴在林中百鸟争鸣

小小的小小的小小的

一个小小的男人不再伟大孤傲

一个小小的女人不再天真任性

爱情小尖塔离地面不远不近

七七四十九是个吉利数字

七七四十九级台阶七七四十九个檐角

七七四十九座迷宫四十九个出口

塔尖只有一个阳光塔下还有一个

影子小尖塔信奉

精诚所至

盼望金石为开灵魂归来

小尖塔伫立山野

山野里常有哀猿长啸野狼哀嚎

小尖塔静静地倾听如听情歌

狼的哀怨从风中吹进塔尖

从塔尖传向每一个檐角

每一个方向都流逸温柔

小尖塔伫立大漠

荒原上有过客的足迹都市的废墟

仔细阅读足迹研究废墟

寻找自己的历史预言自己的命运

狂风乍起黄沙漫漫天昏地暗

命运的门全部开启

小尖塔响应大漠呼唤在古堡

抛撒全部迷宫让黄沙涌进

小尖塔最喜欢伫立盆地

那里青山绿水景致迷人

盆地本身就是海洋遗留的

奇迹巍峨群峰云雾萦绕

小尖塔最最神秘

太阳常常悬挂塔顶形成光环

每当这个时候总有甜美的音乐回荡

有信徒虔诚地诵读七七四十九句咒语

1990.12.3

爱情是幢小木屋

大森林有蘑菇的地方有一幢

小木房结构简单缺少装饰

天真的心是常住的居民

爱情偶尔光临神秘的身份

只是一个或有或无的过客

小木房单纯得令复杂惭愧

从不奢望用丰富多彩点缀

生命小木房很丑

有时是一朵大蘑菇

有时是一块大石头

有少男少女到森林采集鲜花

岁月的鲜花已经凋零

岁月的蘑菇正在疯长

浪漫的青春摆脱虚伪的矫饰

石头为家蘑菇为伴侣

小木屋是一棵永远年轻的常青树

爬满不甘寂寞的常青藤

森林的三原色踏着夕阳归去

冷静的石头残留生命的绿色

太阳托浮石头的意志冉冉上升

做一幢忠实的小木房

忠于绿色忠于心忠于爱情

可爱的小白兔逃出洞穴

奔进小木房寻找温暖

温驯的小羊羔逃离草原

躲进小木房寻找抚爱

小木房慈祥地存在

献出自己的爱心款待小客人

一阵狼嚎一阵虎啸

一群狼崽一群虎仔奔来

寻找真正的自然之爱

小木房慷慨地让出空间

养育这群猛兽的后代

多年以后森林遭到砍伐

小生命逃得无踪无影

小木房的废墟已经消失

传说在最后的时刻小木房

成为森林篝火映红了黑暗的天

1990.12.3

爱情是个小童话

小爱情融化小童话

小童话复活唱着欢快的歌谣

随着山泉流出小森林

泉水叮咚传递爱的信息

心与心的距离被溪流冲走

潮湿的季节岁月全都发霉

爱情被雨季发酵昏昏沉沉

雨季是醇酒爱情是海量的好汉

一碗接一碗哪管三碗不过冈

小童话传说安徒生海的女儿

曾劝说爱情酩酊大醉后不要轻易

离开雨季独自闯荡江湖到人迹

罕至的景阳冈上去那里有

虎　　真正拦路行劫的大虫

海的女儿一片好心不是出于嫉妒

谣传那是一只多情的母虎

是母老虎公老虎纸老虎真老虎

与已有王子的海的女儿

毫无关系也无关紧要

爱情是一介武夫一个冒失鬼

冲冲打打能闯出一条路就算

一条路从山脚到山顶

随着生命向上延伸

爱情最后冲上山顶发现只有

孤独的树和孤独的石头

排列出一个奇特的阵法

不是普通的长蛇阵神秘的八卦阵

任你攻打你难解难破

面对强敌爱情首次谦逊

拜古树为师拜奇石为师

铁树开花石头开花

漫山遍野真情弥漫

爱情无心打虎无心擒狼

只想安安静静进入童话

一场磨难唤醒了古老的甜梦

童话是最好的归宿

到童话去那里有最动人的回声

1990.12.4

爱情是个小美人

徘徊黑色走廊足音

沉重而潇洒人生在回声响彻的

一瞬间开花结果

爱情从遥远的荒原回归

进入一条通天达地的阳光走廊

爱情走廊很黑暗月光

流浪到发育相思病的梦谷中

影子总是在徘徊在黑暗中

摸索一条走出迷宫的路

爱情在梦中成了一个迷路的孩子

迷路的孩子不知道天高地厚

胡乱地大胆走进一条条胡同

自己和自己捉迷藏自己捉弄

自己真可笑对吗你曾经

说你真傻是一个十足的傻瓜

迷路的孩子是一只贪玩的小猫

一只四处流浪的小蝌蚪

找妈妈去吧小蝌蚪不要再

流落他乡在一地被冰霜凝固

趁城头刚失火还不知道爱情

赶快逃出风平浪静的养鱼池

在爱情湖里荡舟想起一件往事

在暮色中爬上爱的悬梯

好险好险差一点跌落下来

跌得粉身碎骨青春全部跌碎

在红色中走上爱的浮桥

摇摇晃晃自鸣得意不知道

浮桥下全是浮冰热情

从河道上游汹涌而至

浮冰欢呼浮桥漂移下游

希望全都落水幸好希望

有浮力能够避免灭顶之灾

一件往事一则笑话一首小诗

组合在一起什么也不像什么都不是

重新回到黑色走廊信步徘徊

突然一道亮光出现在无垠的尽头

惶恐中看见一个小美人款款而来

恭候光临心驰神往醒悟

这才是苦苦寻觅的爱情

1990.12.5

面对爱情

面对爱情你觉得失去了什么

人不能同时踏进两条河流

你憧憬爱情渴望走进爱情影子

虽然你比谁都明白聪明人

从不和爱情影子久久纠缠

爱情显得单纯幼稚在时光面前

扮演一出古老而年轻的游戏

爱情甜甜蜜蜜爱情孤孤单单

孤孤单单甜甜蜜蜜就这样

朦朦胧胧做着影子常做的

白日梦清晰的记忆使巫师

或者弗洛伊德都无法破解

那个梦很奇特是关于人和人以外的

两种事情一个很伟大一个很渺小

一个无形一个有形

无形的在虚幻中真实存在

有形的在现实中无处可寻

梦中你开始解析开始寻找

一只雪豹走过你很惊讶

人离开了自己的欲望竟不再想升天

梦中的人一会儿变成一棵树

一会儿变成一条汹涌的大河

一会儿变成一泓清清的湖水

一会儿站立起来悬泉瀑布

铺天盖地　　　　　砸下来

梦后的你无法破译梦的秘密

做梦的人无法解梦已成历史

梦中的梦已经复活已经从

回忆中摇摇晃晃走到窗前

推开窗窗外一轮弯月

无聊而冷清地独守天宇

爱情不再神圣当你透视影子

领悟你不能面对爱情

爱情很勇敢很软弱

你不要把她吓跑让她自由生存

面对爱情你格外清醒

你却不知道梦已成为现实

1990.11.6

色彩的狂想

——关于爱情本色的思考

红色从遥远的天边走来

鲜红的血在天边奔涌

鲜红的朝霞在天边奔涌

鲜红的晚霞在天边奔涌

血色黎明血色黄昏

鲜红的血划破子夜的静谧

在无垠的天宇奔

涌

染红黑暗的残夜

鲜红的爱在心中奔涌

鲜红的心在爱中奔涌

鲜红的亢奋在相思中奔涌

红色从遥远的天边走来

潇洒地将红色脚印

抛撒在茫茫原野

孤寂的人生从此响彻

红色回声填满足迹的空虚

沙滩从此变成鲜红的圣地

聚满黄昏和黎明

聚满旭日和夕阳

沙滩不再平平静静

红色旋风鼓荡魔鬼的笛音

流逸进月光下的红沙滩

笛音堆砌起一座座沙丘

红色从沙沟中穿梭而过

透视深藏沙丘的灵魂

红色逃出沙丘布下的迷魂阵

逃进群山逃进江河

红色经过

群山复活成一个个男神

剽悍　伟岸　雄伟

挥舞红色旗帜冲锋

江河幻化成一个个女神

温柔　善良　多情

批示红色风轻轻拂过

红色从遥远的天边走来

预示大劫难结束

爱情重新开始

1990.12.6

黄色超越地平线

迷恋黄色迷恋黄色

迷恋黄色诱惑原始生命

迷恋黄色超脱庸俗凡尘

迷恋黄色弥漫情感空间

迷恋黄色从生命的起源

从从容容地走向生命的心头

在所有的色彩中黄色

最娇嫩最令人心旷神怡

进入一个生命本体的世界

黄色使你亢奋使你恐惧

使你惊慌失措使你狼狈不堪

生命的黄色驱逐掉做人的一切

虚伪不必做真正的正人君子

那是伪道士们惯演的把戏

生命的黄色让大写的人

暴露无遗

你就是你无法认识的自己

有一天生命的黄色被赶出家园

到无数野花生长的地方流浪

野花悠闲地讨论生存的意义

严肃高贵的话题变得卑微轻佻

黄色被野花的无聊激怒

铺天盖地罩下色彩大网

一切都被黄色包围

一切都失去本色

归顺黄色家族

黄色一统天下从此开始

悲哀因为世界的单调

最迷人的色彩被习以为常

由喜爱转变为厌恶

黄色不再趾高气扬

独霸自己流浪的世界

黄色顿悟在家园

有一种震慑灵魂的色彩之源

落进深沉的色彩河

黄色启程援救大色彩

超越地平线进入

无色无味的大空间

1990.12.7

绿色点化大地

世界流行红色流行燃烧的火

红色勋章授予盗火的普罗米修斯

曾经去西天取经的唐僧师徒

恭恭敬敬地望见勋章从天而降

三藏脱下黄色袈裟

脖子上只有念珠没有绶带

阿弥陀佛天地间

回荡大珠小珠落玉盘的清脆

静心养性修身成性立地成佛

绿色从佛主的莲花上如雾升起

绿色漫过雄关守关神将

纷纷放行毕恭毕敬

绿色飞过城市糜烂的声音

纷纷逃遁新秩序瞬间形成

绿色是祥云飘临

每一处丑陋的地方

立刻成为圣地

绿色是盛开荒原的奇葩

哪里有绿色哪里就有生命

绿色是沦落凡间的爱情

伊甸园没有绿色

只有智慧树智慧果

上帝没有说出有无色彩

可以庇护一对情侣度过寒冬

于是向往绿色

向往在绿色中死去

向往在绿色中永生

当这个念头成熟落地

你不再迷惘不再徘徊

不再软弱不再悔恨

绿色开花大地解冻

你独卧大地仰视绿色

不知道天有多高地有多厚

耐心等候绿色的点化

1990.12.8

蓝色过滤天空

一支蓝色响箭射向天空

炸裂乌云

暴风雨倾盆而下

蓝色如花似玉

飘落进绿色控制的世界

绿色惶惶不安

水上浮萍四散奔逃

蓝色过滤天空

变色镜美化丑陋的宇宙色

彩白色红色黑色

从各个角落隐入地平线

蓝色欢笑蓝色欢歌

蓝天上的云彩纷纷坠落

山川被云彩覆盖

绿色昏眩

被宇宙的突变

折磨得死去活来

蓝色大显神威

把一切色彩驱赶出境

不愿再独守天空

和白云做伴为伍

让文人们兴诗作赋

蓝色成为主宰

在大地上空

封锁其他色彩的退路

色彩被一网打尽

伟大的蓝色

成为至高无上的君主

一场惊变

大地始终沉默

生物始终沉默

各种色彩被赶进色彩集中营

各种生命开始躁动

又一场惊变

生命汇集色彩

把蓝色赶出大海

赶向天空

1990.12.9

黑色沉淀人间

黑色出场亮相

英俊的模样潇洒的动作

诱发窈窕淑女

春心荡漾

街上从此流行黑色

黑裙子黑健美裤黑色

披肩发飘扬起

一阵又一阵令世界昏眩的

黑旋风

黑色沦落街头

为都市的色彩河导航

黑色航标坚守浊流滚滚的

色彩河爱情小舟

驶过林立的暗礁

驶向黑夜中的黑灯塔

到灯塔去

一声令人陶醉的呼唤

把爱情引入梦的港湾

那里黑色生物欢聚

那里处处流行黑色

爱情走进黑谷

黑谷阴森却十分迷人

黑色鸟放声歌唱

唱出的黑色歌声婉转动听

黑色花尽情开放

黑色香味弥散谷底

一只黑色狐狸从黑丛林中

悠闲地踱出

散步在黑色小径上

黑色狐狸美丽端庄

像一个身披黑纱的小美人

款款信步于闲庭之间

爱情游历黑色世界

黑沙漠黑森林黑土地黑山脉

爱情被黑色引诱

逃离缤纷多彩的母亲河

到黑色村居当有情人的相思鸟

1990.12.9

青色陪伴爱情

一个神话一个传说

青色象征善良热情

青色常常扮演爱的使者

当红娘

让有情人终成眷属

青色与世无争

乐于助人勤于助人

爱情冷漠的季节

青色燃烧自己

让一场大火温暖一颗心

青色默默无闻

隐居于鲜艳色彩之中

一生忠于爱情

注视爱情的一举一动

一次爱情酩酊大醉

从朽烂的古栈道

走进险不可测的古溶洞

爱情兴高采烈

欣赏奇伟瑰怪风景

不知道前险象环生

青色大惊失色

见爱情一步一步走向死亡

悟出敌人的诡计

悄然出击拆掉一段栈道

爱情失足跌入大江

清澈江水洗涤掉一切尘埃

爱情从此纯洁透明

不再是醉鬼不再是风景的俘虏

青色也有失败的时候

一次爱情游览大草原

青色世界爱情格外娇艳

百花盛开讨好爱情

万马奔腾诱惑爱情

爱情迷狂落入百花丛中万马群中

青色闻讯赶来搭救

爱情已无踪影

青色从此孤单不再陪伴爱情

1990.12.9

白色装饰世界

软禁白色

将白色圈进沙漠

白沙漠上生长白房子

白衣公主隐居

白花簇拥的白色别墅

被大漠包围

白色无路可逃

无处可去

白色墙无形存在

隔断白色的相思

白色的爱情披挂白纱

白盔甲武装沙丘

一个又一个白色哨兵

坚守白房子

不允许其他色彩靠近

不允许白房子逃走

白色鸟飞过上空

白色的声音报警

白色四散隐蔽

防止白色鸟坠落

炸毁白房子

白色鸟飞过长空

飞向自由的远方

那里各种色彩纷呈

各种思想随色彩飞扬

白色鸟从远方返回

顽强地盘旋白房子上空

沙丘燃起烽火

白盔甲纷纷燃烧

白房子保持平静

白色悲壮地聚集

等待白色鸟从天而降

救出被软禁的白色

逃离妄想囚禁一切的

大沙漠

1990.12.9

灰色浓缩情感

作茧自缚

灰色人生痛恨灰色

情丝一寸寸拉长

拉曳成一条长长的光线

灰色光颤抖而出

穿透过平原盆地

缚住逃往高原沙漠的爱情

光线联络情感

织成可以在大海捕捞的网

到海底去

打捞爱情沉船

上面装载历史和浪漫

历史已经走过

浪漫已经走过

心静如死水

情海泛起微波

光线透视海底

美丽的珊瑚群礁

建造富丽堂皇的水晶宫

色彩鱼游进游出

水藻热情地生长

防护带绿色荡漾

灰色网避开礁石

在水晶宫附近拼命

捕捉快活天真的色彩鱼

色彩鱼来回嬉戏

不知道危险来临

灰色网逐渐收拢

逐渐向鱼群逼近

鱼群沉着撤退

进入沉船进入

最后一道防线

鱼群融入沉船

赋予沉船生命

船缓缓起航

冲出灰色历史

驶向一个光明崭新的世界

1990.12.10

紫色治疗创伤

涂抹破损的记忆

紫色是灵丹妙药

淡紫透露金黄

那是绝望中的希望

证明创伤开始萌发生机

珍藏紫色

如珍藏手术刀

珍藏从肌肤里取出的

历史射出的暗箭

从此倍加小心

不再轻信美丽的谎言

向生命的禁区前进

踏响爱情地雷

轰隆隆的爆炸声

把浪漫震出境外

爱情从此沉默

从此忧郁

爱情花蕾全部凋落

爱情树停止长高

紫色向前冲锋

闯过禁区

闯进软禁爱情的山洞

救出爱情

紫色雨倾盆而下

山洪冲垮山洞

爱情随波逐流

爱情跌落小河

漂向大海

蔚蓝色的海洋

让开一条光明大道

欢迎爱情光临

爱情在山地徘徊

紫色涂抹全身

创伤渐渐愈合

不再流浪不再流浪

陪伴紫色永驻群山

1990.12.11

无色爱情

闭上双眼沉思色彩

体验和爱情交锋的快感

爱情被色彩包围

左冲右突

逃不出色彩的纠缠

爱情也闭上双眼

体验无色无味的感受

天气真冷

第六感官首先发现

在寒冷而无雪的冬天

爱情无色

无味

真冷

睁开一只眼睛凝视太阳

发现太阳不只是鲜红如血

半掩半睁一只泪眼

斑斓色彩纷纷袭来

童话中的色彩全部再现

爱情睁开一只睡眼

捕捉太阳的幻光

苦苦地等待

苦苦地寻觅

结果一无所有

爱情悲哀

被迫结束色彩之行

被迫由公开转入地下

被迫四处流浪

流浪远方

爱情才明白

世界多变自己无色

一切色彩都是虚幻

变色人生无色最最真实

爱情从此平静

真正悟出色彩的含义

色彩抽象

爱也抽象

1990.12.11

爱情游戏

——关于爱情本源的思考

人类呵！

相爱罢

我们都是长行的旅客

向着同一的归宿

——冰心《繁星十二》

机　缘

爱情需要缘分

两颗流星相碰纯属巧合

从一点形成一线

从一个平面形成一个空间

爱情如梦轨

在情感河平行伸延

机缘美丽

诱惑人回去的彩虹

从起点走向终点

从终点返回起点

机缘是爱情路上的盏盏明灯

照耀路面显示信号

以约定俗成的古老方式

暗示该进入情网

还是赶快独自迅速逃生

机缘有时莫名其妙

面对从天而降的缘分

你茫然失措

不知道爱或者不爱

这个问题复杂神秘

解答这个问题

比解答活着或者死去

还难

因为活着是一种受罪

死了是一种超脱

所以有的人愿意万岁

有的人愿意安乐死

爱情却不允许你解脱

爱是一种甜蜜的痛苦

不爱是一种痛苦的甜蜜

在爱情林中游戏

永远无法逃脱爱的烦扰

人的一生总被机缘纠缠

永远相爱永远失恋

在爱与不爱之间挣扎

机缘出现的频率越高

人生的痛苦越多

爱与不爱之间的距离越大

1990.11.15

征服者

男人征服世界

女人通过征服男人征服世界

征服世界

当强者当强者

寒风横扫大地

雪花飞飘梅花飘香

冰天雪地吓退懦夫

征服者

哼着乡村小调

悠然地巡行古道

品味古色古香的爱情

男人应该征服世界

一只荒原中奔突不已的狼

情也悠悠恨也悠悠

不留恋患得患失的情感

不管寒风在何处肆虐

一只永不安分的狼

在寒冷的大荒原顽强生存

男人面对世界

是一位出色的猎手

每一次出击都

满载而归

自信心逐渐增强

不再害怕前程渺茫

男人的世界

古怪而宁静

一个又一个秘密包围

征服也在静态中完成

过程单纯得令人吃惊

有一天女人成为征服者

用柔情牵引着男人

用男人遥控世界

那一天女人十分伟大

也十分渺小

女人只有男人没有世界

男人只有世界没有女人

上演的全是悲剧

1990.12.15

魔术师

扮演小猫小狗小熊小猴

爱情天真得可爱

幼稚得可爱

天真的体态

使你忘掉世界上还有虚伪

忘掉爱情是一个魔术师

生活是一个大戏台

爱情的确天真

你正在恋爱却不知道

什么是爱情

你在爱情之外聪明绝顶

明白爱情

总是天真地捉弄你

在有意和无意中

让你欣喜和浪漫

痛苦和迷狂

爱情魔力

不可躲避也无法躲避

你春风得意的时候

爱情无踪无影

大难降临的时候

爱情纷纷走近

让你在痛苦中欣喜万分

让你在兴奋中痛苦万分

爱情有时候很无聊

捉弄人欺骗人

珍爱的远远逃离

讨厌的紧紧相依

失去的最觉宝贵

得到的索然无味

这时候

爱情是一个变态的女巫

把善良者逼进迷宫

把理智者诱下深渊

把情人变仇人变情人

凝视爱情研究爱情

出现太深奥太玄妙

静心思索逝去的记忆

才明白什么是真正的爱情

1990.12.15

温柔的回忆

漫步沙滩

一个精灵出现在两江汇合处

江水滚滚东去

浊流汹涌而来

冲击清澈的江水

秀丽的江岸群山屹立

观望两种力量搏斗

默默无语

顽强地抵抗

顽强地进攻

泾　渭　分　明

两江汇合永无和平

狭路相逢勇者胜

浊流不会胜利清流不会

胜利爱情

在生死搏斗中产生

两江水滚滚而去

留下一对相依相伴的

同路人

好战的群山震惊

精灵信步而来

目睹眼前发生的事情

嫣然一笑回味

款款而去的爱情

心中出现阵阵悲哀

温柔的情人

忠诚地踱回沙滩

掩埋掉沙滩上的爱情

留下一行孤单的足印

足印茁壮成长

泪珠时时滋润

温柔的情人

都已随风归去

沙滩上的老马还在

悲苦地长啸等待

永不再来的骑手

江水依旧搏斗后携手同行

江滩只有孤单的足印和

孤独的老马

1990.12.15

怀念爱情

恋爱季节

从没有想到以后会

真真实实地怀念

爱情

会用蒙太奇手法

再现那一幕幕动人的情景

会在耳畔响彻那一声声

温柔得震撼心灵的甜言蜜语

恋爱季节

从没有想过爱情将是

幽灵

永远伴随孤寂的一生

自然而然的爱

自然而然的恨

爱　任情天真

恨　任性天真

梅雨季节

开始受雨感染怀念

梅

梅雪争春的壮景

随梅雨滴落挥洒不去

这时候才明白

什么是爱情

站在雨中

体验淋透灵魂的滋味

爱情油然而生

这风这雨

流淌着伴随一生的真情

在回忆中打发日子

总是懊悔过去

爱情流星似的流逝

情也依依

爱也依依

怀念爱情的时候

才悟出爱情的含义

1990.12.15

彼 岸
——关于爱情本能的思考

回头是岸

幻 光

舍身崖古石缝深处

透露出一束光

以光为桥

可以直通天堂

可以直抵地狱

天堂和地狱之间

横亘一座光桥

爱情始终在桥上徘徊

不进地狱也不进天堂

桥的色彩单调

爱情色彩也单调

一天舍身岩倒塌

一位殉情者从岩上跌落

方舟慌忙驶出抢救

石缝奇光纷呈

织成光网

拦截牺牲品

悬岩恢复原状

从此光桥五彩缤纷

舍身岩百花盛开

万丈深渊百鸟噪鸣

万里群山阳光灿烂

光桥色彩变幻

有时鲜红鲜红

如火燃烧如血奔涌

爱情热烈地依偎桥

热情地从桥上奔过

一团红霞

涌进渺茫的天堂

有时光桥漆黑漆黑

爱情悲悲凄凄伫立桥上

沉思以后下到地狱

孤孤单单地研究桥的历史

1990.12.16

荧 火

攀登无极高峰

艰难地竖起影子连接的

云梯

一步一步地向上爬

不惧怕影子突然消失

云梯突然断裂

从峰谷爬向峰顶

体验冒险的乐趣

无极之顶

荧火闪闪烁烁

诱惑一切影子聚集

荧火照亮美丽的幽灵

照亮每一条无极之路

探险者

憧憬荧火燃烧

奋不顾身

从无极之路

进入无极之门

从无极之谷

登上无极之顶

探险者闯过死亡谷

跋过死亡山涉过死亡河

残酷景象带来更大决心

赴汤蹈火也要向前赶路

直到真正倒在荧火之中

被温柔的荧光烧毁

探险者

坚强地进入险境

荧光时暗时明

峰顶险象环生

云梯颠覆

影子逃散

探险者坠落低谷

重新攀登

到荧光去

一次又一次失败

吓退了胆小者

真正的勇士真正的殉道者

还在永不停息徒手攀登

1990.12.17

圣　水

秘而不宣

气氛形成湖泊

沉入湖底

神仙鱼

自由浪漫地游弋

一艘艘战舰

组成特混舰队

从和平驶进战争

白鳗

裸露水中

圣洁浪花堆砌

神秘莫测图案

装饰恐怖氛围

激动和不安

在水上水下起伏

白鳗

摇晃出水

诱惑赤裸的光

完整地照耀

急切的风匆匆吹拂

神仙鱼巡逻归来

白鳗羞涩地

藏进水里

世界没有战争

战舰无踪无影

神仙鱼和白鳗

相互追逐

神秘湖泊

响彻神奇的笛声

笛声由远而近

婉转悠扬

余韵溅落水里

涟漪姹开艳丽的花朵

湖泊悄然无声

神仙鱼和白鳗

静处一隅

笛声由近而远逝去

圣水由远而近涌进

　　　　湖泊

　　　　　　　　　　1990.12.19

摩　崖

镌刻摩崖

自己的影子和岩石重叠

成为永不褪色的壁画

影子栩栩如生

从岩上跳到岩下

从岩下跳回岩上

瞻仰摩崖

不知是面对自己的影子

虔诚地朝拜

祈祷冷若冰霜的巨石

拯救误入歧途的灵魂

对着摩崖忏悔

说某年某月某日

在某地和某人

做过一件

天知地知我知

神不知你不知的

蠢事或者好事

虽然笑话都成为历史

对着摩崖

如同进入过去进入

真实

绝不骗你你不相信

摩崖很灵很通人性

沉默沉默沉默

冷漠之中你定能悟出

一生中从未有的乐趣

你痛苦你欣喜

在蛮荒深处

竟遇无语的知音

你拨弄响琴弦

石头开始跳舞

摩崖复活

一幕幕仙景再现

影子潇洒地出场

你觉得十分陌生

琴声幽幽长鸣

你从岩下跳到岩上

与影子载歌载舞

1990.12.19

神　洞

真实的洞穴

在云端开花

香气缭绕

洞穴浮出阵阵迷雾

弥漫一座空旷的大山

洞穴时开时合

开放如美丽的玫瑰花

鲜艳醉人

闭合如娇嫩的含羞草

天真欲滴

美丽的神秘洞穴

令人心驰神往

令人神魂颠倒

远行者流浪他乡

洞穴风无形吹拂

拴住心猿和意马

生在洞穴

知道处于一个迷宫

人总是生活在迷宫中

迷宫广阔

可以尽情游览

迷宫的门总是开着

闯进去和走出来都

需要真诚的咒语

迷宫里的月亮皎洁

凄冷泪珠

从月亮一直流到大地

太阳总希望高悬

在古高原充当神像

阳光蒸发泪雨

泪珠消失

岁月出现苦涩的滋味

寒夜撒播思念

洞穴浮出大海

大山陶醉

藏进苦苦等待的洞穴

1990.12.21

奇　石

每一个季节都推开窗

总看见奇石在山那边

跳舞

舞姿妖冶

厚实的黄土崩溃

黄土塬总懊悔

与奇石无缘

欢乐的舞曲回旋原野

黄土亢奋

站在现代之外嫉妒现代

奇石孤傲自负

唱着不是歌的歌

吹着野性的口哨

从山脚飘上山顶

欣赏风化的山脉

嘲笑依恋云的山峰

奇石总是无所谓

无所谓天有多高

无所谓地有多厚

人是多么热情冷酷

生活多么幸福痛苦

起点和终点

都被埋进黄土

一天突降大雪

山被白色覆盖

地被白色围困

孤独的树

可怜的枯叶全都飘落

在寒冷的封锁中

打出战战兢兢的白旗

奇石悟出悲壮

感悟到顽强的生和孤独的

死

最佳选择

大雪过后

奇石停止沉思

陪伴太阳

走自己想走的路

1990.12.24

佛　影

羁绊扬起的飞蹄

希望踏碎

绿色征途迷失

红色指向标

渴望勇往直前

无法超越起点

浮萍陶醉水面

太阳在水中裂放

全部能量

死水感动

泪花通红通红

羞涩

滴落进湖的涟漪

装饰无聊的痛苦

爱情湖火山爆发

震荡成双成对的

游鱼

逃离久居的石洞

洞门关闭

群鱼灿烂成花

芬香四溢迷住水

水悄悄隐去

海洋成为高原

湖泊成为盆地

骏马驰骋

穿越黑夜的美丽

进入遁身黑暗的境界

黑马黑缰绳黑色呼啸

狂暴地卷走白马王子

粗犷的黑色

野蛮地织成网罩住

窈窕淑女的呜咽

黑色挟持金色佛像

金童玉女

通过黑色走廊

秘密通道

敞开一个自由的世界

鹰遍地飞翔

老牛悠闲地踱着方步

咀嚼黑色青草

1990.12.25

普　渡

举杯狂欢

明月燃烧酒

金樽熔化冷漠

最后的希望

藏匿

神秘爱情森林

芸芸众生

噪鸣林中

太阳鸟失去美丽的光泽

温暖的巢穴

被寒冷占领

栖身地

异客正在举杯

太阳风游来游去

浪荡公子

戏弄妖娆的原野

月亮结满冰霜

冷色情感

拒绝狂热的太阳

在灵魂深处冻结

出卖自己

当自己的奴隶

醇酒成河

酒盏成船

葡萄成航标

自己航行自己

杯弓蛇影

牵引一则神话

从古来到今

堂堂皇皇地做客

一次次举起杯

一次次拉满弓

一个个愿望倒进心里

一个个狂想射入空中

夜光杯沿着弓行走

以弓为桥

爱情痛苦地落入杯中

彼岸圣光辉映

1990.12.25

涅　槃

当影子的上帝

背叛伟大的人

从乐园的夹缝中溜出

四处流浪

从不乞讨怜悯和同情

迷宫软禁真理

野火焚烧

庄严的旗帜被狂风

撕碎成条

缠绕旗杆

为解脱者编织绞绳

无所谓抛尸何方

悲悲壮壮度过余生

做浮萍任风吹雨打

做蒲公英飘撒

不毛之地

忍受痛苦和孤独

悲哀地活着

心中总有圣火燃烧

不醉卧沙场不是好汉

男人潇洒地扬起胡须

织成网设置陷阱

套住一切软弱和忧郁

做男人做很男人的男
人

当好汉当很好汉的好
汉

冒冒失失闯进蛮荒深处

处处有妖魔

处处有鬼怪

处处有道貌岸然的神仙

男人冷漠地走着

一阵大笑一阵狂笑

一阵冷笑

荒唐世界震撼

冷漠长出胡须

笑声长出傲骨

1990.12.27

放弃彼岸

伫立沙洲

欣赏黄鹤展翅

夕阳欲碎又止

悬在树梢

想死又想生

跳进龙潭

观看两龙戏珠

珠光宝气

素洁的水浑浊

臭味扑面而来

智叟觉得真香

愚公真愚

总是独坐卵石

思考圆滑的石头从何处

来到何处去

愚公真愚

兴奋时长叹

悲哀时长笑

热情时长泣

愚公真愚

河沙顺流而下

脱离圣水

沉入河底

河床迅速繁衍

构筑防御工事

静候浊浪的侵犯

河道渐宽

所有的桥断裂

桥上的朝拜者

纷纷落入水中

沉淀声音

愚公独卧冷静的石上

驱逐一切思想

打开心门

让遥远的苦恋

涌入空旷的心

1990.12.27

逸

——关于爱情本质的思考

我想这个字也许能表现你现在的

心情

不知我对不对

——H 的贺年卡

雄性爱情

给爱情划分性别

如给人划分成份

你是地主我是贫农

他们都是贫下中农

原理如此

爱情便分裂出

伟大的雄性爱情

渺小的雌性爱情

爱情有了性别

欣喜若狂

铁马秋风继续存在

雄性常常占据

大半个天空

搅动安分守己的云彩

不再按恒定方式飘荡

雄性爱情掠过

初春的目光

掠过绝望的枯叶

青枝绿叶

春风化雨

栖息在情感一侧

爱情总是跌落

发出沉闷的声音

回荡山谷

声音甜美

惊悸地发出微笑

爱情无语无色

在清冷的日子

独自排遣岁月的残酷

做献身虚无目的的

活化石

1990.12.28

铃儿响叮当

鸽哨在空中爆炸

一颗核弹

冲击欲飞的爱情

地上的生命全都死了

爱情活着

活得真累

爱向一个方向狂奔

情向一个方向蜂拥

（反方向的负作用发生连锁反应）

爱和情的距离

越拉越大

沿着一条轨道

两个生命向前延续

在轨道上繁衍后

代

英才辈出

爱情生出龙子龙孙

一匹惊马冲出马群

野马骚乱

纷纷逃离草原

牧马人扬起套马杆

在空中树立权威

响声过后

马群依然狂怒

独裁者被惊马

惊出有效范围

一群狐狸乘机入侵

把马当作黔之驴

把自己装扮成老虎

尾巴摇出

征服大地的欲望

铃声响彻长空

战鼓敲响战争

搏斗开始热烈而宁静

一只花狐狸落荒而逃

空气摇荡风铃：叮当　叮当

1990.12.28

酸葡萄

吃不着葡萄

说葡萄很酸

由此证明

酸葡萄比甜葡萄

有名有用

有水平有风度

一切褒义词赏赐

酸酸的葡萄

词词相缀

酸酸重复诞生

发出轰动效应

直到不甘寂寞者

大叫

葡萄应该裁军

应该实行计划生育

从此街上流行

酸葡萄

男人女人老人小孩

都出现妊娠反应

酸气弥漫

酸味扑鼻

酸水横流

酸色破碎

大千世界

统一为一个酸字

同化其他味道

流行的人

以为流行味很美

恬静的日子

酸葡萄成熟

甜甜的芬香成为异端

从一个角落冲击四方

爱情世界

渐渐酸甜混合

人间恢复正常

有情人

体验爱情

不酸不甜

1990.12.29

流泪的日子

情人泪被情丝连着

下雨的日子就流泪

流泪的姿势很多

最美的一种

藏在心灵一隅

下雪的日子也流泪

泪水像雪花飘呀飘

白色世界

白色泪花

凝结晶莹的爱心

阳光灿烂的日子

泪水最不争气

温暖也要流泪

流出的泪水枯燥无味

阳光常常嘲笑

情人的多情

仲夏的日子泪水蒸发

情人品味独特的生理盐

为爱情创伤消毒

为爱情患者输液

营养

滋养爱情

让旁人感动得流泪

欣喜的日子

泪水很甜

日子都甜甜蜜蜜

可惜这种机遇的阳光

太少太少

痛苦的日子

泪水很晦涩

一杯一杯地啜饮

如啜饮苦咖啡

有股煳味

思念的日子

泪水很酸

强化爱情走向永远

1990.12.29

独卧江滩

在水一方

戏弄温柔的水狂放的

水冷冷地回味

很美很潇洒的爱情

山洪暴发

冲击出千沟万壑

平原不再平静

爱情掉进深涧

被黄土埋葬

独卧江滩

静候裂变的消息

伊人在水一方

弹奏孤独之弦

弦断

爱之舟沉入情海

爱情在水一方

捕捉迁徙的候鸟

捕捉古河道上的过客

江水漫过荒原

漫进虚掩的心门

江边的石头

顽固地嵌进细沙

爱情湿漉漉

像落难的公子

阳光突然闪现

赤裸情感

爱情曝光

影像朦朦胧胧

心绪低沉

一只夜莺

栖身黑暗角落

悲哀地鸣唱

月光倾泻沙滩

夜莺孤单地飞去

一串哀鸣流荡夜空

静谧破碎

爱情忧郁地启程

1991.3.19

相信神话

冶炼神话

历史沉淀石潭

清澈的溪水

孕养或无或有的

情感透明

水声叮咚

清脆婉转

飞瀑砸下

砸碎相爱的神话

在爱与不爱之间

在恨与不恨之间

在恨与爱之间

爱情神话

孤独地徘徊

相爱必有情人

有情人含情脉脉地

等待哭哭泣泣地

分离欢欢乐乐地

重逢一条生命线

连缀坚贞的情感

相爱必有仇人

小冤家天真地产生

苦命地长大

爱得轰轰烈烈

恨得刻骨铭心

永久地分离

遥远地相思

爱情神话

屹立大山顶峰

闪射出诱人的光辉

走出陈旧的神话

涅槃再生

让风卷起雪花

拥抱原野

原野生长新的神话

崭新爱情

走进新的爱怀恨的

空间

1991.3.20

梦中的梦

梦中做梦

梦中解梦

梦中的梦晶莹透明

红玻璃的夜

凝固动人的时刻

梦中的梦

在销魂落魄的瞬间

豁然开朗

梦中黑森林醒来

爱意弥漫

大树巍然挺立

大山柔情似水

丛林野火狂飙

冲破夜色封锁

进入最自由的境界

最幸福的时刻

回味永恒的初恋

怀念流逝的一个个

爱人梦

突然朦胧

突然有一群白羊

从蜿蜒的山道上

咩叫着

走来

羊群渐渐隐去

永恒的洞穴关闭

鲜花全部凋零

溪水停住脚步

静谧的夜

驱逐幸福的喧闹

远离尘嚣

在某年某月

一个阳光灿烂的日子

一个充满诱惑的日子

一朵娇嫩的鲜花姹开

红玻璃的夜

红色破碎染红

梦中的梦变成

真实

1991.3.20

爱从哪里来

陶醉自然

和装模作样的生活再见

本能的歌

流淌爱的空谷

相思的季节

不知道

爱从哪里来

爱来自潮湿的南方

湿润的心

渗透进流浪的泪水

苦涩的期盼

填满爱的深渊

有雾的季节

不知道

爱从哪里来

爱来自干燥的北方

高原风肆虐

风化孤独的心

爱等待成木乃伊

伊人在水一方

水静止

有雪的季节

不知道

爱从哪里来

采撷一束鲜花

美美地自我欣赏

爱原形毕露

爱在花里

爱在梦里

爱在未知的岁月里

平静地沉思

为心灵占一卜

迷信心心相印

迷信心灵感应

在有爱的日子

选择三十六计中的上计

在无爱的日子

做固守城池的勇士

1991.3.21

上帝死了

上帝死了

我们还活着

爱情自信地自言自语

被阳光暴露

赤裸的影子

躲避阳光

仓皇逃遁

在阳光下举杯

嫉妒皎洁的明月

阳光如血如魂

搅拌入酒盏

做狂夫狂饮狂欢

疯狂时刻

太阳西沉

流浪的心不再回味

在飘逸中度日

推崇伟大的逸字

逸字发芽

逸字结果

逸字却没开花

无缘的爱情

是一枚早熟的无花果

供未来的漫长时光采摘

品尝那枚果子

日子变得沉重

挥洒不去难忘的旧情

在特殊的时间里

怀念逝去的流水

恨自己爱过的人

爱自己恨过的人

时间矛盾

空间矛盾

爱情矛盾

听说上帝真的死了

刻骨铭心的旧情人们

你们还在爱着

那一朵飘逸的云吗

1991.3.21

孤独的心

注定流浪注定孤独

被流放的岁月

心静得出奇爱深得出奇

透明的爱照亮黑暗的夜

孤独的心是黑暗中的

一盏明灯

也许命运本该如此

有花的时候不知道珍惜

无花的时候空空地折枝

生命中出现太多的惋惜

挫折以后

才有真正的飘逸

独自漫步在阳光下

垂头丧气

失去壮士的勇气

失去狂妄的野心

似乎真正进入一种

不可得的境界

无所求也无所惧

活着真难

路太漫长

真没意思真没意思

于是想去浪荡江湖

想去沉淀黑暗

想去追求光明

人空山空心空家空

空空如也以后

真实的躯体不复存在

真实的人失去踪影

活着真难

一次又一次哀叹

一次又一次徘徊

一次又一次挪动沉重的脚步

一次又一次想到死想到生

孤独的心无处藏身

活着真难

飘逸的相思泪沾满冷漠的衣衫

1991.3.21

浪迹天涯

——关于旧情难忘的阐释

秋火就是为寻找大地的秘密而来

却又留下它那梦幻般的神秘而去……

——L 的贺年卡

爱的躁动

潮湿的季风

吹拂迷乱的心

一只幼稚的鸟

跳出小巢

飞向蓝天

那里

响彻呼唤和诱惑

季风潮湿而温暖

悸动的心

沉浸入甜蜜的水中

心由苦变涩

由甜变酸

季风吹拂着水面

心惊恐地

四处逃亡

水渐渐干枯

太阳升起

月亮如罪人逃遁

阳光高傲地

巡视窄小的世界

一堆野火

在旷漠中燃烧

大火熄灭

一缕如魔轻烟

罩住正欲启程的

过客挥舞腰刀

和持长剑的侠士相遇

高手相搏

妙意自在其中

轻烟遁去战场平静

和谈之时

季风已经吹过

1991.3.22

爱的惶恐

鸟语花香

潮湿的雨季

感动泪花纷纷绽放

蝶粉纷纷扬扬

春之声

流荡阳光抚摸的河谷

高原首次痛哭

爱的泪珠缠绵

连缀成相思的桥

无聊的空盼茁壮生长

诗的情感

无法安慰孤独的灵魂

逆转命运

将情人的倩影镌刻心壁

将情人的泪花培植心室

情人的眼睛驱逐黑夜

漫长的岁月

高原默默地等待

和影子相聚

欣赏影子的风姿

梦中的家清晰

过去的日子

在春天生出触须

各种恶毒细菌

渗透健康肌体

爱情面对雨季

欣喜而惶恐

独在迷宫

做闯出的徒劳游戏

泪水成河

冲决野蛮大堤

涛声阵阵

冥想中的原野

惊慌失措

被洪水完全淹没

1991.3.24

爱的惊奇

一匹奔马长啸

溅落尘世的烦忧

猿声哀哀

响应大漠旷野的呼唤

舍身为桥

让永恒的爱情不再流浪

藏匿情感的岁月

爱情天真

是一个小小的小顽童

爱情一天天长大

开出一朵绚丽的花朵

勿忘我总忘情地歌唱

大山听了心烦意乱

以为只是噪音

小河梦寐以求

渴望身旁有花

有歌为伴日子轻松

小河潺潺地唱着

诱惑自由的鱼儿

游进清澈无物的水域

做王子做公主

鱼儿在云彩中漂游

那里是天堂很美

鱼儿在天堂身价很高

玉皇需要龙王需要

人间的皇帝也需要

鱼儿成形

精致如美学的秀美

冲击外强中干的壮美

自命不凡

作美感的评判家

鱼儿游进爱情

爱情突然膨胀

巨大如天宇

心却渐渐萎缩

渺小如鱼儿的眼睛

1991.3.25

爱的迷惘

不负责的男人

给大地留下一个孩子

然后远远地逃遁

男人逃离盆地逃进高原

在胡杨林中

突兀如悬空的树

无根无须无土无空气

在高原听到孩子的哭声

悲痛而死

男人的灵魂被寒风

唤醒始知责任是断线的风筝

发誓弥补过失

培植爱情的种子

种子已经开花

结果种子又成种子

男人爱莫能助

怨天怨人怨命

不再想当

很男人的男人

只想有一个真实的孩子

世界困惑男人的

自作多情

想流泪的时候就

尽情地流泪

男人仇恨世界的冷酷

要仇恨就

刻骨地仇恨

世界和男人成为两极

男人在地狱

世界在天堂

男人想逃出世界

世界想围住男人

一场战争

在两个极端

无聊地展开

男人——孩子

孩子——男人

1991.3.25

爱的欣喜

春天的风筝飞上天空

阳光欣喜得流泪

泪水化成夜晚的

春雨

淅淅沥沥

濡湿干枯的土地

土地曾经干裂

阡陌纵横

却无河道沟渠

在冷漠的季节

宇宙无雨

土地曾经寂寞

静如处子

却无激情泛滥

在无爱的日子

岁月无风

告别无雨无风的过去

踏上一条蜿蜒小道

听说羊群走过

狼群也走过

这条道路

艰难

通向绿色

决心奋不顾身

去追赶羊群追赶狼群

去接受羊的温柔

狼的残暴

攀缘山峰

羊无踪影狼无踪影

眼前

一马平川

风景真美

爱情屹立山巅

让朝霞和夕阳展览

爱情真美

旭日和夕阳

相视一笑

1991.3.28

爱的相思

不向谁诉说你也

知道

世界有你有我

追随爱情的足迹

在远方

我成为雕塑

絮絮叨叨

以一种变态的方式

泄露神秘

过去的路好长好长

我们携手走过

半途而废

阳光曾流过遗憾的

泪吗？不知道

我们都不知道

那时梦幻

还很幼小

听到风呼呼地吹过

看见雪潇洒地飘过

从没凝视过结局

你或者我

在暴风雨中

平静地走

历史的回声无法

回荡

空寂的心

我以恒定的面孔出现

你偶然相遇

不会惊奇冷漠的目光

走出谋害忠良的沼泽地

眼睛突然明亮

闪闪发光

月亮星星

一句温馨的话

震荡灵魂

回味良久

淡淡的是

无语的温柔

1991.3.30

爱的牺牲

无所谓地流浪

逃离雪绒花的诱惑

藏匿深刻的思想

你崇高

让一串肥皂泡保持

完美升上天空

我是孩子

玩过吹过美丽的泡沫

从一个光环进入另一个光环

希望在其中翻滚

绝望在其中歌唱

是孩子天真

呼唤燕子从天边飞来

柳芽作旗

发出只有春风知道的

呓语

换下一片旧叶

新的声音清脆

回荡长空

你坐立不安

想出去踏春

春很美吗？美

你的笑甜美自信

我们却沉重如龟

躺在爱的怀抱

看鸽哨诱惑断线的

风筝

乘风而去

一声鸽哨

风筝挣断线

流浪远方

你才发现

春天真正来了

1991.3.30

爱的浪漫

美人蕉开放

爱情开始浪漫

你和我的距离

已经很远很远

你开启心门

窗帘逃往角落

夜色亢奋

桃红柳绿

进入悠悠梦中

我和岁月聊天

说很想念

很爱你

山那边有海

海中有鱼

鱼倚靠一块美丽石头

也在情意绵绵地说

我爱你

鱼活着离开

礁石也许死了

这个猜测太荒谬

你问问不相信地

转身走进春雨

鱼活着离开

礁石也许死了

你猜猜不相信地

转身走进春雨

你说

我们共有的名字

早被春雨融化

1991.3.20

爱的孤独

滚雪球去

雪景洁白明净

装饰爱情

素洁幽雅

爱情为圆心

雪球越滚越大

爱情温暖寒冷的冰心

雪球越滚越大

你天真得像个孩子

雪球成了孩子

在雪地

寻找亲爱的妈妈

"妈妈在哪里

妈妈在梦里

妈妈在阳光下融化

妈妈活在宝宝的心里"

一首童谣被雪花飘出

飞舞的雪花

组成一个个跳跃的音符

在寒风中自动排列

成歌

成曲

雪娃娃

淌着热泪

不知道有无妈妈

不知道怎么长大

雪娃娃雪娃娃

好孤单的乖娃娃

你天真地笑

笑刺伤我的神经

倩影朦胧

心剧烈地战栗

小情人

这就是你吗

我不敢相信

我无法相信

1991.3.30

爱的绝望

所有的爱情都仓皇又模糊

你模仿一位女诗人的声音

像哲人庄严地预言

你再三声明这是

真的问我

是否真实地体验过

这种情绪

很无奈很精彩

看见鲜花一朵朵姹开

听见凋落的残叶一声声

叹息

我动情地哭过笑过

不明白花为什么

开　　叶

为什么落

你嘲弄我

多情无知

不开花的花不落叶的树

善意的攻击

我体验到爱的甜蜜

真想爬上村头的老槐树

钻进舒适的喜鹊窝

享受孤独

直到永远

一场暴风雪

折断爱情的翅膀

我们欢叫着走进雪地

发誓永不走出

在那一顷刻

回味浪迹天涯的日子

悟出爱情

面对圣洁的雪

清晰又模糊

1991.3.30

树与叶
——关于爱的结局的思考

叶子依偎在树的怀里说

你是我的骄傲

树轻轻托起叶子说

有你才使我坚强

——X 的贺年卡

爱情故事

漆黑夜晚

走进沙漠听幽灵

讲述爱情故事

曲曲折折的路

突然向前延伸

充满新生的活力

爱情故事很

平凡

一个男人为了一个女人

流亡大高原

一个男人为了一个女人

在高原孤独地生

悲壮地死

一个女人为了一个男人

蜗居小巢

一个女人为了一个男人

在盆地数着星星

爱情故事很

一般一般

打动不了黑夜的心

黑夜崇尚黑色

幽灵

从指缝间

如晶亮的细沙逃遁

抓握沙子在江畔

发现一种怡人的手感

看见爱情正陪伴沙子

从手掌中悄悄溜走

1991.4.3

品味阳光

一切阳光都来吧

一切黑暗都去吧

在高原之夜

呼唤阳光

呼唤春风

杜鹃啼血

需要铭心的爱

于是又想起初恋

想起一个又一个

涌动泪水的倩影

美丽而忧伤的眼睛

望着我

不知所措茫然

凝重的阳光齐聚

辐射出摄人心魂的情感

我无处藏身

只有在阳光下

原形毕露

我不是个坏孩子

妈妈知道

你们也知道

我确实爱过你们

像阴冷的冬日喜欢

阳光

疯狂地爱过

战栗的心和永恒的思念可以做证

我也不是个好孩子

太阳知道

你们的影子都知道

说我始终是一个秘密

一片四处流浪的云彩

一团熊熊燃烧的秋火

品味阳光

品味出一段段如烟往事

我　　　是　　　　　谁

茫然　只漂亮地

打出一个手势

成为焦点

阳光复仇般地闪射

V 型符号变成十字架

我惶恐而归

1991.4.4

爱人的声音

爱人在凄冷的夜

我在凝听你的声音

柔声细语从黑暗中涌来

覆盖我的全身

温暖冷漠的静谧

我听见你在哭

听见你在笑

还感受到你的体温

知道千山万水以外的你

让我站在声音以外

进入声音以内

爱人在凄冷的夜

我在凝听你的声音

我听见你在回忆

相爱的历程

你说那时我们相依为命

如今相依化为烟云

系住两颗心的仍是命运

望着月亮数着星星

盘算游子回乡的日程

冬季早日过去

没有相聚

夏日已经来临

不见你的踪影

爱人何时是归期

我说不清

说不清

我只知道痴痴地等

等到雨过天晴

等到黎明降临

等到海枯石烂

等到山盟海誓

　　焕发青春

爱人在凄冷的夜

有一颗思念的心

在痴痴地盼

默默地等

　　　　　　　　　1991.4.6

梦见雪地

在鲜花丛中

梦见雪地

爱人姗姗而来

满脸泪痕

雪花任意飘落

洁白的雪地

留下寻寻觅觅的脚印

脚印清晰

装满爱情

我的影子慌慌张张

逃遁

不敢与脚印重叠

以为那里

有地雷危险

雪花开放

泪花开放

雪地突然美丽

阳光开始普照

大地

春意盎然

春天来了对吗

情人捎来消息

说春雪不久就要

来临劝

寂寞的心伴孤独的

灵魂

出去走走

不要总是闭门造车

车早就造出来了

门仍然关闭

人走不出去

车驶不出去

雪地敞开胸怀等候

人在哪里?

车在哪里?

爱人你

在哪里?

1991.4.9

等待爱情

有几天没写诗了

诗已经发霉

却总想深情地倾

诉

我爱你

说不清是诗或是你

是爱的对象

心灵已经失去参照

物

化成一泓清水

从山那边流来

爱你的时候

害怕月光

躲避一切光线

光明正大的事情

竟进入地下

扮演可笑的角色

剧情如此简单

一个猎人上山打猎

掉进陷阱

被猎物捕获

猎人受到最好的

款待

平平安安

回到阔别已久的家园

猎人从此回味

借居山中的美好时光

猜想山上的

花　是否次第开放

清香是否弥漫世界

有几天没写诗了

于是想起猎人和

猎人的奇遇

想到自己成为过客

孤独地静坐桌旁

写诗熬夜

心便突然沉重

1991.4.10

爱情降临

下雨了

干燥的大戈壁

难得有下雨的时辰

雨如丝如絮

像春日撒播的

融融阳光

下雨的时候

不再停驻山中寺庙

推开庙门走进雨中

体验润湿的滋味

心旷神怡

下雨真美

日子都轻轻松松

岁月缩短

归期时隐时现

向流浪者招手

致意

不要问我从

哪里

来

不要问我到

哪里

去

一阵歌声在雨中

回旋荡漾

动人的声音

雨水浸透

飘逸长空

来去

去来

在无形的空间

发现距离十分明显

超越朦胧走进真实

雨水滋润万物生长

在干燥的正午

推开久闭的窗

看见外面的世界

正在下雨

1991.4.10

清风徐来

清风徐来

水波不兴

和古人对饮

酒盏浮出一句咒语

醇酒变得清淡

醒酒的清茶

突然浓郁

古人酩酊大醉

过客格外清醒

一杯又一杯

分不清是酒是茶

有味无味

古人断定

茶和酒没有本质的

区别

过客笑笑

神色出现苦涩

野外传来鸟鸣

分不清是喜鹊还是

乌鸦

民俗曰乌鸦报丧

喜鹊报喜

古人你见多识广

验证过这是真理

古人大醉

古人不语

过客沉重地启程

寻找或有或无的答案

如同解司芬克斯之谜

在雨中走走

在花中走走

在雪中走走

过客登程

古人仍然大醉

天空鸟儿鸣唱

清风徐来

水波不兴

1991.4.10

今日下雪

情人预报

今日无风有雪

雪是她的思念和

祝福圣洁的

雪象征平安

今日全天晴朗

游子满怀希望等待

盼望南方的清风

吹落北方的瑞雪

或者至少下一场

毛毛细雨

干燥的高原

好久好久都是

阳光灿烂

草和花都枯萎了

该下雨了

该下雪了

心早就这么想

却看不见希望的踪影

等待的日子真难熬

少年头白了

闲情逸致没了

欢聚的幸福失踪了

家园陷落了

却没有战争爆发

在不抵抗政策中

期盼下雪

天空格外慷慨

用阳光取代雪花

阳光暴露一切

幻想和绝望

烤成干枯的枝条

多年以后讨厌阳光

阴郁的岁月爱情才会生长

守株待兔守候一天

傍晚才有几朵雪花

从夕阳那边缓缓飘来

1991.4.11

戴上耳机

戴上耳机

以平常的姿态进入

音乐之声

角色转换音乐

打量我我打量音乐

我突然成了一段乐曲

倾听自己

听见情人每时每刻

在唠叨说爱你爱你

听见儿子在梦中

呼唤父亲父亲

一段思乡曲从耳机流出

游子思归

北雁南飞

一阵噪音

听不清家在哪里

从心底掏出指南针

校对方向目标

消　　　　　失

有人仍在一隅说

爱你恨你

有人仍在一隅谈论

提升你流放你

有人仍在一隅

为你欢笑为你哭泣

有人仍在一隅

为你激动为你沉默

从噪音中

我都看见了你们

听见了你们

你们还是那样漂亮迷人

你们还是那样脉脉含情

戴上耳机

我便能摸到浪漫的身影

情人们从音乐中鱼贯而出

欣赏音乐竟忘掉

爱她们恨她们

1991.4.11

爱情结局

摇荡一叶小舟

驱逐心灵的浮萍

进入情感深处

呼风

唤雨

爱情童话

在春天茁壮成长

是一个好孩子

乖乖的

狼外婆视为

掌上明珠

藏进爸爸妈妈

当年的小屋

一堵白墙

是一幅神像

庄严地屹立眼前

令膜拜者

眼花缭乱

影子模糊

爸爸和妈妈隐去

爱情出场

亮相精神抖擞

宣告

太阳正从东方升起

将从西方降落

哑然失笑

小舟超然地划行

感觉天气真不错

雪过天晴

心情格外舒畅

面对爱情

如端详马戏团和小丑

哈哈大笑

爱情羞涩矜持

远远地凝视

小舟划进

深情的梦幻

1991.4.12

春天的情书

——关于爱的永恒的思索

我们靠梦幻而活着

爱情靠相思而活着

　　　　　——摘自情人的情书

凝眸：花儿纷纷落下

春天阳光

驻足岸边

看丁香花羞涩地开放

想念戴望舒

想念丁香姑娘

丁香花羞涩地开放

闻不到姑娘的芳香

问风知道她的音信

树摇摇头

决心追问到底

问风问风问风

直到风盛怒

漫卷起滚滚黄沙

困惑弄不清

风的脾气花的风格

阳光洒向每个角落

寻找爱过恨过的

倩影

愁缘慢慢缩短

从有到无从恨到爱

想起一位诗人

崇拜女神一样崇拜

爱情虔诚

追问千遍万遍

爱情啊你叫

什么

我叫爱情姑娘你

说花儿你说

听到你们的声音

一阵清香随风而来

凝眸的动人时刻

鲜花纷纷飘

落

1991.4.15

躁动：一股暖流涌出

丁香丁香

敲响飘满花香的

晨曦游离的光辉

装饰朦胧的雾装

爱情铮铮弹响

一支长箫

吹奏出冉冉上升的旭日

欢乐颂流荡

斑驳阳光

填满空虚的时间

飘逸情愫

相思豆发芽

相思树开花

相思鸟忙忙碌碌

驱逐所有的恍惚

唤醒每一片沉睡的土地

大山醒了

小河醒了

杜鹃花盛开

山神聆听山野的絮语

爱神神采奕奕

享受开放的快感

回忆温馨的

往

事

往事可堪回首

一句古语

翻开古色古香的爱情

春风拂面

柔美的恋曲

响

彻

心灵为之一动

爱情鸟噗地放飞

成千上万只鸽子

漫天飞舞

橄榄枝

在一股激流上浮游

1991.4.17

沉淀：幻灭之春的梦幻

夕阳燃烧泥土

爱情通红通红

泪珠从木偶的

双眸涌出

幻灭之春感受

幻灭的滋味

如同夕阳

熔进黄昏

空山无人

你去到空山

问青松问童子

山在哪里

人在何方

松涛阵阵

山在心里

童音清脆

人在梦里

你茫然不知

拨弄心之弦

震荡灵魂之谷

幽灵箭一般逝去

爱情不屑一顾

躲在角落

做梦解梦

设谜解谜

远处有雷声轰响

一场亘古未有的暴风雨

铺天盖地而下

生命淋透

露出原形

哦

原来如此

你再次进山

寻找知音寻找故人

你不停地吆喝

山在哪里人在哪里

空山余韵萦绕

山在心里人在梦里

1991.4.17

意念: 气沉丹田的意外收获

大气功师

劝诫信徒一样劝诫

爱情迷狂者

不要走火入魔

如来佛正襟危坐

观音雍容典雅

罗汉笑口常开

观摩

静功中的人们

闭目冥思

气沉丹田气沉丹田

默念咒语

入静入静入静

以静制动

鸡犬才能升天

这个道理太简单

你知我知天知地知

神知人知大家都知

突然满目疮痍

有千丝万缕缠绕

匆忙完成一道工序

发现爱情已经迫不及待

抛出网

罩住一群情哥哥情妹妹

从此无法入静

练功成为空话

修道也是无聊

悲凉的情绪逝去

裸露孤独的灵魂

如身临小人国

灵魂伟大身体渺小

气沉丹田

也有夜郎自大的辉煌时刻

那种感觉真美真舒服

百年难遇千载难逢

算你小子走运

大气功师一声尖叫

原来你走火入魔了

1991.4.17

回味：生命纷纷延续

一条鱼从水中游出

沉重爱情

披上闪闪发光的鳞甲

刀枪不入

鱼变得高贵

爱情变得神圣

岁月变得自信

情人岛

一面旗帜飘扬

旗上大书

爱你爱你爱你

狂风乍起

黄沙呼呼作响

钻进紧闭的窗户

扑涌到每个神秘角落

影子来回晃动

躲避突如其来的灾难

沙砾快活地歌唱

我是强者我是强者

太阳出来

温暖封冻的爱情

黄沙隐退

旗帜孤傲地

蔑视阳光

无风的时辰

旗上大书

恨你恨你恨你

月儿阴晴圆缺

旗杆张扬破旗

爱你的情怀开花结果

恨你的情绪弥漫

恋爱季节

鱼儿游翔浅底

爱情破碎

旗杆终于倒塌

风平浪静

鱼儿游回水里

1991.5.8

呢喃：流连戈壁的回音

踏进真实的戈壁

海市蜃楼在真实的凡间公演

有窈窕淑女款款而来

轻歌如鸣沙的回音

曼舞似飞天的神灵

小精灵

从爱情中欢蹦乱跳地闯出

爱情打开大门

让绿洲的柔风扑进窗

在梦中呢喃

无为在歧路无为在歧路

爱情鸟唱出一首古老的谣曲

流连戈壁

意识到生命只有一次

爱情只有一次懂得

倍加珍惜

在沙漠风卷扬起

漂泊的情感

不知道流浪何方

敲击卵石挥洒沙粒

试图破译戈壁的回音

传说很久很久以前

这里是一片汪洋大海

有水有鱼有蓝色有绿色

还滋生着永恒的爱情

如今绿色离去爱情离去

孤独的石头相视无言

热情的沙子燃烧出

一片流浪的彩霞

烽火台倒塌

残阳冲破古铜色的封锁

爱情是一种缠绵意象

象征之外站着一位小仙女

含情脉脉地注视着

战争战神驾驶战车

冲锋陷阵小仙女

唱着谣曲唤醒沉睡中的

情哥哥情妹妹

1991.5.19

呼唤：爱与恨的悸动

心灵一隅

时光托浮起爱的

太阳恨的月亮

说不清哪个更美

哪个更亮

太阳太阳太阳

月亮月亮月亮

晨曦朝霞呼唤

爱在哪里情在何方

傍晚残阳呼唤

无限好的黄昏融化的

刻骨思念

孤独地离去

流浪四方天涯

盛开一簇簇野性的山花

浪浪漫漫

忙碌地采撷岁月

馈赠的果实

无聊而痛苦

太阳高悬赤日炎炎的

境况已经消失

天总是阴阴沉沉

无风无雨

爱情在干燥的季节生长

也变得干干燥燥

湿润和温暖矛盾对峙

缠绵开始单调

弹奏不出满月的和弦

十五的月儿十六才圆

十六却是一个不吉利的日子

是与不是乘风归去

答案无法肯定

天空只有一轮弯月

皎洁而凄凉

在爱与情天各一方的每时每刻

呼唤爱情呼唤太阳月亮

发现太阳和月亮

风马牛不相及

悲哀

1991.5.21

期盼：太阳雨倾盆而下

守护你唯一的财产

爱的思念和期盼

你说你一无所有

花儿一朵朵凋零

情人一个个逝去

爱人的心一个个冷漠

处处有茫然无措的

神色

伴陪你孤寂的生命

在一个漆黑的夜晚

月黑风高强盗出没

一位卜者和一位高僧对弈

棋盘展示命运

泾渭分明

爱情不再神圣

从战神的眼底溜走

逃遁进美丽的沼泽

欣赏戈壁风轰鸣

悟出前所未闻的壮美

肃穆的期盼

在荒原悄悄复活

太阳雨突然倾盆而下

爱情树缀满的硕果

顷刻之间杳无踪迹

期盼生长出绝望

永恒的情愫发芽开花

奇异的芳香扑面而来

俘获敏锐的心灵

心为之颤抖

畏惧情感疯狂蔓延

有限空间裂变无限的

思念

傍晚蓝天飘着洁白的

云彩花之精灵

随晚风任意云游

感动坦坦荡荡的晴空

爱情不在戚戚长守

1991.5.21

倩影：梦中的甜蜜梦话

放飞鱼鹰

捕捉静谧湖泊中的鱼儿

鱼儿不知战争来临

把鱼鹰当作鸽子

是朋友是和平使者

渔翁驾着扁舟

是一艘艘杀气腾腾的战舰

孤舟蓑笠翁

失去愿者上钩的风度

成为船长成为战神

鱼群在舟下漫游

悠闲如藏匿在挪亚方舟之下

鱼鹰入水

鱼群友好地欢呼

欢迎欢迎

场面宏大气氛热烈

蓝天白云感动得

泪如泉涌

一场残酷的战争

不可避免地在阳光下

爆发力量悬殊

鹰大获全胜

鱼儿来不及报警就

纷纷落网

成为鹰之贡品

透视这场战争

帷幕后面闪映一个个倩影

朦胧而清晰

依次蹀入寂寥的梦中

脉脉含情柔声细语

渔翁不敢正视出水的鱼儿

猎手成为猎物

被愤怒的鱼儿多情的鱼儿包围

阵阵惶恐凝视

鱼儿重新入水

倩影幻化出梦中的甜美梦幻

1991.5.21

圆寂：一种美丽绝伦的结局

大限来临

爱情仓皇逃窜

盆地平原高原

绿洲沙漠戈壁

流浪的余韵

萦绕时空

直到永远

从起点赶到终点

发现终点竟是起点

从终点回到起点

发现起点又是终点

一生犯过多少美丽错误

　　住过多少天真驿站

　　说过多少幼稚梦话

直到浪迹天涯

才悟出人生

本无起点也无终点

爱情发誓不再活着

流

浪

古堡渴望沉入高原湖

古人遗愿畅游冰川

古舟奢望驶入溶洞

洞穴之中

有一个分外妖娆的世界

爱情陷落洞穴

洞穴散发醉人的香气

捕捉每一次情感悸动

连缀成爱

爱的潮汐汹涌澎湃

野火烧尽每一处阴影

世界　裸露

光明而神圣

在平凡的日子

爱情圆寂

神秘的小舟从洞穴驶出

暗示一种美丽绝伦的结局

将情书和梦幻合成永恒

1991.5.22

情 鸟

松启紧闭的心灵

船长船儿已经启航

陶醉着驶入情海深处

浩瀚的汪洋有座爱情岛

鸟儿在那里筑巢

风儿在那里吟唱

爱的潜流在那里

诱惑船儿进入

女妖正在歌唱

情歌从海上飘来

情鸟从岛上飞来

情人从雾中走来

情花从浪中漂来

杜鹃啼血相思鸟

生于相思死于相思

船长战栗脆弱的心

不知道迷途而返

热情奔涌

豪气弥漫

在黎明远离本土

在黄昏误入歧途

情鸟从远方啼血而来

为船长导航

船长泪眼蒙眬

倏忽成为云中小鸟

船儿成为大鹏

随着情鸟归去

1991.5.24

情 人

一个凄凉的梦中梦

唤醒蛰伏心灵的爱

古老的爱中情

回味起浪迹天涯的

往事梦

瞬间真实

情人沿着梦踪

款款而来

含羞草扮演冷美人

玫瑰花欣然开放

一个女人是一所好学校

混到几个文凭

爱过几个女人却不认识校长

分不清是男是女

注定为爱情流浪

门前的橄榄树

翠绿成爱情缀满的果实

山间的小溪

流淌清澈思念

草原绿了又黄

爱情始终风姿绰约

情人永远年轻

蕴藏在梅花深处

一生中极少落泪

极少看见有梅花纷纷落下

感叹诗人多情多后悔的事

看见梅花就看见了

眼泪

在大戈壁没有梅花

有红柳有太阳草

红柳飘淡淡的香气

太阳草的阳光芳香四溢

情人从柳絮中飘出

娇嫩妩媚

情人走入太阳草

被太阳熔化

一泓清泉

从沙砾中汩汩流出

浸润干枯情感

情人大笑而归

1991.5.20

情　泉
——关于人在旅途的风流的反思

至苦而无迹

家　园

家园的玫瑰花开放

家园的含羞草生长

家园的歌声流荡

家园的人迹悠长

家园的古树发芽

家园的野藤开花

家园的母亲受孕

家园的孩子长大

啊家园

家园家园

家园的梦幻清醒

家园的感情纯真

家园的精神高贵

家园的灵魂平静

家园的小猫数着星星

家园的小狗晒着太阳

家园的小羊享受温情

家园的小牛守望月亮

啊家园

家园家园

家园的历史漫长漫长

家园的故事动人动人

家园的人们忙忙碌碌

家园的炊烟平平静静

家园的清泉汩汩流淌

家园的游子浪迹远方

家园的呼唤凄凄惨惨

家园的音信渺渺茫茫

啊家园家园

啊姑娘姑娘

1991.6.3

流　浪

瞌睡虫爬上书桌

和书虫展开激战

书虫书虫

滚开滚开

你害得我主人好苦好苦

你没看见他好疲倦

可爱的瞌睡虫

我一声苦笑

去吧去吧

不要和我一起流浪

无目的也无目的地

无方法也无停足的地方

这种流浪真没意思

你会成为躯壳

无奈地寄生可恨的书房

从没有打量过

诱惑灵魂的书房

发现和坟墓别无两样

不敢奢望有水有草

真空世界

生命失去光芒

幻想变态

纯洁莫名其妙

堕落

书虫从书房

狼狈地逃出

寻找极乐世界

超脱风的缠绕

绵绵情谊

凝结成冰

融化成水

汇集成河

燃烧成火

召集一切名词动词

填充汹涌的情泉

风流悠悠飘过群山

阵阵哭泣

从山那边隐隐传来

1991.6.3

寂　地

——致陌生爱人

一

沉淀黑暗

影子集结

一场亘古未有的战争

缠绵地延续

过客唱着颂歌

说海伦很美

说木兰很英雄

说影子们

真

无

聊

过客看戏

戏中人可笑而可爱

旧情人从幕后走出

过客怀疑

大幕后面一定

藏匿着许多阿哥阿妹

于是回味爱情

在寂地过客

真实地爱过哭过

泪水成河

影子却从不掉泪

世界需要热情

需要他和她的手拉手

肉体接触的一瞬

爱和情拉开距离

影子无奈地唱着来

唱着去绿孔雀

品味音乐和回忆

向南向南飞去

寂地无风

过客无法逃离险境

看见门开启

看见幽灵蹿进蹿出

甚至看见房屋倒塌

家园破碎

过客冷漠如石

静立古庙

让水顶礼膜拜

二

两情若是久长时

又岂在朝朝暮暮

陌生人

不再为你唱圣歌

教堂的钟声响了

圣母上帝正在等你

巫师卜出一卦

说去吧去吧

今天你有好运气

在无爱的日子

诗人无聊痛苦

沉重的诗行进入

潇洒的人生

阳光嫉妒

玛利亚玛丽亚

你真有福气太有福气

钟声划破窗玻璃

爱人信步走来

纠缠一个情结

诉说她恋父也爱母

分不清是儿子是情人

儿子在爱情氛围中

成为有血有肉的

美男子

世界倾倒

幽会上帝躲进丛林

窥视亚当夏娃

偷吃禁果

心旷神怡

从天堂回到地狱

善良的诗人抛弃缪斯

诗笔掷出窗外

剑光照耀一句

誓言：

陌生人

不再为你唱圣歌

1991.5.27

回　首

——关于某个永恒故事的反思

太　阳

做了一个又一个

三百六十五个夜梦

昏睡九百九十九个白天

太阳照常升起

如火

如血

如一群勇士

对着丑陋的大地呼号

我是太阳

我们是太阳

普罗米修斯

从流放中归来

拍拍我的肩膀

兄弟

你该醒了

两只大眼睛

喷射出的

分明是火

拉奥孔带着蛇镣铐

叮当叮当

声响沉重而庄严

令胆怯的世界颤抖

令骄横的恶魔战栗

拉奥孔呼号

兄弟兄弟

你该走了

我从噩梦中醒来

我从昏浊的人间醒来

我茫然地走着三百六十五里路

终日忙碌

试图射下空中的

最后一个太阳

1991.6.5

月 亮

月食

某年某月某日

天狗突然袭击

可怜的月儿

由圆变弯

由残变无

无踪无影

无可奈何

天狗狂吠

天空鲜红如血

天体慢慢裂变

天堂和地狱

在那一瞬间

颠倒过来

我行进在黑暗的

陵园追忆

那一个个和天狗厮杀的

友人苍白的脸

激情的脸冷峻的脸

一条捐躯的红头带

飘扬成一面大旗

在阴森森的地狱

呼啦啦地响

我行进在漠然的风中

听见有鬼影低语

图谋干一件惊天动地的好事

听见阴谋在风中发芽

遮挡了全部光明

在漆黑的夜

我以黑暗的方式怀念故人

那一天我一事无成

沉重悲哀和愤怒

填满了心中的圣洁之月

1991.6.5

星　星

星星落进童年童年的梦里

我好小好小

不知道什么是家园

直到有一天

启明星坠落到房上

小山村猛然燃烧

我才明白

还未成型的家园

没有了

没有了没有了

想起那位老书生

把多乎哉不多也

装进学问的臭皮囊

空中的星星

梦中的家园

多乎哉不多也吗

否也悲也

小书童颓然长叹

天空的星星消失了

陨石落到了山上

某年某月某日的

一声惊变

如一把长剑

刺破童年的幻想

宣告

伟大的太阳没了

童年的星星没了

壮年的家园没了

没了没了没了

长剑刺破历史

记忆成碎片

被岁月的血流

冲进每一个角落

1991.6.5

古烽燧

燃烧

愤怒的情绪

四处奔涌

沉默的誓言

随硝烟升上蓝天

天空真蓝

蓝色锅盔

覆盖绿意弥漫的原野

不如归去

鸟儿从人群上飞过

留下一条彩虹

诱惑勇士进入天堂

虹桥竖立

勇士拒绝诱惑

纷纷倒下

鸟儿撒下挽幛

百花伴陪羽毛

缤纷而下

勇士永恒地企盼

阳光出来

月亮出来

星星出来

融化洁白的雪

冰川移居大海

悬浮海中

心不停地呼唤

向我靠拢

向火山岛靠拢

冰山悲壮而至

勇士泪眼蒙眬

古烽燧

轰然爆炸

1991.6.6

海

——关于某个日子的永恒思索

海　韵

喧闹的沙滩

海瑶池般的梦幻

震响飘逸的浪花

奔向神秘的纪念地

纪念碑

一片浮叶游历海面

凝聚的灵魂

如骨灰任意挥洒

各个角落

浮上荒岛

飘进鲸鱼的嘴里

活着像英雄

死了像鲸鱼

游弋海中

无声无色

从梦中游来

记忆的回声拍打

陡峭的礁石

在梦中

我不知是否笑过

醒来泪珠

甜蜜地挂满双腮

海涛声声

海浪滚滚

疯狂的海

激荡每一个平静的日子

岁月从此亢奋

一个又一个影子

从海里走出

进入梦中

甜蜜痛苦

1991.6.12

海　涛

如烟往事

清晰情人的倩影

初恋朦胧

梦中人

风韵犹存柔情依旧

小爱人早已

成为小仇人

该走的人儿

早已走了流浪远方

旅途的山青了水绿了

恋爱季节

梦神格外活跃

在平凡的日子

进进出出

岁月不再平静

想起当年潇洒的

挥手洒脱的别离

想起春江花月夜的

点点风情

突然感到

海涛汹涌

空旷的心灵

承受不住惊涛骇浪

情人消失了

鸟儿飞走了

阵阵波涛席卷

残缺的记忆

漫漫长夜

高原人

破解一个又一个

梦中的

梦

1991.6.14

海　潮

潜流奔腾

受惊的野马

在漩涡

驰骋狂奔

套马杆失去魅力

绊马绳成为动力

野马天性粗犷

奔驰在自由天地

野马长嘶

大地回荡野性

一种欲望掉进深涧

虎跳峡边的猛虎

跃跃欲试

准备打捞水中之月

平静岁月

生命噤若寒蝉

无缘无故地流浪

收获芝麻

看家犬报信说

西瓜已被圣人取走

无耻之徒

涌上来拥抱海潮

把海潮据为己有

发誓有一天

有一个爱情故事发生

野马群闯入平静

海面海潮汹涌

生命之舟狂傲地驶出

野马逐舟而归

上帝不辨真伪

泄露出一件奇闻

海潮退去

生命之舟沉没

1991.6.18

海　风

吹送岁月的欣喜

懊丧奔突而至

坐在故乡河畔

沉思石头

顽固的心

回忆一次次恋爱

恋爱季节

绿荫中的无花果

兴奋地宣布奇迹

爱情无花

果子一样甜蜜

叶子一样葱绿

枝丫一样繁茂

阳光一样宜人

恋爱季节

藏匿羞涩和亢奋

羞涩的花

无踪无影

亢奋的果

缀满枝头

令过客们嫉妒

想起一句古训

莫待无花空折枝

勇敢地伸出手去

男人的吉祥右手

抓住女人的左手

扑空

手与手的交锋

转化为

心与心的冲突

一阵阵海风

把距离吹远

1991.6.20

海 面

冰川融化成海

海面浮冰

孤独地徘徊

一条鲸鱼白鲸

裸露着情感

伴随冰山游移

一只海燕白色的海燕

张开爱的翅膀

翱翔出洁白的思念

海底世界

灵魂躁动

色彩鱼无聊

炫耀美丽

巨大洞穴

吞噬七彩幻光

生命进入角色

时而小丑时而

英雄

孤傲而卑微

猥琐地活着

伟大地活着

在遥远的地方

山上有山海中有海

峰巅一抹落晖海角一轮

旭日宣言

自己是海自己是山

彩色的海

血色的海

爱情的海

生命的海

海面平凡静谧

1991.9.18

海　底

穿上你的旅游鞋

旅途撒满爱人的目光

小心陷阱爱神

在白云生处念着咒语

一支长箭

从情和爱之间穿过

进入思念的空间

相思血花开放

那支带血的长箭

惊动林中响马

铃儿叮当

黑森林旌旗

狂舞战鼓

敲碎梦谷里的梦中人

伐木者醒来

诗人吆喝着

让人们记住绿色的历史

记住吴刚砍桂树的

缤纷落英记住

一只玉兔逃出满月

在爱情中醉生梦死

爱人那是玉兔

你熟知的朋友

我的情人

是吗你不相信

雨点滴滴答答地

落在青石板上

世上的路好滑好滑

嫦娥幽怨的眼神

映在爱人漂亮的旅游鞋上

1991.10.3

海　鸟

木马从栈道奔来

将军已经战死

雄雄边关

秃鹰悲壮地盘旋

呼号一段血的历史

落日坚硬归鸦的翅膀

木马从边关默默地奔来

空中飞鸽

播撒束束橄榄枝

声声鸽哨流荡长空

宣布将军

在朝霞满天的时辰

幸福地战死

海鸟飞过

曾是沙场的乐园

欣赏海市蜃楼

古堡清晰可见

难有狂欢的人群

虚无缥缈

看见古战场的幸存者

木乃伊古陶俑古烽火燧

听见兵马俑列队冲锋

铁血奔涌

浸透每一件古玩古董

吓坏每一个正人君子

终于等到阳光灿烂

月光如爱

九个太阳变成九个月亮

在柔情似水的氛围里

一个诗人跪拜母亲河

凝视一条条圣洁的鱼儿

游出水面游进太空

幻化成一只只水鸟

1991.10.6

海　螺

开放一隅

吹奏出一曲古谣

阿里巴巴来了

四十大盗来了

芝麻芝麻

煦风吹拂皎洁的月光

死水微澜

神仙鱼畅游其间

号声染蓝了海水

一场战争

从海蟹的横行步伐中

消失

亘古的戏剧上演

丝竹声乱耳

辨不清真伪

号声变调

处处是喧嚣和噪音

芝麻开门

我想冲出城去

拥抱孤寂的原野

智者愿立地成佛

屠刀竖立

一面深刻的纪念碑

在一个永恒的日子

诗人断断续续

说着梦话写着情诗

目光从大地移居大海

浩瀚的蓝色

在追忆的悲痛中

鲜红鲜红

1991.10.7

静　物

一

一束鲜花

缀饰情感空间

对抗消隐

心与心

热烈交融

二

也许

花中有花

也许

爱中有爱

否则

美丽的风景不会姹开

三

渴望融为一体

渴望个性独具

在真实的世界

自由最最珍贵

四

OK 快乐仙子

踏上人生旅程

你会发现

这世界

真奇妙

OK 快乐仙子

五

静止在动人的时刻

凝眸奇迹诞生

你闻到诱人的芳香了吗

六

我和你之间的距离

是一朵美丽的花

情和爱之间的距离

是一首心灵的歌

七

在网上缀饰鲜花

你不想当漏网的鱼儿吗

1991.10.7

落　日

一群鸟从人群

上空飞过

一串铃从驼群

深处响彻

一个人倚在门边

门里花儿盛开

门外黄沙弥漫

那个人转过身去

落日

沉入浩瀚的

大

漠

1991.10.8

车轮碾碎诗稿

汽笛长鸣

黑色甬道瞬间延长

月亮晃晃悠悠地沉入深涧

哀猿齐鸣：月亮

掉进水里去了

啼血杜鹃折断了翅膀

魔鬼的笛音响彻天宇

听见脚步声声

踏碎黎明晨曦

旭日鲜红鲜红

东边的天空

逻辑和美学一起死亡

爱情和仇恨相生相息

女妖跳着狐步

呼唤诗歌王子

来吧来吧

这里有无尽的温柔

这里有无限的希望

上帝挑点灯笼

照亮漆黑的甬道

鬼神肃然而立

恭候一个神圣生命

悲壮地光临

去吧去吧

人间母亲细细叮咛

手中线拴不住绝望的灵魂

游子荡然无存

世界流淌失望

汽笛响起

缪斯垂首而立

世界一片辉煌

1991.10.10

怪 圈

高贵的卜者

做着一个游戏

令卑贱的雪花狗

钻进一个怪圈

序幕拉开

锣鼓还未敲响

观众不知所措

面对空白

情感无处躲藏

雪花不停地滚动

滚出一个斑斓世界

鸟语花香

过客自得其乐

打着呼哨哼着小调

恬然情趣弥漫

温馨一片的维谷

听说有使者驾到

有圣旨降临

去他妈的

高尚的心里流露出

一句粗俗

这个世界有我

足矣

透过圈子

看见一场场好戏

小丑花旦混为一体

英雄懦夫举杯同饮

雪花滚来滚去

不知道山外有山

1991.10.11

蟋蟀和梦

主人斗蟋蟀去了
梦告诉我

无目的徘徊蜿蜒
小路遥远记忆
进驻空旷的心灵
平静日子躁动不安
相思鸟
告别现在飞向过去

过去是如梦的岁月
爱情季节风还在吹
潮汐还未退去
忧伤的鱼儿
还在情海深处
缓缓游动
心却早已死了
情依然缠绕灵魂

现在是无悔的日子

殉道者填补了岁月的空虚

和英雄聊着理想

谈论崇高

感觉很惬意

爱情在远处扮着鬼脸

吹着七彩肥皂泡

嘲笑我和英雄

很平凡很无聊

英雄起身告辞

兄弟我将和蟋蟀同行

爱情大笑进入那叠诗稿

我愤然离去抚摸野马

伙计到时空以外去

寻找蟋蟀寻找真正英雄

1991.10.11

英雄泪

猫哭耗子

英雄泪欣然落下

绽出一声惊雷

旧秩序不复存在

小猫小狗

成为亲密的朋友

历史成为寓言

人类进入始初状态

老人和小孩同嬉同乐

石头和流水同悲同愁

在素朴的自然

写完最后一首感伤的

诗歌掷出窗外

挑动战争的匕首

铮铮作响

色彩涂满整个版图

诗歌进入迷宫

有人设谜有人解谜

岁月无聊而沉重

左冲右突不知道

古树存在于古宅的意义

诗歌之须

随古树根伸延大地

将古宅团团包围

令古色古香的旗帜摇曳

宣布过去向现在

投降

一切痛苦一切灾难

在诗歌高声呐喊的时候

纷纷逃遁唯有

英雄和他的泪水

如汹涌清泉汩汩直流

1991.10.19

无花果

到山上看花到海边

踏浪清风徐来

空山道人默诵

至法无法的咒语

丑石屹立峰巅

宣布一条法则

以我为美

绚烂之极

平淡之极

落英残红缀饰空虚

虚谷从从容容

鸟儿从谷中飞出

香气从谷中飘出

清泉从谷中流出

伊人从谷中走出

英雄从谷中呼出

狂风乍起

吞没惊涛骇浪

谷的主人坚守一隅

唱着空城计

希望援兵降临

也许世界已经失去

战争鲜花

无所顾忌地盛开

野草肆意地生长

正人君子悠悠地

踱着方步

丈量出情感距离

无穷无尽

战争真正爆发

藏进那片果园

才知道花儿早已凋零

果实恰好成熟

1991.10.20

丁香丁香

一位诗人呼唤多少年

丁香丁香

一位诗人呻吟无数天

丁香丁香

伊甸园生长智慧树

不种植丁香

挪亚方舟熟知橄榄枝

读不懂丁香

丁香丁香

愁缘联结的衷肠

诗人弹奏竖琴

诗里流淌忧伤

丁香丁香

吸引游子流浪

春水徒自东流

情途：天涯何处无芳草——王珂情诗选（1982—2024）

佳人独守空房

丁香丁香

直到阳光出来

人人穿上梦的衣裳

丁香丁香

哀婉中才流露出

点点光亮

空盼中才孕育出

甜　蜜　梦　乡

丁香丁香

落进寂寥的空巷

有一位诗人在静夜中思

有一位情人在黑暗中唱

丁香丁香丁香

1991.10.11.20

魂归何处

洪荒时代

遗留一只古船

船夫的号子

从远古响彻现代

哎唷哎唷加把劲哟

驶过滩哟越过礁哟

纤绳勒壮男人的肩膀

沙砾磨坚男人的足腱

寒风吹裂出棱角分明的

脸庞刚毅的面孔

继承人类生存的信心

哎唷哎唷加把劲哟

驶过滩哟越过礁哟

一支号角吹长悠悠的纤绳

联接亘古的历史

一个诗人拼命地吹出旋律

低沉浑厚野蛮

一群狼在吼一群虎在啸

一群马在嘶一群龙在叫

哎唷哎唷加把劲哟

驶过滩哟越过礁哟

号声回荡旷寂的山野

生命汇聚翩翩起舞

流水平静地表演柔美和潇洒

古树孤傲地昭示莫须有的神话

寺庙喃喃自语生机勃勃

试图创造人间奇迹

小桥无聊地让枯藤缠满全身

乌鸦全部觅食去了

一位古词人应和一位新诗人

哎唷哎唷加把劲哟

驶过滩哟越过礁哟

1991.10.21

你无悔

纸船在漩涡里挣扎

你看见了吗生命被

情感融化灰烬

在绝望中升上天空

烟雾弥漫情意朦胧

爱情目光在分手的一瞬

凝聚成一支长剑

刺透希望和梦幻

殷红的血从情海深处

缓缓涌出

在我的坟墓放一支

剑护卫神圣的爱情

点亮一支红红的蜡烛

让烛光惨淡经营

藕断丝连的情感

苍白的岁月浮现

茫茫的身影

风告诉我雨告诉我

过去是无悔的日子

现在是无悔的日子

打出一个手势

绝望改变姿态

吹出一个呼哨

希望跳起舞蹈

在没有你的日子

绝望无味希望无味

平平淡淡的情感

从从容容的人生

爱你恨你已不重要

过去现在都不存在

烛光照亮青石墓碑

爱情二字幻化成无

悔

1991.10.21

不如归去

无所求无所惧

无所爱无所恨

上帝死了我们活着

在一张张洁白的纸上

涂抹圆圈写诗

让诗神寸步难行

再不奢望突围

不奢谈活着或者死去

对着雪白的墙喷洒色彩

墙里的世界冷漠

墙外的世界热烈

墙无所谓地存在

不关心有窗无窗

不关心有洞无洞

窗前有一个影子站着

端详洞外的风景

有个诗人结论

他装饰了别人的梦

美丽的影子想做水草

娇柔地静卧洞底

让水温情脉脉地

流过全身舒适的感觉

兴奋麻木的神经

写完一千零一首诗

影子独立窗外

窥视洞里的风景

看见生命忙碌而无奈

水草缓缓地爬上屋顶

影子长叹焚烧诗稿

灵魂萦绕寒冷的天宇

1991.10.21

一月的风

一

喧闹沙滩

海谣曲般的梦幻

震动飘逸的浪花

奔向神秘的纪念地

一个永恒的声音响彻

冬天即将过去

春天即将来临

垂下一串美丽的珠贝

风铃叮叮当当地响着

小草和冰霜对峙

顽强的姿势宣布

生命的永恒

从梦幻中游来

记忆的回声拍打岁月的

礁石在梦中生命

不知道是否笑过

泪珠正甜蜜地流淌心灵

1991.10.20

二

风融化成海

一座冰山

一条鲸鱼

裸露着情感相依为伴

一只海燕

翱翔出洁白的思念

色彩鱼炫耀着美丽

装饰迷人的爱情

生命进入角色

时而小丑时而英雄

爱情汇入生活

时而伟大时而渺小

在一月的风中

山上有山海中有海

峰巅一抹落晖海角一轮

旭日宣言

自己是海自己是山

1991.10.20

月　光
——献给妻子宇宇廿七岁生日

幻　景

要下雪了今日

寒潮

播音员把风霜

捎向宇宙每个角落

角落潜流着爱

漂泊的家

漂泊的船

纤夫站在河床以外

注视寂地风景

如看一场动画片

唐老鸭和米老鼠

在空旷的房间

跑来跑去

儿子加入他们的行列

飞快地挪动可爱的小脚

摇摇晃晃抢占有利地形

和难熬的时间对抗

望着儿子你

欲哭无泪

想起他的父亲

正被流放高原

整日地仰天长啸

放飞一只只信鸽

爱人在河的对岸

充当纤夫

呼着悲壮的号子

把漂泊之舟拖离码头

旅途遥远一支歌

由鸽哨轻快地吹出

1991.10.25

卜　者

梦神呢喃

丘比特弯弓搭箭

爱情神偷突然倒地

情感纷纷落马

如太阳雨照亮每个

阴暗角落

风声骤紧

小道消息由信使捎来

说山那边的海

涨潮了

我独立高原

扮演擎天柱的角色

莫须有的激情荡然无存

陪伴孤寂的日子

只有悲哀

天有多高我不知道

地有多深我无法窥视

爱情有多神圣我不明白

小天使翩然起舞的空夜

才悟出有条鱼

独守礁石一隅

含情脉脉地

爱着我

在远离爱人的岁月

情感凝固成石

思念浇铸玉色珊瑚

如琼枝如圣洁之亭

供养爱神舍利子

供养两颗透明的冰心

梦神呢喃在凄冷的

夜我独自修道

成为爱情卜者

1991.10.26

垂　钓

素湍绿潭

一块丑石

做着垂钓的美梦

美人鱼神仙鱼

来吧来吧

丑石静卧山溪

听泉水潺潺

看浪花轻轻

头上一行白鹭飞过

心灵无动于衷

目光做钓竿

愿望做诱饵

阳光穿透丑石

裸露情感

甜言蜜语从心底涌出

美人鱼神仙鱼

来吧来吧

一只螃蟹从石缝中

横行而来

丑石冷漠地嘲讽

多情的姗姗碎步

一只龙虾从龙宫

踌躇而至

丑石熟视无睹

吹着口哨让高贵卑微而去

美人鱼神仙鱼

来吧来吧来吧

丑石默念咒语

绽开出鲜艳的爱情花

1991.10.26

对　弈

人生如棋

且走且看

且进且退

多年以前智者

谆谆教诲对弈

不可勇往直前不可逞

匹夫之勇

从此静心养性

避免战火四起

将马前卒推过河界

还在痴情地想

赶快撤退

结果悔之晚矣

爱情学校定下比赛规则

情网可进

情场不可退出

周围遍布子母雷

初恋季节

少男少女玩砌墙游戏

沙为原料情来黏合

墙美丽如玉墙松软如泥

少女放声大哭

轰隆声中

夹杂低沉的哭泣

爱情墙塌为棋盘

纯情少年对弈为乐

都将马后炮做神秘武器

殊死拼斗原来

手法相同步调一致

从此不再对弈只默记

智者关于人生的教诲

1991.10.26

观　瀑

观瀑观瀑

好奇的人们涌向

悬崖影子

沉入潭中变形

一尊尊金刚

一首首情诗

眼见为实

瀑之壮观令爱情羞愧

眼见为虚

影之幻境令石头兴奋

虚实相生爱恨相间

瀑中人惊慌失措

掉入水里成为游鱼

鱼虾嬉戏

绿水腾起涟漪

包围爱情

让守节的素潭圣水

欲流不得

欲守不成

爱神无奈从崖上

飘下几片落叶

扮演纯洁的牺牲品

落叶冲击入水

躁动的水面

瞬间平静

爱情成为静物

赋予山水无限灵性

瀑中人绝望而归

承受飞流的冲击

一支支衷曲

从飞溅的浪花中心

流出

1991.10.27

赏　月

月饼一分为二

一半上天

一半入地

爱人和儿子在天堂

独守凋零的桂树

爱人是嫦娥

儿子是玉兔

在冷清的月宫

相依为命

吴刚被流放高原

在浩瀚大漠做着还乡梦

驼铃响彻空寂的心灵

鹰的怒吼撕裂孤苦的情感

马的哀鸣喂养爱情

强壮坚贞

攀上高原古树

窥视浩瀚的天宇

牛郎织女 鹊桥相逢

欣喜的泪流成暴雨

冲打着吴刚的全身

不如归去不如归去

鸟儿成群结队

噪鸣从北方

迁徙南国乐园

缤纷的羽霓

留给吴刚深深的

记忆

不如归去

1991.10.28

日　出

一个火球跳出神山

儿子大叫太阳

太阳太阳太阳

想起一首歌

金梭和银梭的故事

被西伯利亚的寒风

凝结成霜

天渐渐红润

爱人的脸上绽开鲜花

太阳在她的瞳孔中

闪烁呼唤

流放高原的梦中人

归

来

高原寒冷冬季

鸟们都飞走了

风还在肆虐撕裂

坚强的思念

太阳冲破晨雾

冲不破岁月的寒冷

高原树绿色殆尽

孤傲地屹立

抖落全身枯叶

用枝条缠绕空虚

宣布生命永恒

太阳悬挂正空

影子完全逃遁

真诚取代虚伪

梦境进入现实

爱人在远方观赏日出

儿子清脆的童音

妈妈太阳出来了

1991.10.30

晨　雾

桃花盛开

彩蝶纷纷回来

寂静的果园

出现勤劳的生灵

晨雾载歌载舞

推开雾的门窗

看见爱人屹立对面山

峰望夫石

孕育一个诗人

在寒冷的高原

温暖地生存

南国的雾花

飘荡进透明的北

国神话世界

诗人拔出长剑

挥舞出首首

啼血思念的诗章

剑光闪闪寒风阵阵

美丽的雾缀饰

甜润的冬季抒情诗

情诗融化成雾

飘过千山万壑

飘进爱人遥盼的心扉

声声回音响彻

诗人孤独的灵魂

麻木的高原渐渐多情

内流河一夜之间

进化成外流河

在雾的世界

心门全部开启

任虚幻的倩影真实的

情感破门

而入

1991.10.31

秋　水

伊人在水一方

起舞弄清影情箫

在曲径通幽处回旋

余韵绕梁三日

情人在开放的大高原

破译神奇音乐

美人蕉翩翩起舞楚楚动人

从初春到隆冬

红色的花仙子邀请

黄色的花魂做客

平淡的香气

令高原玫瑰嫉妒

秋水在破落的乡村

流浪素朴的风

吹拂出古色古香

村姑哼着山歌

从秋天的意象走出

水潺潺地流淌

秋水在静夜倾诉

爱人的声音在风中呢喃

诱惑秋水沿流而上

汇入大海

秋水在雨中默默无语

设想一种情景

自己逆流而上

爱人将在何方

1991.11.3

团　圆

冬季来临

诗人独坐窗前

想象外面团圆的方式

鸟儿归巢了妈妈

在潮湿的南方捎来消息

树叶落入大地了儿子

在阳光下数着落叶

阳光没有温暖

孩子的父亲正在高原

受难孤独地

看着窗前的古树

新鲜的叶子簌簌落下

葱绿的群山

慢慢从记忆中消退

色彩统一为苍白

生命首次感到威胁

在干燥的冬季

水圣洁之月

和爱情交融

任你分不清

春夏秋冬

总有一个念头在

黑暗中滋生

大树从土地里长出

树籽落回土地

虚幻的家

凝结成一种概念

诵读千遍万遍

渺小的家依然

　　　　伟

大

1991.11.3

寒 夜

——写给独行的自己

梅

望着梅

想象一位梅花一样的

姑娘诗人张枣感叹

想起一生中后悔的事

梅花便落满了南山

南山还飘荡着梅香吗

伫立高原体验流放的滋味

我回忆南山回忆梅姑娘

南山的花一定凋零了

因为这是寒冬

室内的暖气滋滋响着

提醒我不要忘了潮湿的

南方柔情似水

一双双眼睛凝视远行人

看他怎样风雨兼程

阳春三月樱花

进入季节爱情

熟透流逸芬芳

金秋八月桂花

溅落每一处冷漠的角落

热情似火

世界躁动不安

三月或八月

梅默默无闻

不播种也不收获

让一个个机会失去

让甜蜜的酒平淡

让狂热的飓风轻柔

好一个梅牺牲自己

在寒霜大雪中

傲然开放爱情

躲在温暖的巢中

哭泣

1991.11.15

松

松针簌簌飘落

松鼠摇着长尾

松球滚进水坑

松林忽起大火

松涛寂寥无声

松树轻轻松松

……

松树的风格令人

钦佩做悬崖松

你有这种愿望由来

已久云朵飘过

诱惑停步霞光

流荡令她浴满

全身黄昏

也留在树尖

宣布鲜红的太阳

永不落

俘获爱情

用松针刺破

软弱的情感

用松球结实

疲惫的身体

用松涛震撼

麻木的神经

用松鼠的大尾巴

扑灭心中的野火

松树挺立

松林燃烧

爱情孤独

精神崩溃

做一棵松幻想

好难

1991.11.15

竹

在北国的尽头有

一座冷酷的花园

杂草丛生的历史成为

过去一簇竹

光秃的大地上

唯一的风景

不毛之地

生长虚幻的梦境

斑斑竹泪

滴落进飞沙走石

泪珠在狂乱的氛围中

跳舞你

分辨不清

哪儿是情人

哪儿是情人的影子

听说潇湘的水早已

潮涨南国的家园

被竹环绕郁郁葱葱

望夫石在久久的空盼中

风化爱人的心

裸露透明的情绪

我在痴痴地爱你

我在苦苦地等你

我在疯狂地觅你

爱人在遥远的花园

孤独袖珍风景

供流浪的情人回味

那一片风景里有

竹在风霜中

节

节

长

高

1991.11.16

盼

给我一杯酒

浸泡干枯的红豆

夕阳滑下窗玻璃

红彤彤的亮点

显示相思豆正滑落

西边的深山

一位小仙女从森林中

款款走出身后一只

小狐狸身前一朵

野百合身上一股

令人眩晕的香气

迎接红豆如迎接

西天来的经卷

朵朵祥云在仙女与

世界之间从容盘旋

红豆在酒中浸泡

膨胀发芽生根

红豆在山中生长

衍变成无花果

采花人在爱情园中

寻寻觅觅

找不见自己心中的小花

小仙女静卧山涧

陪伴西沉的夕阳

夕阳如梦

亮光如豆

情人泪如泉涌

盼望山那边的海

有一叶孤舟向山涧

驶进

拯救仙女和采花人

载走闪闪发光的相思树

1991.11.17

寂　地

一代过去一代又来地却永远长存。日头出来日头落下急归所出之地。风往南刮又向北转不住地旋转而且返回转行逆道。江河都往海里流海却不满。江河从何处流仍归还何处。

——《传道书》

神女峰

阳光灿烂

沐浴至高无上的阳光
你说你很冷
滔滔江水远离脚下
流过笑过哭过
你在伟大的高处
在浪尖　渴望羡慕
在空中扮演冷美人

真无聊真凄凉
你想放声大哭

让哭声轰倒一片群山

让泪水把自己冲走

汇入东边的大海

或者放声大笑

让笑声震撼

观风景的无聊生命

水水

你饥渴难熬

一条大河在身边流淌

你却和水无缘

如同与心上人无缘

春夏秋冬你唯一的

财富只是阳光

阳光灿烂你却

很冷

1991.12.17

望夫石

你在何方

遥远的回音壁上

开满朵朵相思的小花

野百合孤立悬崖

风轻轻地吹过

雨轻轻地落下

雪轻轻地飘游

影子悄悄地

躲进大山深处的仙人

洞野百合

终于在山崩地裂的

瞬间惊喜地姹开

你说这是幻景

情人正屹立山巅

眺望夕阳黄昏

设想余晖托浮一只

小船一叶方舟

从残阳的血海中驶出

听天空流淌鸽哨

橄榄叶飘然而至

在你的耳边轻吟细唱

遮盖心中的创伤

海水由咸变甜

滋润你失落已久的红豆

在美丽的大山坡上

发芽生长

依然是幻景缥缈

走吧到山那边去

看海踏浪

鸽子兴奋地噪鸣

爱人来了

爱人来了

你仍在寻思

　　我在何方

1991.12.27

蝴蝶泉

泉水叮咚

金色蝶粉扑闪出

金色谣曲

山浪漫地长高

从幽幽山谷逃出

进入喧闹的凡间

蝴蝶女轻摇翅翼

一句咒语跌落草丛

到水中去

鱼儿爱你

小草欣喜若狂

小花惊讶万分

小松鼠惊慌失措

小狐狸落荒而逃

小草小草真有运气

和蒲公英再见

和大河爷爷再见

和大山父母再见

小草哼着歌谣

陪伴泉水东流

一段陡峭的山路

如诗

一段冷漠的峡谷

如雪

一段浩瀚的汪洋

如霜

进入汪洋小草寻找蝴蝶

蝴蝶女早被出卖了

1991.12.27

舍身岩

藤蔓编织软梯

从水里走上岸边

从岸边爬上山顶

美人鱼轻摇款步

让夕阳落进水里

让鲜花飘进水里

在山上散步

看云云很美

走过的路很长

三百六十五里不

精确数字彩云知道

三百六十六

多出的那段路上

亚当和夏娃正在

造爱

森林森林

野兽们欢天喜地

鸟儿们快乐地歌唱

树与树之间

长满一朵朵娇嫩的

蘑菇没有

人采撷

你不想

我也不想

美人鱼巡行山间

突闻一阵奇香

从岩上的仙人洞

流出一条飞瀑

一道金光诱惑

鲤鱼跃过龙门

到水里去美人鱼

岩上一块石头

念着咒语

1991.12.29

相思亭

一尊佛像

暗示情感的虚无与

存在风

不紧不慢地翻动日历

一段谣曲

从风与雨的间隙处

悄悄溜出

看花去

踏浪去

捉迷藏去扮演爱情

去云彩飘逸

一首浪漫的情诗

从天空流向大地

一支响箭嗖的一声

射向纯洁的蓝天

野旷天低　树　　上

一个情种藏匿进

一个鸟窝雏鸟

快乐地噪鸣

欢迎情种光临

爱情早在一棵树上

宣布悲壮的结束

一个句号被无知的

爱神当成紧箍咒

扣在有情人的头上

有情人

欲爱不能

欲恨不能

羡慕风流的情种

最终有一个绝妙的去

处有鸟儿陪伴

独守相思空亭

心中一团野火

熊熊燃烧

1992.1.2

断臂维纳斯

从电动扶梯上滑下

感觉很荒谬

别人匆匆上行

响应人往高处走的

古训

你却如水

　　　　流向低处

低处有爱

有刻骨铭心的真情

温暖冰冷的心

心中的雪地

燃烧团团篝火

美人鱼在雪域漫游

表情很冷漠

姿势很美

你是在凝望中

哭泣吗断臂的

维纳斯

跌落幽谷的顷刻

一个声音从谷底

缥缈而来

声音又酸又甜

暗示人间曾经有过

一桩冤案

你的断臂在哪里

一串鸽哨流荡长空

爱神的余韵流淌人间

维纳斯扬直断臂

告别匆匆赶路的过客

该平反昭雪了丘比特

信步走来沉思

一个沉重的问题

1992.1.5

黄果树瀑布

该砸下来的

就砸下来

一条玉带

被无端地拉宽

长度不变

一种声势

被无聊地壮大

能量不变

想起狐假虎威的神话

山崖一只猛虎

流水一只玉狐

也许分不清水与崖

虎与狐

只知道真正的猎手

从不对玉狐开枪

我们却伫立崖前

看玉狐跌落深潭

不知道是被迫还是自愿

欣赏玉狐的壮举

心中没有飞流直下

三千尺的意境

想起堂吉诃德先生

他的瘦马他的钝剑

他奋力进攻的风车

伸出一只手掌

试探风

是从东边吹来还是从

西边吹来

西风吹来

古道上扬起一阵烟尘

玉狐在夕阳心中飞奔

1992.1.5

香　溪

碧波琼脂

心旷神怡

美人诞生于此

一条美人河

浓缩美学的秀美

流出历史的秀美

妩媚的岁月

在平平静静的溪流中

复活

一条条美丽的鱼儿

在溪中自由地生活

依恋石头

其中一条和卵石

私奔入大江

梦想归大海

一道香香的圣旨

捉拿叛逆

卵石藏在水底

和泥沙滚滚东去

在石头城

变成雨花石

那条鱼闯荡不过

千山万壑

在静静的峡谷

腾空而起

在高高的山巅

变成石头变成

神女峰

香溪永久地流淌

流淌出这个人间悲剧

1992.1.5

木兰城

南北相对

南北朝的故事

流淌荒原戈壁

替父从军

迁移孟姜女哭倒的

长城

从东向西行

在一马平川

构筑固若金汤的城池

关山朔气寒光金柝

被铁衣席卷而来

阳光灿烂月光如注

铁衣变成金锦

玉衣　　　女儿红装

那支长剑

浓缩为一枚小小的

心形别针

突听一声口令

古英雄矫健而出

姐妹花依次开放

木兰身后

簇拥着一群美人

听见漠风呼啸

怀念木兰

感受到商女的内涵

缈缈乐声在大漠

回荡似战马长长嘶鸣

有守城的将军微微叹息

这世界真大

这世界真小

木兰城在沉思中

成为袖珍风景

1992.1.7

贵妃池

三寸金莲

在温泉中浸润生长

一个美丽的仙女

从池水里冉冉升起

皇帝睁大眼睛

诗仙睁大眼睛

布衣村氓睁大眼睛

眼睛落入池中

在碧波中翻滚

珠贝在水底

时张时合

冷眼旁观一幕幕

喜剧悲剧闹剧

看见那一位仙女

从一朵祥云一朵莲花中

滑进碧波

玉宇琼脂

扩散阵阵香气

不禁心旷神怡

珠贝时醒时醉

用异己的目光测试

水的温度

活性水

不热不凉

恰到好处

仙女尽情漫游

时而成虾时而成鱼

逍遥得令钓鱼台上的

姜太公嫉妒

却又无计可施

贵妃池仙女池

一个自由的童话

被圣水浸润得分外透明

1992.1.8

旧情难忘

——致远方的情人

温 柔

落英缤纷

桃花在高原

盛开凋落

想到一个典故

绿肥红瘦

于是想起黄色的现实

有叶无花

有果无花

红色的情在春风中

消瘦伶仃的爱情

停驻在浮萍上

红红的

让雨点尽情扑打

在春暖花开的日子

奢盼花儿永远鲜艳

爱情永远年轻

生命永远真实

在无聊的空盼中

看见一支雪白的蜡烛

钻进一间雪白的房子

孤独地燃烧

在金色的圣殿里

一位诗人告诉我

她还和夕阳一起

流浪

你看见落日余晖

正挥撒在我的秀发中

繁衍着我的温柔

我泪眼蒙眬诗人

在阳光灿烂的春天

只见到一个孩子守着烛光

盼望再唱"生日快乐"

1992.4.15

默　契

春风吹拂你的秀发

风帆在明媚的

爱情海

鼓荡起一串串海涛

一朵朵浪花

你的名字叫风

海风在月光下呢喃

海鸟在礁石间小憩

海涛在人世间喧嚣

航海人在孤舟上

怀念遥远的温暖

旭日东升船

自由漂泊岸

遥远无边回头无岸

向前无岸无岸

心与心的距离

却在风暴中缩短

再一次让秀发

遮掩你的双眼

梦亦成真你

想起一叶遮目

掩耳盗铃的寓言

哑然失笑

爱情

真天真真好玩

秀发是深邃的海

盲人小心

一只鸽子从天外飞来

一枝橄榄告诉梦中人

山外有山

海中有海

1992.4.22

阅　历

填上一笔

一二三四五

你惊慌失措

不知道五以后

还有什么

开始冥想

装小一休

一休哥噢

歌声传来

铃声叮当

你独坐成佛

屠刀成为旗帜

在瑟瑟秋风中

神采飞扬

天使降临

在风中在雪中

唱着忧伤的歌

情途：天涯何处无芳草——王珂情诗选（1982—2024）

跳着冷漠的舞

寻找秋火

在爱中在情中

魔鬼降临

在光中在影中

采着热情的花

枕着温暖的梦

潜入春水

在悲中在恨中

推开无声的玻璃窗

让无声阳光涌入

你不知道谁是君臣

天使先到魔鬼先到

在爱和恨的夹缝中

度日你始终

不知所措

1992.4.22

梦 幻

呓语美丽的白天

肥皂泡被阳光托浮

纷纷扬扬

如桃花梨花

如冬雪春雨

如少男少女

天真的小孩用幼稚的

小嘴吹拂

风乍起

黄沙扑灭希望

打马归去

弦声正急

大珠小珠砸得玉盘

发出少女清婉的声音

旋律被一阵沉默

隔在星河两岸

呓语为桥

将一首首牧歌

串联在无名河上

静守一处古城

伴文物度日成为文物

无法知道世界的末日

何时降临

无法悟出大道的含义

升天的时辰

只有把自己埋进海里

让海水洗刷岁月的污垢

梦幻是件无聊透顶的

事情戴着耳机

音乐和噪音同时响彻

窗外春雨正高兴地下着

1992.4.29

圣　洁

去掉双臂

美人鱼游出碧波

涟漪让旖旎风光

羞愧小小漩涡

爱神冷静地进入

做着陷入情网的

甜蜜游戏

维纳斯一无所知

丘比特正挽起爱弓

箭嗖嗖袭来

从天外从海外

从人外从心外

驶过辽阔的草原

圣洁的冰川

在雪山之巅

屹立成孤傲的旗杆

光秃秃的岁月

旗帜在雪中无法淹没

爱情在旗帜与旗杆之间

形成距离可望而不可即

思念生长触须

缠住逝去的情谊

淘气的记忆

偷听心中女神

永恒的啜泣

泪水濡湿天真面孔

丘比特一无所知

维纳斯的双臂

早就无踪无影

1992.5.5

浮 萍

马队在密林行进

踏碎漂泊的晨雾

寻路的歌谣

伴随野性的呼唤

回荡圣地

狩猎设下陷阱

将影子投入

太阳升起落下

月亮升起落下

影子在陷阱里

无动于衷冷漠

一尊雕像

宣布无爱无恨的日子

正在进行

为了一句誓言

回望大海

大海干枯

遥望高山

高山沦为平地

山盟海誓

原来是句笑话

生恋死恋

只当一场游戏

当当当

奇特的牛皮鼓

震醒麻木的神经

女巫的歌声

自远而近袭来

笼罩情感空间

浮萍静止

魔笛和幻象

驱逐风声雨声

复活古老爱情

1992.5.5

静　谧

哀莫大于心死

古人谆谆教诲

心死以后有新生

脱胎换骨

这是你的梦

于是你向往黑暗

憧憬梦里落花的风韵

你说梦里情歌缭绕

真诚的动人的

古老的永恒的

请别打扰我的心

正细细触摸爱的旋律

保持沉默终生

做静谧的爱情的

乖孩子

隐藏爱者　爱得

最深彩色泡沫碎了

柳絮被温柔的春风

扫荡凋零了你说

我不相信我不相信

昨天的太阳属于昨天

那片圣地不再神圣

甚至惊心动魄的初吻

也被时间河冲洗得

圆润透明沙砾

打磨进滑稽的因素

静谧笑了笑得好甜

初恋笑了笑得好酸

你保持冰山的沉静

野火却哭了哭声

好苦好苦

1992.5.5

月　光

月光在摇篮曲中流淌

紫丁香温馨四溢

粉红桃花盛开

垂柳依依

小桥流水

蛙鸣萤火

让孤独的月光兴奋

唯有海棠依旧

微红的花瓣

爱情的泪珠

在凄冷的夜晚

闪闪发光

一场厮杀

暴露在月光下

剑男剑女

无所谓地和光搏斗

绝招纷纷亮相

月儿惊讶

剑光之中竟有

永恒恋情这般奇迹

永恒地对抗真诚地对抗

雌雄二剑不分高低

无血无泪爱情

险象环生战场

平平静静

月光如水

爱情如光

剑侠无法选择

随流水

悄悄隐去

1992.5.5

夕　阳

沿着阶梯

数高与低之间的梦幻

奇妙的相思音符

从阶梯顶端

滑落下来

字字珠玑

镶嵌在阶梯之间

太阳隐藏其中

花儿在莫名的

脚步声中响亮地开放

孤傲的阶梯

激动

摇滚乐从西天

一路摇来

夕阳慢慢沉入山谷

血域生命涅槃

音乐声中

爱情翩翩起舞

小仙子小美人

如花似玉

在寒暑四季

纯洁地成长

夕阳在心中爆炸

阶梯四分五裂

海浪澎湃

惊心动魄

潇洒而高贵的雄性

流入无声无息的河流

爱情让河流延伸

归入浩瀚的大海

1992.5.9

子　规

不如归去不如归去

南方的鸟儿诱惑北方

北方的狼

在荒野游荡

狼嚎令平凡的生命

战栗激动兴奋

北国的春天

小草露出微笑

小花争奇斗艳

北方的河流

无声无息地游着

没有南方小溪的喧闹

生命在北方

被黄土纠缠不已

这块原始的土地

一旦进入就无法走出

如内流河

在干枯的原野

左冲右突消逝

是唯一的命运

你不想逃出

走进沙漠

就不再奢盼有水

有草有树

有脉脉温情

你也不想固守

你草原上最后一棵

孤独的小树

不如归去不如归去

子归子归

人子你在何处

人子你去何方

1992.5.9

雪　地

——独立雪地的思索

受伤的情鸟

雪花装饰了你的羽毛

冰霜坚硬了你的翅膀

在黑暗的甬道狂风

呼啸野兽嚎叫神火

在无边的冷漠中熊熊燃烧

你进入甬道渴望

闯出黑洞闯入宇宙

在声声哀鸣中呼唤

真正的伴侣

战阵已经摆开

长蛇阵大雁南飞阵

神秘八卦阵空城计

失去真正的主人

一座空城在荒原

冷漠地凝视缓缓逼近的

黄沙心里猜测

也许被黄沙吞食

有机会成为文物价值无比

你像一架战斗机

盘旋空城上空

空空的鸟鸣填补城的

空虚岁月无法防守

撤军的可能性

渐渐增加

你不管前途如何

无法作出选择

只有用受伤的躯体

抵挡漫漫黄沙

坠毁或者逃离你

无法选择受伤的声音

流荡孤寂的原野

1992.5.13

逝去的天国

笙声阵阵

在梦中的天国

余音萦绕薄雾

让旭日时隐时现

笙声过处

野花翩翩起舞

蝴蝶泉

涌出一群叛逆的白蝴蝶

朝霞和白色对抗

鲜红变得温温柔柔

色彩在笙声中飘逸

红黄绿弥漫黑色空间

生命原色褪化

墙头枯草软弱地

倚着蛛网喘息

寻找牵牛花的勇气

天国从绿色藤蔓逝去

报春花为报春鸟殉葬

笙声变成唢呐

一声哀过一声

一声高过一声

大红灯笼在月黑风高的

深夜高高悬挂

暗示一场浩劫刚刚发生

舒缓的旋律回荡原野

孤寂的心灵热烈

笙声渐渐沉郁

薄雾渐渐透明

晨曦秀色

让太阳神席卷而去

太阳风无聊地吹拂

温暖欺骗还在梦中的

原野

天国正在逝去

1992.5.14

狂欢的歌声

魔鬼的笛音从天外飘来

爱人的声音从山外

飘来黑暗笼罩原野

萤火虫翩翩起舞

红杜鹃姹然开放

夜来香暗香呢喃

牧童的短笛吹奏出

梦中人的遗憾

烂柯人一去千年

梦中的梦在梦中弥散

氤氲气息流淌原野

原野的风

在无聊的顾盼中

时隐时现

粗犷的冰雹

砸碎相思的黑暗

儿子的歌声在雨中浸透

一句咒语

爸爸狗狗

令父亲无地自容

在有意与无意之间

滋生一种负罪感

直到儿子的歌声

完全消失

有一天儿子成了父亲

才会令我心里平安

无聊的歌声在夜空

流传

一个童话一个寓言

却离梦中人

很远很远

1992.5.18

雄狮的怒吼

闭上眼睛

装模作样地扮演英雄

听说遥远的沼泽地

落难的美人正在哭泣

哀婉的声音

令入禅入道的心灵颤抖

心无法平静如水

如波光摇曳的湖泊

如流水潺潺的小溪

如缠缠绵绵的爱情

如玉宇琼楼的冰灯

如幻影缥缈的戈壁

如涟漪层层的沙漠

如浩渺无穷的森林

如险象环生的江湖

水无法平静如水

灵魂沉入珠贝

一张一合香气

从雄狮血盆大口

喷涌而出

一轮红彤彤的旭日

在冰山之巅展览

血红与洁白对抗的

魅力声音

在红与白之间

游刃有余地穿透

情感的真空

雄狮怒吼

太阳神战战兢兢

悄悄逃离舞台

到幕后和月亮姑娘

幽会去了

1992.5.22

野性的呼唤

原始的爱人

你在哪里

素朴的爱人

你在哪里

野性的爱人

你在哪里

抽象的爱人

你在哪里

声声呼唤回荡原野

爱人独立雪地

一尊冰雕

一座贞节牌坊

昭示天下

爱人在这里

过客黯然神伤

加快爱人的倩影

如花似玉

本色的爱人

热情的爱人

现在褪色独立雪地

爱人苦笑

庆幸不是神女

没有衍变为石头

庆幸不是潇湘

没有生长成斑斑泪竹

过客沉默无语

两行眼泪如瀑

从最高的山峰垂落

冰川解冻

无聊的荒原

一条有意义的河流

开始永恒地流淌

1992.5.22

幻想的生命

大峡谷日出

沙漠光芒四射

朦胧的笛音

进入辉煌的时刻

普天之下

头发熊熊燃烧

堆堆篝火在野外

在秃山光岭上

在不毛之地

显示生命正在进化

冰川融化

一行咒语在褐色石碑上凸现

上帝死了我还活着

你是谁？是

还没有进化的小蝌蚪

是还没有被阳光驱逐的

乌

云

暴雨降临

鸟儿在窗外欢喜地

噪鸣绿叶

在狂风中兴奋地歌唱

大暴雨大暴雨

欢乐的使者勇敢的侠者

大暴雨铺天盖地砸下来

欢乐流淌每一个角落

一首首恋曲一首首梦歌

从今夜的黑暗中逃出

奔向明天的黎明

那里崇山峻岭

正在分娩一个

美丽绝伦的太阳

拔地而起

1992.6.7

燃烧的原野

夏日的妖风刮过原野

美丽倩影镶嵌平静湖泊

海市蜃楼在茫茫戈壁

诱惑梦中人再次入梦

水中人在水中永远孕养

迷人的珠贝和着季节的旋律

在女妖的笛音中时开时合

虚幻成影丽人的香唇

让干枯的卵石狂歌乱舞

苦涩的落魄的流沙

被爱抚弄的瞬间

全部成金

意外的日子收获不可估计

耕耘的犁声响彻原野

田野一片葱绿夏日无雨

有清爽的风轻轻拂过

有清丽的月柔柔沐浴

夏日无雨季节饥渴

欲望生长成枯草

篝火莫名地燃烧

野狐野狼野猫

在无聊的月夜

野性十足地嚎叫

野性十足地游荡

感觉之外一场小雨

淅淅沥沥地下

一阵夏风

轻轻柔柔地吹

站在雨中伫立风中

悸动的心如梦方醒

1992.6.13

咆哮的流水

依依

一阵风一阵雨

一阵爱一阵恨

滑过流逸长空的

鸽哨野性呼唤

在原野在山谷

悄悄滋生

潺潺流水

融入月黑风高的夜

在岁月的海里

扮演海盗

抽刀水不断

情断丝相连

依依

抢劫挪亚方舟

水手鸽子橄榄枝

接受流水的诱惑

从光明顶驶向阴暗

角落珠光宝气

冷美人

唱着女妖的歌

轻哼梦曲

承受静谧的痛苦

如菩萨敲打木鱼

否认生命之轻

沉重沉重

淡淡的歌声袭来

笛声缈缈余音萦绕

三尺屋梁落入水中

流水咆哮

1992.9.8

天外来客

睁只眼闭只眼

在偈语中生存

闭只眼看见

有客自远方来

清晰闭只眼

不亦乐乎

睁只眼一片浑浊

宇宙世界心灵

狂奔的野马疯长的丛林

得道的鸡犬归天的灵魂

迷惘的生命浪荡的爱情

睁只眼在某时某刻

难得糊涂

分外清醒

款款而来客人

进入视野

可望而不可即

寒暑交易

两只眼轮流执政

左右上下高低

美丑善恶爱恨

视角转换

如孔雀开屏

在动人的一瞬

此时天外来客

悄然降临

信步巡行在

两眼之间

1992.9.8

孤寂的心灵

陈旧的题目陈年老窖

寻求一个意象诸如

野马苍鹰危石

寻觅一个凡人比如

你我他

男人女人老人孩子

填入一个诗行一个心灵

逃避空虚

独坐青石板

看雪打芭蕉

听寒溪流水

闻柴门炊烟

观风雪夜归人

唱晨曦旭日

多情多雨的南方人

任自然的情雨

沐浴

游历大漠

看黄沙狂舞

听驼铃回音

闻鸣沙细语

尝沙泉甘霖

摘长虹落日

品皓月星辰

浪迹天涯的南方人

云游北方

享受北方的壮丽

……

1992.9.9

可爱的生命

凤尾竹上露珠

滴下来

芭蕉叶里细雨

流出来

生命从孩童的梦幻中

慢慢长起来

孩子的微笑

天真的歌声

从朝霞向夕阳走来

岁月的潮汐

拍打生命的方舟

鸽子仍在沉睡

洪荒世界

夕阳和朝霞

载歌载舞

那一时刻

生命悄悄染绿橄榄

孩子说着梦话

数着星辰

听古老的银河

讲述嫦娥的传说

织女的故事

用一只胖胖的小手

划动空气中的

希望之舟

希望之鸟

在空气震动中

翩翩飞舞

神话焕发青春

生命之光

如落英缤纷

回归广阔的土地

1992.9.17

剑

——剑侠阐释

梦　幻

立地为剑

翻江倒海刺破长空

龙腾虎跃雄狮怒吼

拎哨棒的英雄无踪无迹

挺长剑的勇士滚滚而来

舍身为剑

干将莫邪优雅地跳舞

马踏龙雀鹰击昆仑

飞鹿跌落维谷

驼铃响彻大漠

杜鹃啼血古猿哀鸣

狐狸戏弄猛虎

上演狐假虎威

铁幕徐徐展开

爱情在剑锋闪闪发光

爱在剑柄

恨在剑尖

爱和恨相距一剑

相持一剑

右手持剑

剑指出自左手

男左女右

雌性刺穿掌心

鲜血奔涌

爱情仆倒

前赴后继

剑指到处

一遍辉煌

立地为剑

化恨为爱

剑侠如是说

1992.9.17

激　情

伸出你的左手

一个声音从天外飞来

伸出你的右手

一个声音从地狱传来

你的命运在你

手里握紧

风清醒吹过

雨清晰下过

你的表情麻木淡漠

你的灵魂乘风归去

你登楼顶

观赏一处风景

兴诗作赋

夸饰这里很美

揭露那里很丑

斑斑点点

是你的灵魂涂抹的

杰作

从水边走过水不湿足影子

微笑影子哭泣

微笑如初哭泣如终

如春之旋律

如爱之初吻

如花之凋零

如泉之枯竭

你注视微笑

不冷不热突然

发问你是谁

影子无声

你动情而哭

伸出你的手

一把稀世之剑

正在命运弦上小憩

1992.9.17

漂　泊

一尊石像

独守边关

万夫莫开万夫功败

让后世在汗青上

寻找丹心和斑斑

泪痕淋湿石像

幻景攀上神龛

思想走进佛心

剑魂在阴阳之间

不停地摇晃

阴风和阳光

交替穿梭而过

左手持剑

和独臂的古剑客斗技

技高一筹过客

解甲归田

一捧黄土

祭奠一位仗剑闯天山的

英雄

剑魂腾云驾雾

横行天堂地狱

神仙和魔鬼

狐狸和老虎

都噤若寒蝉

害怕高悬之剑

在某个平静的时刻

从天而降

漂泊四方

在盆地之盆沐浴

在高原之原飞舞

道道剑光罩住夜行人

诱惑流星滑落

1992.9.22

修　道

闭目养神静心修性

看见提哨棒的英雄

出没山林与无形的虎剑

拼斗虎是南山猛虎

棒如北海蛟龙

瞬间胜负决出

英雄味从猩红的血中渗出

这才是英雄

哨棒成截虎头开花

大地洒泪利剑发芽

在没有英雄的时代

剑光分外寒冷

听到一种声音莫名其妙

在原野在长空来回穿流

如剑在天地之间格斗

几个回合不分胜负

如乌云跌进大地

变成缥缈的晨雾

如夕阳碎成血块

染红山巅一方天空

红色的声音血色的声音

从山巅弥散开来

让赤手空拳的英雄措手不及

让修身养性的长剑惊慌失措

让梦中的孩子突然惊醒

想起一件玩具啼哭不已

英雄变幻出一件玩具

让孩子玩味一条硬化哨棒

一根弱化鞭子抽打顽童的淘气

冷漠的英雄

突然热情

1992.10.3

搏 击

雌雄对抗

爱情孤立其间

羞羞答答

观一场战争

亘古未见

雌剑当空飞舞

雄剑雾里穿梭

云中探险

黑色的旗帜鼓荡

红色的旗杆

在非常温柔的时刻

坚强地挺立

如一位伟大的英雄

挥手之间

爱情纷至沓来

雌剑狂舞

令雄剑以酒当歌

宇宙骤生一团彩雾

诱惑勇士披挂上阵

长歌当哭

哭声当鼓

剑侠悄然而立

双剑对峙

脉脉温情从剑尖

喷涌而出

旗杆倒立

旗帜欣然而泣

1992.10.11

剑　谱

一剑在手

句句咒语脱口而出

顺我者昌

逆我者亡

忘掉当年师训：山外

有山楼外

　　有楼

王中王

悟出强中自有强中

手一枚肉剑

和一束光剑拼搏

爱情之光

一招制敌

危急时刻一颗

流星陨落

一段忧伤的剑身

在炫目的幻影中跳舞

素洁的水仙花

在奇形怪状的卵石之间

姹然开放

剑谱真香

一个个古老的文字

一个个神秘的符号

一个个奇妙的图腾

在某一时刻聚拢

爱神开怀痛饮

剑尖的浓血

真香

讲述上帝挑点灯笼

点亮的神话

想起爱情肖像

利剑干枯如柴

躲进古典音乐

掩面而泣

1992.10.23

古　道

让音乐洒满古道

轻缓的旋律响起

如纱的蝉翼展翅

娇小的蟋蟀

鲜红的太阳升起

薄雾慢慢笼罩原野

露珠悄悄滴落大地

晨曦偷偷从宇宙溜走

植物园的树

又开了花

今非昔比

浪荡四方的爱情叹息

无处藏匿的精神哭泣

有家难回的思想沉默

徘徊不定的灵魂静止

两颗跳动的心相遇

在奇峰奇石之巅

在奇水奇泉之源

在奇男奇女之间

两颗跳动的心奏响

永恒的古典音乐

古典女人持古剑

导演古典姿势

听说春季有阅兵式

草原上的马开路

古道上的剑持旗

心灵里的爱敬礼

一阵令爱昏眩的音乐

填满空旷的峡谷

1992.10.23

空　山

人欲哗啦啦啦横流

潘多拉的魔盒打开

一个美丽的尤物从无限风光

处翩然飞出

一张张嫩叶从危树之巅

冷静地飘落

空山无人

有人语轻轻叹息

有情语细细呢喃

有爱心轻轻奉献

有动物殉情山涧

空山无山

有深壑纵横交错

有奇石胡乱屹立

有枯树占地为王

有异兽独辟蹊径

"空山空山

美丽的空山

绝妙的空山

奇异的空山

空旷的空山"

一只小松鼠放声歌唱

一枝野百合傲然开放

剑侠打马奔过

百合花为剑

左手持鞭鞭为鼠尾

叮当叮当

铃儿响彻

响马袭来剑侠

抱拳一揖英雄

有何贵干

1992.11.24

圆　寂

缄默如梦盼你

足音从天外飞来

踏碎寒冷的月光

月色如水流水

潺潺小心濡湿

一颗饥寒交迫的心

爱情默默无语

情感河时宽时窄

你能同时踏入两条河流

吗古人圣人同时说

河床太宽一条大河

让你跌入洗不尽

说不清其中缘分

很长很细其中原因

说不清写不清

河床太窄心莫名其妙

姹开许多朵妖冶的水仙花

在洁净的卵石上

在圣洁的涧水中

冻结很久的爱情

逐渐解冻

爱情一无所有

心一无所有

人不能同时踏进两条

河流你呢

寒冷的月光飞花溅玉

吴刚砍伐桂树桂花

飘香嫦娥姑娘

藏匿一隅注视

时宽时窄的河床

1992.12.7

都 市
——都市诗人生存境遇透析

诗人独立都市

沉静如水

冷漠如石

都市静悄悄

红色潮汐隐退

霓虹灯的梦幻

从半空滑落地面

虚无定格为历史

月亏月圆

潮汐依然隐退

色彩河独流城中

一分为二

孤城分出雌雄

繁衍出子子孙孙

卫星城

在一夜之间

拔地而起

红色潮汐依然隐退

张灯结彩

皇城今日下降

静穆宫殿

成为酒家成为市场

楼堂馆所

在锣鼓声中

纷纷倾斜

新娘惊惶的目光

点燃一片街灯

街灯摇曳不定

有婴儿诞生

有老人逝世

都市变幻无奇

红色潮汐

不停地涌动

不停地退隐

1993.3.14

净土渐渐沦丧

都市没有净土

净土被红色污染

红色都市

被绿色酒肆装扮

冷清的美人

在酒中热情奔放

净中对饮

相邀三人月和影子

冷月冷挂空中

冷眼旁观人间冷剧

影子来去匆匆

和主人生死相随

耕耘净土

影子兢兢业业

种豆得瓜种瓜得豆

主人苦笑不已

奴才痛哭不已

抱怨都市无情

净土渐渐沦丧

青天白日

净土苍苍茫茫

世纪老人结伴

永恒情人

在风霜中对弈为乐

击掌为歌

掌声清脆

山盟海誓

从都市上空

缤纷落下

1993.3.14

都市之春

久盼甘霖

焦渴的土地

突然毁灭

都市狼狈而归

荒原得意忘形

两只怪鸟

时前时后

时左时右

飞向爱恨两极

两极之间

春意盎然

菩提树下

一对小情人窃窃私语

这是诗家语言

曾被镌刻成

都市中心的

诗人纪念碑

诗人殉情而死

诗人衷情而生

碑文清清楚楚

如今冷漠的都市

曾有一位热情的诗人

春天姗姗而至

都市如故

荒原如不毛之地

春雨自作多情

媚态十足奴性十足

都市的春天

平淡无春

1993.3.14

春天的爱情

音　符

春天的眼睛

跳跃着一串爱的

音符悠扬的旋律

在爱的空间

优雅地巡行

一阵如魔的歌声

唤起枯竭的灵感

爱情如狂雪飞舞

直到休止符

宣告悲壮的永别

复　活

思念在隆冬复活

往事被岁月拾回

装进疯狂的记忆

被寒风吹拂吹落

点点泪珠恰似

柳芽上点点情诗

春悄悄踱进怀中

复活甜蜜的幻梦

云·星空

一道疯狂的闪电

划破爱情的乌云

灿烂烁光辉

照耀孤寂的星空

一场忽降的暴雨

冲洗爱情的迷雾

圣洁的露珠

在暮霭的面纱中复活

远看很远的云

醉汉似的踱进露珠

露珠是晶莹的爱情

孕育广袤的星空

1992.9.21

儿子 音乐 苹果
——观儿子伴钢琴曲起舞作

序 诗

乐曲响起来

果香飘过来

儿子翩然起舞

旋律不可触摸

儿子不可轻视

苹果不可吻吃

琴声在哪里

苹果在哪里

儿子在哪里

梦 幻

触摸一种旋律

很美很静

很莫名其妙

幽灵从山洞里

爬出形体美丽绝伦

湛蓝的海水

葱绿的森林

进入视野枯竭的心灵

瞬间充满生机

一个温柔的声音自远而

近我爱你你是谁

1993.5.5

旋　律

用心换心

心之旋律骤然响起

余韵萦绕

在音乐中生存

爱情一片空灵

灵魂一片寂静

爱神挽弓搭箭

嗖的一声和弦断裂

巨石滚进深潭

静谧荡然无存

爱之旋律暴风骤雨

1993.5.5

果　香

月儿一分为二

圆月相对而泣

月牙儿相视而歌

一种芳香

从哭从歌中

分泌出来

凝结一个梦幻

晶莹透明纯洁

梦真正可爱

1993.5.8

童　真

风告诉我

雨告诉我

雪告诉我

霜告诉我

爱情是个乖小孩

心告诉我

情告诉我

爱告诉我

直觉和灵魂告诉我

爱情是个小妖怪

1993.5.8

幼　稚

唱一首童谣

不知天有多高

不知海有多深

爱上一个

梦中的孩子

做着一个梦中的美

梦

醒来阳光

已入侵黑房子

孩子兴高采烈

父亲逆光而泣

1993.5.15

旨　趣

沉默

爱的旨趣

无语的温柔

一无所有

恨的旨趣

无言的关怀

苍茫时分

我沦落为霜

流浪为水

漂泊为雾

1993.5.15

春　风

揉碎梦幻

睿智与理性

结伴而行

这是智者之路

人活着不是为了

吃苦终于

有一天书斋苦行僧

幡然醒悟

原来如此！

1993.5.15

和　煦

一种平衡

和煦的风吹奏

庇护和谐的美

一场暴风雨

砸碎心的平衡

和谐的爱

无踪无影

爱情　孩子

惊惶恐惧

不安地数着

满天繁星

1995.5.15

月　光

眼泪洒下来

笑声响起来

光的旋律

让冷漠的心

热情起来

熊熊野火烧起来

死去爱情活起来

远古大道上

一位剑客和真实的

影子　　拼杀起来

1993.5.15

阳　光

阳光好冷

思念如霜

冷漠的心完全冷漠

爱情冰川

千年万年凝固

无处可逃

以静制动

阳光作棺

猫咪为伴

念着咒语

爱也孤单

恨也孤单

1993.5.15

致清都山水郎

烛光舞会

假面烛光烧毁

真实的森林

原始的生命

温暖寒冷的季节

白雪公主的小屋

集合七位小矮人的

热情融化白雪

千年冰川万年雪花

在梅雪争春的瞬间

姹然开放

风慢慢诉说

一个古老的故事

亚当夏娃

罗密欧朱丽叶

祝英台梁山伯

妖冶旋律从天而降

一对情人粉墨登场

1995.12.2

蓝色旋律

天堂的鸟

在人间流浪

从哪里来

到哪里去

雪花洁白如初

冰川凝固如初

快乐和忧郁

结伴而行

心路历程

迸发出焦点的

火花

在烈焰中涅槃

天堂里的鸟

在月光里呼唤

流浪中的人

1995.12.2

致小虫

最后一场雪

最后一场雪

粉饰漫漫黄沙

荒漠中的小白屋

在雪中孤独

熊熊燃烧

阳光残酷地

驱逐最后一场雪

最后一个夜行人

在无雪的原野

默默守望

最后一场雪

最后一颗心

1996.5.25

浮 萍

撕碎红色

旋律流逸美梦

无为山庄疯长禅意

一颗破碎的心

充盈无助的苍白

迷狂岁月分不清

人妖之间哪里

有人哪里

无妖听见

古人喃喃低语

有仙则灵

有龙则名

我有什么

1996.6.29

幻　影

人在跳舞

高山流水

琴声滋养知音

夏日奇想

陶醉长鸣的蝉

蝉翼折断

蝉壳脱落

影子脱胎换骨

梦中的人

软化现实中的神

神人交合

在动人的一瞬

孤独逝去

1996.6.29

苦尽甘来

苦难是一笔财富

哲人说蠢人也说

不蠢也不聪明的

我窥视苦难

如爬上灯台的小鼠

小心翼翼求证

灯光亮度与灯油

深度的比例

恍然大悟飞蛾为何

扑火

苦难的距离

只是两个字符的长度

痛苦与灾难

在人生的两极

跳舞

舞姿妖娆

却不迷人

因为梦中的你

仍在做着梦中之梦

如同莱茵河上的那位

女巫诱惑纯真的灵

魂追风而去

面对你的苦难

我无言以对

只有一双眼睛注视

扑火的飞蛾

在光中慢慢毁灭

1996.10.18

梦 蝶

开满鲜花的季节里

一只美丽的蝴蝶

在寻找甜蜜的梦

——W首封信信封语

梦中之蝶启蒙爱情翩翩起舞

如风如雨如泣如诉

鲜花盛开的季节花开花落

人去楼空情人是否见到绿肥红瘦

空荡原野玄谈的仙道

默默无语人空山空水空

色更空

丽山秀水美人随清泉而去

潺潺小溪裸露美人鱼的诱惑

心惶恐而归情惊慌而去

夕阳无风无花无果

轻摇翅翼蝶粉缤纷授精的花蕊

分辨不出雄性雌性母本父本

无奈的人从哪里来到哪里去

不毛之地浪荡无欲之人

是否乘风归去幻想琼楼玉宇

右边婵娟相伴左傍生辉宝剑

有美人没有柔情有剑胆没有琴心

有风无雨的岁月通晓风情的情人

远遁

从不幻化境界蝶人相生蝶舞相克

平淡日子说无聊的话写无病呻吟的诗

做百无聊赖的梦梦中只有女神没有女人

超凡脱俗全是自欺欺人自我麻醉

想起多年前的愿望作阿 Q 的兄弟

喟然长叹那只美丽的蝴蝶

死在何处生在何处

1999.10.10

静如处子

——致 G

现代的夜光天化日明朗

水至清则无鱼圣人颁布圣旨

晚上的美丽正是白天的丑恶

亢奋的动物静如植被

水仙花有水有根有叶有花

却无土有心吗没有

只有一种渴望解脱的情绪

弥漫无奈的温柔皎洁月光

裸露无形的生命让躁动

化为漫漫黄沙在无边的

春天狂歌乱舞狂歌乱舞

世界没有秩序有情无心

有花无果有酒无醉有人无眠

命中注定流浪与漂泊同行

风和雨兼程的童话自欺欺人

2000.3.23

梦中的梦

这不是梦中的梦梦中的人

梦中的水中月镜中花

含苞欲放娇艳欲滴

谁有这般福气

享受生活还有爱中之爱

品味恨的滋味

平淡无奇

也许

结局就是结局

早春不在二月

柔性的风自南向北

吹绿座座庙宇

赋予偶像人性

梦中的人化成梦中的花

守身如玉

谁有如此神力

2000.3.23

生日快乐

——致 W

生日祝福

祝你生日快乐

温柔的风吹落成熟的云

杨柳依依粒粒嫩芽

吐露清脆的话语

生自有生命

没有爱情

圣母当年怀孕的季节

绵绵细雨濡湿干涸的希望

播下多情的种子

渴望沉沦

在浪荡中奇正相生

在幻想里华实依偎

闭目养神

真实的倩影

从那句生日祝福中

款款而出

生日礼物

一句遥远的祝福

唯一的咒语

神话不会变成现实

那则动人的寓言

只在南方的春天

吸引北国的听众

一句祝福已经足够

装饰红颜知己的幻梦

让死去的心复活

让熄灭的情燃烧

让莫名的思念漫天飞舞

也许真有那么一天

多年以后因为生日礼物

无形开启无形神门

如同潘多拉打开魔盒

神圣成千手观音

动人时刻你会哭

我也会哭

2000.4.3

活 着

——致 X

哭过也好

笑过也好

我们还得活着

——X 首封信语

梦

春光明媚有花

诱惑孤独行者

浪荡而去

发出玄光幽深境界

水莲花依旧水仙花仍旧

卷帘人早已沉睡梦中

井底之蛙正在青青草地

觅着黄色美梦

梦醉

聊以自慰迷狂的惊叹

号叫香甜的幻景

滑入无欲之心无意之词

都随风而去随爱而亡

都不能随遇而安随梦而醒

随沙漠之黄漫天飞舞

云中侠女仗剑闯天山

日子一去不返英雄凡人

人杰鬼怪伟大渺小

剑锋过处如风过耳

皆空皆幻皆梦

放飞一只夜鹰在夜里

寻找夜的魅力爱的魔力

大美的肉身丑陋的灵魂

鹰击长空苍天无眼

无爱无恨的人竟成眷属

无风无景的树竟气度不凡

无才无德的心竟顶礼膜拜

无他无己的偶像

云

风流潇洒

未穿裤子的云笑看

人间人来人往

人模人样

人忙人闲

流泪的日子开花结果

闭上双眼冥思苦想

朝霞如沙从指缝间

滑

落

滑

落

灵

魂

得

道

升天

那种感觉真实美丽

如鱼得水

流动生命并非注定

缘分只是儿戏

爱情只是化石

远古的人和当代的鱼

竞技比美灰色的天

藏匿碧绿的云

浪荡的心

逍遥的人

自由的鱼

飘来飘去无风

我行我素无情

忧郁的长蛇阵有谁能破

无坚不摧的长剑正中七寸

命运与爱情翩翩起舞

死里偷生醉生梦死的
云

萍

雨打浮萍
无聊人生顿失美丽
有雨拍打温柔与关爱
在受虐的快感中疯长
绵绵细雨轻轻诉说
爱你恨你的无耻话题

常青藤自然而然
攀上峰顶观赏
浮萍与流云惺惺相惜
两者的距离如云与雨
亲密无间判若两人

黑夜无云能见到萍吗

萍是否如黑色汹涌

疯疯狂狂欲望在

萍水之间潜滋暗长

发育通晓风情的生命

做开心的女人平平凡凡

吃爱吃的零食爱想爱的

人倦了静卧萍上

听莲花春语享春水春情

无风而动春心荡漾

随浮萍浪迹天涯

随

心

所

欲

随

心

所

欲

点到为止情断丝连

笑声纷至沓来

吧嗒吧嗒吧嗒

活着活着活着

江南少女愁眉舒展

笑着笑着笑着

再次聆听雨打浮萍

清脆悦耳心旷神怡

2000.6.25

师道尊严
——关于"乱伦"一词的非诗阐释

虽然劳伦斯，它似乎也是个梦，是个遥远国度的梦。但它可以用来装点我们的梦。师道尊严你该在我面前忘记它。当然我接受你的教诲。

——C 首封信语

知 音

高山流水梦醒时分

清晰的诱惑自远而近

逼退祖传的道德伦理

过五关斩六将是你

思念的人

突然对人性发出疑问

告诉我劳伦斯和郁达夫

谁是知音谁最前卫

你我

山水

怎么只有敬亭山

没有两不厌的我和你

远看山如此神奇

近视水如此清丽

活在沙漠困于蛮荒

在自我迷恋之中渴望解脱

悟出人生的意义

是否只是两情相悦

及时行乐

画饼充饥梅子

不再在成熟之时

红得发紫紫气东升

成仙成精是你是我

我不想得道升天

神仙日子没有人性

你还想继续当小妖女吗

有思念就如泉畅流

有春心就尽情荡漾

有欲火就疯狂燃烧

师道尊严炎炎夏日

在小妖女更人性的呢喃中

烟消云散

迷　狂

夏至之日力比多过剩

情山爆发飞花溅玉

悬泉逃离伦理之门

与爱情相生相伴

幻想的日子梦蝶

看见金黄色蝶粉

铺天盖地

醉生梦死

长途跋涉雪山之巅

猛醒攀登的本义

行色匆匆情音阵阵

半梦半醒不是真正的人

做很女人很男人的人

守身如玉的神话破碎

坐怀不乱更是自欺欺人

狂放如初天生痴狂

纯真少年在野山上艳遇

野百合妖冶

姹开在旷野只为自己

淫荡嗅到花香的一瞬

少年闪出第一个词语

美妙绝伦

花开花落

一位女诗人边舞边唱

女人越淫荡越美丽

一位男学者边思边吟

男人越真实越迷人

都为悦己者容

镜中花水中月

幽兰为山谷而开

蔷薇盼故人撷采

流水知音岂止神游物外

真正的人

径行者是剑胆琴心的人

结庐迷狂而真实

有滋有味

乱　伦

千手观音最有魅力的

手抚摸何处

最美的纤纤玉指是否

点化想入非非的人是否

导航驶入神秘幽径的

挪

亚

方

舟

超凡脱俗用一个眼

凝视另一个眼

反目成仇人的世界

欢乐着我行

我却不素的一

对

情

人

冲破二元对立

白天黑夜老师学生

崇拜鄙视偶像凡人

乱伦一词退去十恶不赦的贬义

在自由的天国人性的圣地

没有理性的神灵

只有欲望的肉身

那双轻柔的手弹奏带电的肉体

驱逐多年的噩梦树与藤

绞爱并非绞杀天真的精灵

在和平与战争中在狂与静中

寻觅真实中的实

人性中的性

爱情中的情

本能中的能

一盏孤灯从东到西

自上而下投下希望的倒影

罩住为爱而死为欲而生的

男人女人

岁月发育的疾病滋养的毒瘾

在轻轻的一触重重的一击中

烟

消

云

散

师

道

尊

严

在文明太久的隐私世界

姹开出两朵最有生命最美的

野百合花

一朵姓乱

一朵名伦

2000.11.25

等待

——致 W

等待终将一事无成

　　　　　　——W 信封印刷语

偶　像

去庙宇朝拜

对偶像扮一个鬼脸

心里笑骂一句：

你真傻开放时代

人心偶形众神狂欢

还能守身如玉坐怀不乱

写诗至此猛一抬头

对镜而视才发现

不知自己是男是女

如同观音被考证过其手

却无结论：是雄是雌

高尚学问颠倒

最男人最女人的学子性别

中性人混迹学术圣殿

冒充众神饱读经典

坐而论道奢谈精神

却忘了自己最应该最想干的事情

吹着口哨骑辆破车

流窜于市井之间

当不高尚却真实活着的

小流氓

等待并非一事无成

否则不会有那句俗语

泥菩萨过河——自身难保

何苦要自保呢偶像

失去外壳不再装模作样

随心所欲多好

各行其是多美

神　仙

得道升天天在何处

你在何处我在何处

存在的真相人生的意义

早已被凡人嘲弄

被梦中的肉身肉心摒弃

该笑的时候就笑想哭的时候就哭

尽管无聊确实世俗

世俗的小人才是伟大的神仙

玩一场游戏击鼓传花

鼓声阵阵花开花落

瞬间的幸福不惊世骇俗

却能平息本能的骚乱

让秋风温柔地来

让秋雨欢快地去

让美梦和噩梦

相依相偎

没有草原草原深处的风

不知从何而来到哪里去

一对多情人失去疯狂的领地

曾经疯长的柔情奔流到海的

外流河萎缩为内陆河

生命的花朵在自慰自欺中

孤独

凋

零

渴望得道却不想成仙

只想成人真正的

通晓风情无聊无耻的

人人人

得道成人的路

蜿蜒曲折光明之塔

在远方诱惑盲者

迷途而返

2000.10.18

贞节牌坊

惊鸿一瞥剑光闪闪玫瑰盛开

有仙女下凡念念有词芝麻开门

无风无雪的日子爱情干燥

生命的灯芯草一根熄灭一根燃烧

独坐月下回味青衫绿袄的岁月

讲述一个又一个虚构的浪漫的

无聊透顶的冷漠的故事有酒做证

力比多过剩的超人早已逝去

假若有一天背叛青梅竹马的

爱情原罪还是本能

考古那座古碑有字还是无字

一段空白

一段

2001.3.22

无聊的人

流星划破天宇春心荡漾

有哲人遥远而歌悄然耳语

有浪无风明媚阳光徒劳洒落

香或者臭美或者丑善或者恶

直觉警告杯中长蛇

快快逃离

无功而返草长莺飞的季节

疯狂情绪如道道闪电染绿

池塘春水唤醒自然人

关闭心门不再醉生梦死

历史缀满无聊之珠无聊的人无聊的事

虚假的日子正在火化青春的僵尸

2001.3.23

无聊而歌

走真为上计？人间的人

谁上谁下？谁左谁右？

谁方谁圆？谁在

你的梦里我的梦外？

报春花悄然姹开药名连翘

花开花落只是几个平凡日子

平淡无奇的事情流泪的少女

在牧我居放牧自由情感

放纵本能欲望让

皇城根下的圣人哀叹

三百年不知肉味三万年

不知人从何来人到何处

竟然有这样的日子感动得

一塌糊涂心的默契

追求雌雄和谐的境界

在无聊的静夜

无聊地述说

春天如何生根发芽的动人故事

2001.3.23

拆字拆出的梦幻
——致 J

狗吃屎本性不改

——加米拉戏语

鞍

梦里看花花

风姿迷人

风韵惑人

梦花的香味梦中人

能否嗅到能否感叹

世间所有的奇迹

正将凡夫俗子的马

不松不紧地套住

仗剑闯天山的岁月云中侠女

营建白色小屋在白色沙漠

听任白色梅花在白天开放

单纯的白洁静的梅

剑光闪闪情思阵阵

相依为命相生相克

一条伦理河隔断天涯路

师与生的距离情与爱的征程

有情的日子无爱有爱的日子

浪迹江湖的马回到了家

梦中的梅成为现实初冬却不是

真正销魂的落英缤纷的

花季

人在江湖如同狗吃屎身真的会不由

己好马只配有好

鞍好鞍就有幸福

有凡人的生活成功的事业

不信拆写这个鞍字

肌肤相亲才有真正的安逸

健康的人性

随意拆拼鞍字百般阐释

一种含义令人惊恐万分

有革命才有平安革掉旧有婚姻的命

会有新生活平平安安

谁敢相信

谁能相信

梅

给一个人一根直立的木头

这样的待遇远远胜过

让行者陶醉花的浓香

梅花的香气梅花的姿色

醇酒美人

可以诱惑狂蜂乱蝶近身

独立奔放的马只会

坐怀不乱地远视

狂诗在道德守望中

伴初冬的第一场雪

任性挥洒精神

马当然也有本能也有欲望

踩平大草原踏碎大戈壁

保守的卵石顽固的青草

马的嗅觉灵敏

拒绝花香的诱惑

纵欲的方式与众不同以静制动

野性的呼唤狂放不羁

梅花姹开自然

美丽动人花开花落

是一句咒语脱口而出的时间

想起古人的教诲

莫待无花空折枝

无花的季节梅在

哪里马在

哪里

爱和情

又在哪里

花季错过希望跌成绝望

暖流猛成寒潮

天真会理解人雪上加霜

如同那梅残酷地让

马徘徊于不毛之地

情干枯如点点落英

痛苦过后马继续驰骋

拼杀疆场心中却期盼

那个梅不奢要梅花

只盼心中有孤独的

梅做的拴马桩

2001.12.27

渴望诉说

一

独立残雪破译洁白的白

白洁的洁的意义无聊

梦中人断言如同圣者

在时间河的源头哀叹

三百年不知肉味

人生如此逝者如斯

雪花敲打键盘一条游龙僵而不死

在清儒的训诂中栩栩如生

两条语录相生相克

上研究生的兰儿说读研压

抑人性虚假人生

当班妈妈的华儿却安慰

闭关修道的马自恋

安心于槽枥间槽中有美食

书中当然有秀色可餐

二

初冬的第一场雪联通

第一次夜话北方很冷

南方的阳光飘进小屋

沐浴北方的马独立奔放的

天性在并非情话的呢喃中

复活感觉

夜话好短相思好长

于是想趁着初雪未融旧情未散

让话筒的余温融化纸上的雪

雪花成诗感觉成梦

回味第一次当弟子的同学的

幸运好美好香

已近不惑的男人发现诱惑四起

柔情铺天盖地而来一种

情绪油然升起好想

在诗中爱一个人思一个人

感谢一个人牵挂一个人

渴望激情诞生渴望倾诉

静静的雪夜

北方的马之雪

幻想

南方的春之姑

不做添香红袖帮助无助的烂柯人

与霜对弈阐释洁白的白

白洁的洁

2001.12.29

老街在春天的爱液中年轻

——致 C

一

铁树开花

并不意味着春天发芽

春天没有发芽

铁树仍然

开花

晃着狐步白色海妖

穿着粉红色睡衣阵阵迷香

和着肉色恋曲晕眩

海浪扑打僵硬的礁石

如风情万种却纯洁无比的

处女在鼓浪屿的夜

浪来浪去

冰剑冲出海面活出人样

剑光闪闪浪花呢喃

Sars 随浪而逃　　Angle 伴爱而歌

潜心修道的树干

泪流满面

镜中憔悴的影子

瞬间复活不再害怕

与 Sars 相亲相爱

直到永远

二

一只红灯笼忽暗忽明

大难降临孤独生命恐慌

那条街道青石凹凸

多么形象的两个魔字

感谢仓颉让叶公能够在

千里之外考据文字

就能钻入书中自有颜如玉的境界

在逍与遥的幻想中自虐

自慰

自恋

自欺

当然　绝对　不会自杀

这个世界那条老街

阴阳相间刚柔共济

凹凸并存逍遥同乐

两个字的距离如同海天

如水的肌肤只可

意恋心淫不可

触摸弹……琴

尽管情过无痕　　爱过无声

水漫了金山　　塔依然耸立

如痴如醉的快感　　仍在

千里红的姹开中　　铺天盖地

青春悄然而至　　恍然大悟

花儿为什么这样红

妹儿为什么这样妹

春儿为什么这样春

2003.3.28

落日余晖

——致 Q

霞光四溢　　阴冷的日子

渴望落日与余晖并行

如朝霞绚丽　如夕阳圆润

融解沉静的冰

　　沉着的人

正在静静消逝的激情

化成永不消逝的电波

清纯的眼神　　纯净的眼泪

温暖日子的阴冷

浪漫学问的寂寞

耐住寂寞却耐不住

冬日里疯长的春心

醒悟尼采的那句谶语

"游泳池男人的归宿"

却不知道路在何方

是踏着夕阳归去

还是沐着旭日回来

水

滴

石

穿

你

相信这个古老神话吗

当时间河不再流动

情感的外流河被岁月

修理成内流河

逃脱不了断流的命运

落日一旦落下

余晖一旦挥洒

诗与歌的初恋

只能戛然而止

沉静的爱情　　会不会

望光而逃

　　逆流而上

2006.1.25

情途: 天涯何处无芳草——王珂情诗选 (1982—2024)

多想在鼓浪屿浪来浪去

——致 C

多想在鼓浪屿浪来浪去

在鼓浪石上品味　海浪

在日光岩顶拥抱　朝阳

在琴声鸟语中　　欣赏

梦的衣裳　　诗的芬芳

终于在鼓浪屿　　浪来　　浪去

踱进历史的深巷读出岁月的沧桑

浪去的是忧伤　　浪来的是希望

在休闲的天堂游子不再思念故乡

生活不再是一张密不透风的　网

2006.5.30

雨打芭蕉

——致 N

郁金香余韵萦绕

忧郁与相思渐行渐止

情感的台风悠然远去

没有狂潮　只有

一

点

点

雨

青春的狂热的无望的

露珠一样的雨　濡湿

娇艳不再的诗心

一点点雨　一首首诗

唤醒芭蕉浓郁的绿

迎风吟唱的歌的旋律

伴情飞扬的梦的涟漪

化解夏日的酷暑

　　中年的烦闷

诗蝶翩然而至　春心悄然而飞

珂字一分为二　幸与不幸

宝玉之国　　　荆棘丛生

玻璃之城　　　繁花满地

　　　　　　　　　　2007.8.10

当我年轻的时候

——致 B

当我年轻的时候我听到
花零落成泥水凝结为冰
青春的旗伴舞孤独的魂
抒情的诗奉迎浪漫的心

当我年轻的时候我看到
花中花火里冰奇异仙境
一粒流星刺破一牙寒月
白日的梦驱逐现实的人

当我年轻的时候我读到
无字碑的字无形风的形
太阳无助地吊死在树梢
捞月的猴群快乐地守灵

当我年轻的时候我想到
海会枯石会烂闹会变静

天不再苍苍地不再茫茫

圣洁的爱终会无踪无影

年轻的时候总浪费年轻

不知雪地鸟迹空谷猿音

2008.1.9

鼓 山

牧心

牧雪

浪来

浪去

情真

情深

鼓山

鼓水

如酒

如歌

如风

如诗

2008.11.10

在妇科肿瘤病区体悟生命与爱情

> 一代过去一代又来地却永远长存。日头出来日头落下急归所出之地。风往南刮又向北转不住地旋转而且返回转向逆道。江河都往海里流海却不满。河从何处流仍归何处。
>
> ——《传道书》

体　检

血常规 X 光 B 超白血球红血球癌细胞

项目固定程序呆板活人听任机器摆布

形象数据变动不居安危抽象此消彼长

每月例行公事如同爱人例假从不迟到

命运之神纷纷隐退生命之子无踪无影

前途未卜数字舞蹈无穷烦恼无限希望

把人交给医院设备把命赌给蓝天白云

病人的无助家人的无奈随着春风飘逸

恶魔独步江湖过三关斩六将得意扬扬

化　疗

不管癌症早期中期晚期

死马都必须充当活马医

不能听任生命随意浪费

爱情与亲情不瞬间消亡

不管健康细胞癌变细胞

良莠不分没有阶级立场

通通杀掉死了死了的好

舍不得孩子就套不住狼

自古华山天生一条出路

化疗才能阻击癌的游荡

红豆杉治相思更能救命

人真渺小植物真正伟大

放　疗

多么熟悉的声音

多么悲壮的呼号

向我开炮向我开炮

没有硝烟的战场

下凡仙女迷人胴体

玉石俱焚万籁俱静

一个疗程二十一次电辐射

不管三七二十一向我开炮

炮声轰开八十一朵生命花

手　术

割掉双子宫割掉卵巢

把女人的标志都割掉

割掉附件割掉大网膜

人类保护网荡然无存

医学名曰子宫扫荡术

如同当年的"三光"政策

把肿瘤抢光烧光杀光

城头失火池鱼也遭殃

目前治癌没有特效药

手术只好当了急先锋

癌细胞却会无中生有

刀光下的人多么无能

性别符号完全抹掉

女人还是女人女人

爱情仍是爱情爱情

夫妻总是夫妻夫妻

子宫癌

子宫　生命的大殿堂

　　　爱情的小木屋

子宫　儿子的绿摇篮

　　　女儿的小学校

最安全的地方最危险

最圣洁的地方最黑暗

妻子的子子宫的子

两个子字怎能分离

卵巢癌

生命源于何处

爱情终于何处

幸福洋溢何处

快乐演绎何处

当无情的癌细胞疯长

当生命的灯心草渐灭

当天使眼泪不再流淌

卵在何处

巢在何处

爱在何处

欲在何处

仙在何处

醉在何处

妻在何处

夫在何处

你在何处

我在何处

乳腺癌

千手观音的手

有形化为无形

有用变为无用

草丛唇音回荡

空空旷旷山谷

情语仍在呢喃

情风仍在呼啸

山盟海誓正在

一马平川

扮着鬼脸

秀　发

女人啊你的名字叫软弱

在病房常认同莎翁妙论

为爱而留三千情丝断线

削发不为尼削发只为命

在理发店男人突然感慨

女人啊你的名字叫坚强

不想细细追问万能上帝

还愿意挑点生命的灯笼

讲述永恒的天方夜谭吗

只想对伤感的女人歌唱

情丝剃不尽情风吹又生

2009.6.2

后记:

2009 年春天陪亲人住进肿瘤医院三个月。见证了生命的无奈与顽强，感触甚多。一直想写诗。今天终于一气呵成，一小时多写完此组诗。十年未有这种写作冲动！感谢诗歌，让我有了一次宣泄的机会。

山清水秀的情感

——致巫山神女

巫山融化游子的梦幻

中秋雾月朦胧

八月桂花飘香

幽兰沿江而上顺风疯长

空谷回音陪伴深山鸟语

诱惑漂泊的人

不再四海为家

素朴乡村或隐或现

繁华都市时暗时明

家园瞬间清晰

梦歌立马现实

吴刚的酒杯弓影依旧

丘比特的箭落入杯中

美女蛇扮演伊甸园主人

荷马的史诗成为经典

嫦娥的彩带暗香永远

巫山情窦初开

孤峰高耸云端

神女降临凡间

圣溪流水潺潺

两性战争不再上演

一种情感烟消云散

2009.10.15

神女开启浪子的心门

爱上一个不想回家的人

等待一扇不会开启的门

孤独的浮萍　踏歌而行

响应女神口令女妖哨声

霓虹灯光　　光怪陆离

魅影憧憧　　落英缤纷

圣水逢山开路不再圣洁

神山遇水搭桥不再神圣

一次回眸　　一个鬼脸

一次招安　　一阵销魂

忘掉那扇永远开启的门

追忆那个只想回家的人

2009.10.16

抓把沙子撒向天空

云中的侠女打马过天山

东边的美人西边黄河流

情感的狂风复杂又多情

肉体的黄沙铺天又盖地

带电沙幕遮蔽孤独寂寞

不毛之地　　万籁俱寂

一颗流星一道炫目光芒

心门敞亮一片美丽风景

一只孔雀娇艳开屏

沙子风姿绰绰自由飘落

碰醒灵感　擦响秀发

诗花姹开　琴声悠扬

鬼怪落荒逃精灵乘虚入

沙和尚的担子突然沉重

圣典空白血经无人书写

期待梦中人不迷途忘返

渴盼涅槃者再潜心修道

青天白日粗沙撒向天空

奢望繁星闪烁理想结果

月黑风高细沙滑过指缝

细腻得让长江水波不兴

敏感得让黄河永远断流

一切的沙　　自天而降

全部的爱　　踏歌而至

2009.10.23

抚摸揉碎眼角的红豆

——致 G

柏拉图的肉体

不可品赏抚摸

弗洛伊德的力比多

不会开花结果

中国的红豆

生长在寒冷的南方

中国式爱情

在温暖的冬天冬眠

中国式相思

在干燥的春天怀春

红豆碎了　　相思还存在

冬天来了　　春天不会远

群山震了　　冰川未消融

流星落了　　月光仍灿烂

眼泪掉了　　爱情独徘徊

夜晚深了　　情话在呢喃

用红豆的粉粉饰相思

用冬天的温温暖春天

用群山的尖尖锐冰川

用流星的辉辉映月光

用眼泪的爱爱恋徘徊

用夜晚的情情牵呢喃

子夜时分梦醒时刻

相思豆揉梦进眼波

白马王子欲仙欲醉

眼波折射天涯海角

白雪公主析梦解梦

抚摸美丽红豆

快感陪伴美感

铺

　　天

　　　盖

　　　　地

梦中的两束光芒

平行的相思轨道

缪斯操纵爱情车

勇

　　往

　　　直

　　　　前

柏拉图式的肉体和爱情

　　　　涅槃复活

弗洛伊德的梦幻与爱力

　　　　开花　结果

2009.12.20

素 泉

素湍绿潭

回清倒影

游鱼穿越时空

鳞甲四散飘落

江山如画

残阳如雪

鸣禽唱破山河

羽毛八方云游

鹰击长空

鱼翔浅底

村庄在素泉中冬眠

山民在白色中消亡

2011.2.11

山居冬暝

王维的竹喧渐渐时隐时现

翠鸟清脆的歌声还在竹梢

杜甫的丝管纷纷成风成云

玩童精巧的竹虫仍在舞蹈

2011.3.11

旧情难忘云水谣

云

云水谣

谣

云上水中谣下

云左水中谣右

云中君上善若水

外婆桥流水不腐

情圣临时抱抱佛脚

点燃古树洞的茶香

狂风暴雨挟持旧情

扑面而来

情语邂逅小鸭归途

惊慌失措

云栖云之上水运水之中

云激荡流水水生成童谣

老牛冷静诱惑嫩草从容

云

云水谣

谣

云上云左谣右谣下

水中水中水中水中

情逐水而居

爱追谣而逝

往事真如流水

永远不再回来

水被云谣四处合围

爱让时光八方楚歌

心猿继续哀鸣

意马依然悔恨

2012.5.28

爱路：十二个成语十二首情诗

题　记

在爱与美的追求中成长

一

盟　海

鸡同鸭讲我爱你

爱与情讲我爱你

河流与高山讲我爱你

月亮对太阳讲我爱你

花儿对少年讲我爱你

鸟儿对树梢讲我爱你

煮熟的鸭子快要飞了

下蛋的母鸡又受孕了

2016.11.28

二

花 问

寻花问柳

花痴是一种忧郁症

柳情是一种相思病

剪刀截断的七月

流火中的垂枝

在蓝天白云的辉映下

用猫王暧昧的眼神

招摇夏情荡漾春心

寻花　　花红谁家

问柳　　柳绿谁手

折枝相送余香单纯

惊起一行翠鸟

一边飞行一边歌唱

鸟飞走了　　鸟巢还在

香燃尽了　　香炉还在

神打碎了　　神庙还在

病治愈了　　　病灶还在

2018.7.17

三

星　戴

披星戴月

星从不与日同行

总是星稀月明

月明星稀

却总是星星点灯

照亮我的家门

拂晓时分

最亮的是从银河

远遁的启明星

月躲入水中

花藏在镜中

情在水镜之间

任性地流逸长空

2019.6.20

四

踏　云

在鸟窝里驯马

马踏云雀

雀成了蓬间雀

马成了云中马

燕雀安知鸿鹄之志

在哉字的余韵中

爱情绕梁三日

好龙的叶公移情爱马

马无夜草不肥

人缺夜宴不美

夜来香我要为你歌唱

女巫的呓语自远而近

在鸟窝里跑马

马永远是井底蛙

注定当水中月

只听到鸟语呢喃

闻不到花香灿烂

2019.7.5

五

盼　生

顾盼生情

回眸的鸳鸯

浴在野百合的

香气　中

双羽

熠熠生辉

双目

脉脉含情

成双成对

鸟与花融为一体

情与人的距离

在鸟语花香间消失

左顾右盼的犹豫

美丽憩园的余晖

小鸟飞上夕阳枝头

小花染红微风翅膀

2019.7.7

六

晓　风

来与不来，太阳照常升起

大白鲢，仍然煮成香喷喷的

酸菜鱼，把春分变回惊蛰

丫头变回通晓风情的美人鱼

巨大的洞穴，不再空虚

一只栖霞湖的报春鸟

动情歌唱，唱绿江南岸

今天是个好日子

井水逆流而上

幸福地冒犯河水

2020.3.20

七

马 牛

风马牛不相及

句末有无也字

真无所谓

如同红颜中有无知己

高山流水遇不遇知音

属马的人喜迎新年

看见老牛拉着破车

听见盲人骑着瞎马

得意忘形招摇过市

年夜饭土豆烧牛肉

土豆变幻成了彩蛋

牛肉变幻成了锦鲤

踌躇满志跃过龙门

似水流年似水牛年

流牛不分的千里马

不会困在槽枥之间

慧眼识英雄的伯乐

认为风马牛不相及

红颜与知己可相配

2021.1.11

八

歌 曼

东边美人轻歌谣曲

西边黄河曼舞魅影

河神保佑黄河母亲

山鬼守护长江爱人

情途：天涯何处无芳草——王珂情诗选（1982—2024）

古老戈壁虚情沉睡

年轻沙漠假意肃静

寒气逼人大雪纷飞

霜色凝重小雪飘零

歌声响起复苏青春

雪音回荡浪漫纯情

唯一阳光穿透幻景

万道霞光迷糊灵魂

2021.1.18

九

气　东

守住梦想

黑咖啡自枯井

汨汨涌出

泪如泉涌

花也如泉喷香

梦中的那束光

聚焦花蕊上的一点红

让生活中的全部绿

大　红　大　紫

紫气东来

爱情如一位醉汉

美酒咖啡

咖啡美酒

意象叠加

醉汉幻影成雨巷口的

姑娘　　名叫丁香

浪漫是一宗罪

需要美酒来罚

放浪形骸是一种病

需要咖啡浸泡的蛇

伊甸园的那条蛇

唱出莱茵河女巫的谣曲

吼出川江纤夫的号子

阴柔搅拌着阳刚

月亮依偎着太阳

蓝色的多瑙河

便成了黄色的梁祝

美式咖啡

便成了中式茶叶

春之声的旋律

伴奏丁香姑娘

穿着大红袍翩跹

爱之梦的余韵

绕机场三小时

苦咖啡的回味

让唇齿留香

让岁月如歌

让往事不再是流水

让旧情不再叫流浪

在南方春天的机场

守住梦想

守住梦想

守着丁香一样的诗姑娘

获得了希望

获得了远方

2021.3.24

十

团 锦

花团锦簇

朝露凝结春愁

姹紫嫣红

晨晕凝固夏欢

花蕊离不开花朵

危楼却无人独倚

暗香陪伴疏影

哼着美在四方云游的

谣曲　　轻狂而歌

不带分文在手

只掏出新诗一首

露珠从花朵上滑落

如细沙从指缝流逝

悠悠岁月濡湿年轮

青春不再如歌

人生易老天却不老

2121.3.27

十一

梅　度

梅开二度

诗题用开二还是梅度

诗形用一石还是二鸟

犹豫不定

以卵击石

卵会成鸟石仍为石

鸟飞走了鸟人还在

忘情水声伴奏痴情鸟鸣

都成空谷足音

梅花便零落成泥

成尘成爱成空

鸟人半人半鸟

被梅的体香诱惑

分不清辨不明

悦人者的是冬梅还是春梅

悦己者的是大雪还是小雪

人生一世哪能梅开二度

对饮三人哪能狂诗四季

鸟与人怎么会相敬如宾

灵与肉怎么能风雨兼程

凝视暗香溢出花蕊

动人时刻幸福无比

不再被活着或死去

那个愚蠢问题折腾

2022.1.15

十二

诗 醇

狂诗醇酒

狂酒与诗醇

结庐　　在人境

结缘　　在仙境

阿哥阿妹踏歌而来

东边的日出

西边的春雨

怀春的鹤与叫春的猫

在天空与大地之间

脉脉含情　　风流倜傥

狂酒如庐山瀑布

飞流直下三千尺后

才悟出银河不可能落九天

就像醇酒醉不倒酒鬼

煮花生煮不熟诗人的爱情

就这样风雨兼程

十八岁生日宴上

同桌的姐妹歌声清纯

上铺的兄弟琴声悠扬

友谊地久天长

五十八岁同学会上

舞伴的舞姿风采依旧

酒友的酒态仍有风度

狂诗让美人不老

醇酒让宝刀不老

唯有诗醇和剑伴

让时间和友情不老

让诗和远方都找不到北

只好不顾一切向东向东

2023.4.27

情途: 天涯何处无芳草——王珂情诗选（1982—2024）

情途: 二十四节气二十四首情歌

题 记

我要为你歌唱

唱出我心里的忧伤

一

立 春

——给小宇

伴春之声圆舞曲首段旋律翩跹

爱情鸟便由啄木鸟变为布谷鸟

嗒嗒的啄木曲叫冬虫生气勃勃

布谷的唤春歌让春草春意盎然

立春立下了家的温床爱的彩旗

你说你幸福我就幸福三人成仙

春天播种夏天收获如四季轮回

散的痛哭聚的欢笑似寒暑交易

牵手时你说前程有鲜花和荆棘

我断言总有一天我俩都会哭泣

比翼鸟在连理枝上总相依为命

山之烟霞春之草木才相濡以沫

阴差阳错让你我最终阴阳相隔

天涯何处无芳草终成爱情谎言

2024.1.22

二

雨　水

——给小雪

今夜你会不会来

这是不是异想天开

寒夜叩不开紧闭的城门

伦理锁不住西北的大地

在那座裸体的移民都市

每条街都有好玩的战事

每间屋都有好看的爱情

每个妹妹都像女巫低唱

最爱的人是我是我

每个姐姐都如圣母轻吟

最牵挂的人还是我还是我

雨水缠缠绵绵濡湿爱欲

咖啡热热情情注满枯井

圣母疯疯癫癫成为女巫

东边的黄河西边的美人

良家妇女沉沦纯洁荡妇

小河涨水大河浩浩汤汤

小雪花酥脆小雨点酥软

人欲欲擒故纵千年天理

温柔敦厚突变阳刚粗犷

多年以后才恍然大悟

伊甸园的那条蛇多么伟大

一场小雨冲塌了一座大坝

2024.1.22

三

惊 蛰

——给小宁

冬夜的烛光融化春晨的酸奶
你说酸奶好甜我说烛光好暗
蓝色妖姬魅影重重魔声阵阵
来啊来啊亲爱的人来跳舞啊
情窦初开的瞬间红玫瑰姹开

仲夏夜梦醉倒西楼的美娘子
之乎者也酿成书房的女儿红
三碗不过冈唐诗堕落为宋词
长短句才具有妖言惑众能力
声声慢里虞美人才妩媚动人

惊蛰日蛰伏的歪诗艳词惊醒
异曲同工时自然有异口同声
唐诗说我爱你宋词说我爱你
东边日出尽情享受西边的雨
丘比特也分不清有情与无情

诗言志怎么可能容忍诗缘情

诗之余回归齐言体成词之余

元曲里哪有竹马白鹭狗尾草

枯藤老树昏鸦小桥流水人家

让灯红酒绿者成清都山水郎

2024.1.23

四

春 分

——给小淑

巴山夜雨涨满的是秋池

不是西窗烛照耀的春池

秋池和春池交融成冬池

城头失火池鱼也成烤鱼

把叫春的春天一分为二

爱神才不在一棵树吊死

天涯才处处有芳草飘香

浪子才时时有温泉可泡

只要游子在游浪子在浪
他都信老婆饼里有老婆
温泉度假村一定有旧情
敢泡就能泡出锦绣前程

泡美人自然泡得出江山
泡江山当然有美人为伴
运筹帷幄中好逍遥自在

夏天泡出的是野舟自横
冬天泡出的是泉水叮咚
玫瑰池泡出的是含羞草
杜仲池泡出的是夜来香

从春爱到冬从晨泡到夜
夕阳落在温泉最高树上
孵化爱情鸟的精美鸟巢
居然是以假乱真的赝品
如同温泉度假村的温泉
大多是锅炉工人的杰作

其实地上本来只有小路

走的人多了就成了大路

其实山顶本只有小温泉

泡的人多了就成大温泉

正如牛奶池中没有牛郎

红酒池泡不醉海量武松

鸳鸯浴煮不熟一对鸳鸯

温泉浴煮熟了的野鸭子

也会飞进梧桐树的凤巢

拿一粒粟换不来万颗子

闲田汤池早就勾搭成史

杨贵妃泡过赵飞燕泡过

貂蝉和吕布也一起泡过

红颜被祸水泡成大美人

大丈夫大美人相敬如宾

2024.1.26

五

清　明

——给小静

是那只硕鼠带来的缘分
你形单影只我漂泊不定
猎物却让猎人情窦初开
捕鼠的猫居然春心荡漾

是那餐美食捎来的艳遇
你国色天香我风华绝代
爱捧出山珍情献出海味
氤氲之息屏蔽肉体疯狂

是那声叹息唤来的风流
你柔情似水我心旷神怡
天玉体横陈地沟壑纵横
呢喃细语掩饰胡思乱想

是那曲骊歌升起的旗杆
你佳期如梦我信马由缰

山摇旗呐喊海暗流涌动

爱的波浪复苏情的琼浆

是那阵狂风卷飞的旗袍

你裸如野花我狂似惊鸟

清明时节爱不清情不明

西极天马踏醒飞燕欲望

2024.1.27

六

谷 雨

——给小峥

谷雨如春雨冷宫变夏宫

看丹的桥架出观景的楼

鹊桥的桥不再断断续续

丹顶红治愈了一生疼痛

城楼伟人从此普普通通

皇城根下幽灵不再闪现

两军相遇口令人妖颠倒

爱的絮絮叨叨戛然而止
情的嘈嘈切切油然而生
销魂落魄后爱平平常常

莲花盛开小鸟仍旧依人
红旗招展大雁照常南飞
美之定格爱屋不会及乌
色之灿烂杯弓不恋蛇影
激情四射后情安安静静

十年以后再无拥抱理由
牛奶路上仍然洒落牛奶
惶恐滩上仍然铺垫惶恐
贞节牌上仍然绣满贞节
偷吃禁果后神昏昏沉沉

二十年后竟然重庆重逢
绿绿浮萍复苏盈盈秋水
夏娃的娇娃仍冰清玉洁
亚当的家当仍富可敌国
如痴如狂雨仍淅淅沥沥

人不能同时踏进两条河

花可以开两头各表一枝

十年煮出的是粗茶淡饭

二十年酿出了狂诗醇酒

首都变陪都人不再峥嵘

2024.1.31

七

立 夏

——给小梅

居福州没发现艳福不浅

过黄鹤楼却见黄鹤复返

在恩施更想起施恩的你

金城的少女京城的少妇

石河子玉石五羊城羔羊

梅开二度终不会开三度

好事不过三缘分不过三

黄河之水向东涌进黄海

珠江之水向东归入南海
都向东流却不殊途同归

黄河的黄叠加黄海的黄
黄色的黄孕育风流倜傥
珠江的珠连缀南海的珠
海贝不矜持河蚌也迷狂
鹬蚌相争才有幸福时光

哈萨克的骑手分外强壮
在草原在都市信马由缰
疼并快乐着身心都开放
西北东南都有温柔梦乡
夏日裙摆总让人性飞扬

黄粱美梦将梅花碾成泥
年轻的黄年老找不到北
施爱人受爱人彼此陌生
肉体灵魂不再水乳交融
行尸走肉不再风雨兼程

2024.1.31

八

小　满
——给小蓉

小蝌蚪找妈妈的乐趣

不在乎扑进妈妈怀里

数典忘祖般地数星星

只喜欢在曲径通幽处

玩脑筋急转弯的游戏

忽上忽下又忽左忽右

终极目标被爱欲忽悠

丘比特掏出铅箭金箭

双箭合一竟殊途同归

歧路上共沾巾的人儿

放弃骗人的无为而治

贞节牌坊已轰然倒塌

庙消失了神依然是神

半途而废的痴心妄想

让心花怒放心旷神怡

的心字嵌入传世心经
铁肩成肉肩不担道义
三人行中更没有良师

南音缠绵二人转风流
丝不空弦诱神人以合
神魂颠倒让首尾呼应
含苞欲放的不是一花
是思无邪的无邪俩字

无是空证明色也是空
空空如也藏不住邪恶
充实自己也充实别人
萍水相逢是小小满足
生死相依才大大遗憾

山盟海誓后娱乐至死
叹皮之不存毛将焉附
尘终归尘土必须归土
抢到的沙发却不是床
爱上的是人并不是神

2024.2.7

九

芒　种

——给小琳

除夕与芒种的关系

如同王与后的关系

除夕种下的那粒粟

秋天无法收万颗子

如同雨花石中无花

老婆饼中没有老婆

湘竹里不见湘夫人

春意盎然有意无春

夏日炎炎有炎无日

秋高气爽有爽无气

冬日暖阳有阳无暖

携手同行春夏秋冬

沐浴过同一轮夕阳

欣赏过同一轮圆月

一场冻雨凝结爱情
喜剧掺和悲剧情节
粉碎了第二次握手

爱不是件容易的事
我们都拒绝了哭泣
情不是件简单的事
我们都笑不到最后

秋收冬藏时才发誓
让人像人一样恋爱
让神如神一样结婚
让皇后和王妃平等
让王子和贫儿同行

清规戒律雷打不动
种瓜得瓜种豆得豆
除夕哪能除掉夕阳
芒种哪能种出栳果

2024.1.9

十

夏　至

——给小沧

春之声旋律在梦中流荡

蛰伏的长蛇就突破禁令

三月三日蛇才游出洞口

丘比特才可以射出金箭

金童玉女才能携手春游

夏天却在梦中突然降临

梦中情人首次亲密无间

沧海突发奇想变成桑田

浪漫的小蛇升级为小龙

龙飞凤舞竟然梦想成真

龙女西施居然好事成双

初生牛犊不怕虎的勇敢

只能在春梦中悄悄呈现

驿动的心贴紧宽广胸膛

让旧情复燃的丰满乳房

让少男少女的初心不改

诗人写哪个少年不多情
哲人说哪位少女不怀春
沧海一粟如同人海茫茫
种子不发芽情谊无人传
大年初五没见到财神爷
情人节情人都远远逃遁
唯有诗神梦神相见恨晚

四十年才惊现南柯一梦
人生如梦爱情真实可触
小蝌蚪终于找到了妈妈
情人节终于出现了情人
大学时代隔桌相望的你
在知天命之年焕发青春

2024.2.14

十一

小 暑

——给小眉

都是月亮惹的祸

水中捞满月

竟捞出仲夏夜之梦

分不清大暑小暑的调皮猴

被爱感化成鸟人

梦中情人梦想成真

情不自禁地相拥而吻

一声叹息

和月亮亲吻真舒服

又一声诱惑

与太阳疯狂更爽快

从此鸡鸭同讲凤凰齐鸣

月亮和太阳此起彼伏

傍地走的两兔雌雄莫辨

却能分清灵与肉爱和情

男女搭配居然干活不累

石头城的盐水鸭复活

咸鱼翻身咸裂变为甜

在有福之州尽情飞翔

天街小雨徐徐降落

千年古荔枝树开花结果

十年桂圆干圆润如初

桂花由丹桂变成金桂

令人心动的红色

令人心醉的金色

交相辉映成

令人迷狂的金黄

美自然定格

皎月与朝阳携手同行

风流倜傥的马

借飞燕的媚驰骋荒原

流氓兔改邪归正

浪子终于回头

回眸一笑的凤

和凰同时涅槃

共享幸福生活

男欢女爱的游戏圆满结束

才明白风和马不相及的说法

牛郎织女隔河相望的传说

早已过期完全荒诞无稽

2024.2.22

十二

大 暑

——给小琴

命中缺王才取名为琴

王王相加会好事成双

一个王巧遇两琴姑娘

琴妹和琴姐都很疯狂

老友相逢竟欲火焚身
琴姐姐宣扬有欲则刚
干柴遇烈火一触即发
暴风伴骤雨遍地肉香

分不清藤树谁先想缠
只知道要先下手为强
琴字由二王一今构成
今天当然要捕获一王

天下之臣真莫非王臣
琴遇王则刚拥王则强
姓王者再没王者风度
小弟弟岂敢占山为王

甜香咖啡倾倒进枯井
井底蛙不再坐井观望
不再断言天只有井大
不再自怨自艾地吟唱

甜美爱情播散到荒野

天不再苍苍地不茫茫

硬雪籽取代温软雪花

玉壶中冰心哪会迷惘

诗出侧面走歪门邪道

才能从地狱升上天堂

情不自禁地轻吟低唱

剪刀和菜刀竞争上岗

剪刀剪得出西窗之烛

菜刀封不住红杏出墙

日出日落是暂时欢乐

月圆月缺早已成过住

马尾丝弦被中指挑拨

琴声悠悠野百合开放

人面桃花被舌尖诱惑

魅影重重夜来香歌唱

大暑催生大大的太阳

太阳唤醒小小的月亮

日出日落是生活常态

日久生情乃痴心妄想

东边日出晒干西边雨

琴瑟和鸣湿透东边床

一夜缠绵沐浴人造雨

一枝独秀享用自然光

2024.2.24

十三

立 秋

——给小岚

秋收冬藏的季节

收不到立秋的安家信息

藏不住立冬的婚恋密码

七情六欲终于抵抗不住

宿命的七年之痒

煮熟的鸭子还是飞了

才知道春天种的那粒粟

秋天并非收获满满

种瓜却得到了豆

捡西瓜却捡到了芝麻

芝麻开门的咒语

不如太上老君的

急急如律令好使

夹生饭填不饱爱神肚子

肉包子打狗才情色两空

却能闻到深巷中犬吠

大街上肉香

还有娇童的惊梦呓语

色香味俱全的浪漫主义

让真善美皆备的现实主义

委曲求全后仓皇逃遁

秋高气爽的日子

高深莫测的神仙洞

不再让神仙鱼鱼贯而出

也不会让鸽哨回荡长空

五羊城的五只羊头

以角相抵以命相拼

石头城的雨花石

泪如雨下花若石静

羊角比石头坚硬

肉体比灵魂顽强

女人比男人勇敢

爱情比婚姻高贵

无为已生歧路

儿女怎可能共沾巾

长江珠江都归入大海

殊途却不同归

东海南海可以融洽相处

各奔东西的旧情不可复燃

归人离家出走早成过客

三过家门而不入

定格成三碗不过冈

三生三世不上床

2024.2.28

十四

处　暑

——给小柳

本应在惊蛰节播种

让情妹妹大吃一惊

本应在圣湖畔垂柳

让情哥哥水中捞月

播的种子水土不服

捞的月亮模糊不清

斜拉桥的巨大钢缆

揽不住爱人的腰身

伊甸园淫荡的春蛇

塞不满情种的花心

铁打的淡黄色营盘

盘不住深绿色的兵

针织的血红色枕套

套不了浅灰色的人

你家冬日暖阳高照

每天都有炊烟萦绕

我家夏天冷月低垂

每时都是雾霾漫游

狡兔三窟却没有家

货比三家却没有钱

挥金如土一穷二白

普爱天下一无所有

一针见血山盟海誓

一毛不拔男欢女爱

无心插柳七零八落

有心种瓜七上八下

生死相依萍水相逢

青梅竹马及时行乐

处暑之日处变不惊

名媛情妇角色转换

2024.3.5

十五

白　露

——给小英

粉黛三千却闯不出八卦阵

英雄无数也躲不开九阴掌

落袋为安袋不是温柔土壤

月黑风高灵肉都在撞南墙

老乡见老乡不只是泪汪汪

干柴遇烈火不只会烧光光

他乡遇故知让游子心慌慌

狂诗伴醇酒使浪人心痒痒

有酒就有美人就不再幻想

有美人就有爱就不再迷惘

梅开二度花骨朵仍有芬香

各表一枝柔波在情谷荡漾

逍遥游不惑之人突发奇想

登徒子登那座山空空荡荡

桨板弯曲桨叶却任意扩张

风流女流那条河白白胖胖

阴差阳错制造出一声绝响

乐极生悲却没有产生绝望

齐天大圣永远持着金箍棒

白雪公主总会端出甜酒酿

2023.3.14

十六

秋 分

——给小汪

红土地让潇湘竹疯长

潇湘雨浇灌爱情芳香

打土豪分田地人匆忙

耍朋友谈恋爱神无恙

巴出大将蜀出小丞相

姓王的蜀才文武成双

名汪的淑女只用红装

柔擒小相刚俘虏大将

勾魂眼解除男人武装

魔术手推倒女人牌坊

轻轻一吻圣人成流氓

重重一击女巫变饿狼

金陵秋梦没春梦漫长

恨的潮汐不快速增涨

脱冕比加冕更有模样

狂欢的幸福超越静养

鲜奶鲜不过秋夜酒酿

红豆红不过秋日朝阳

秋分才悟出秋高气爽

分不清王和汪王与黄

醉中的怀抱才是情网

醒后的凝视才有真爽

人去楼空留淡淡忧伤

生死有命化浓浓向往

2024.4.6

十七

寒　露

——给小杏

千里马驰骋大草原

草长莺飞

分不清你是我的杏儿

还是他的桃儿

杏可能是酸杏

桃却可能是蜜桃

杏只有酸葡萄效应时

才是酸的

酸葡萄却成酸辣粉

泼辣的村姑娘

妖言惑众的霓虹灯

把所有红灯变成绿灯

都市丽人翩翩起舞

夜半歌声响彻云霄

运筹帷幄

哥哥你大胆地向前走

相拥而眠相吻而歌

当一次指驴为马的王

才知道谁是爱的伯乐

千里马和爱情都常有

爱屋却不可能及乌

赶路的人住店是其次的

何况住的又可能不是马店

当寒露凝固爱的小屋

假设的婚床倒塌

神庙里的神像依然是神

泥菩萨过河自身难保

马踏得住飞燕踏不牢

流沙河里的爱情

击石燕鸣

雌燕独守雄关

羡慕啾啾栖鸟掠过

却飞不过贞节牌坊

伯乐和丘比特不常有

石匠常有铁匠也常有

才有那么高的牌坊

那么长的铁链

那么多的铅箭

寒露不让春意盎然

却关不住小园春色

那只出墙的红杏

掉进飞燕的嘴中

成了奔马吸吮的桃

桃红仍然历历在目

杏白仍然在左顾右盼

马仍然瘦骨嶙峋

夜情终未成夜草

哥哥不壮

妹妹也不肥

2024.4.25

十八

霜　降

——给小景

在初霜凝结以前

你竟然无师自通

从天而降

让五羊城的羊

唱着你拥有我的恋曲

姜并不是老的辣

旧情不总是难忘

夕阳西下峨眉峰

唤春的美猴王

爱力不如叫春的猫

如果天空下起了雨

两种煽情的动物

会不会不约而同地上树

猫变成憨态可掬的熊猫

端坐树顶让白霜加冕

让脱冕已久的猴成白头翁

顶礼膜拜忘乎所以

萍水相逢是一首歌

张冠李戴是一夜情

有意栽花花却不发

无心插柳柳却成荫

三角梅不会梅开二度

此梅非彼梅此花非真花

三角恋只开花不结果

本人非他人此爱非真爱

外婆的澎湖湾不停泊

浪荡江湖的无聊孤舟

孤勇者拒绝嗟来之食

更拒绝无缘无故的爱

雨和霜本能地融为一体

情与爱自然地交相辉映

欲望之门软化小小柴扉

你的欲擒征服我的故纵

古老情感瞬间现代

外婆桥上翩翩起舞的

竟然是亭亭玉立的

外孙女

摇啊摇

摇到外婆桥

外婆说我是乖宝宝

2024.5.10

十九

立　冬

——给小芝

三人行必有我师

有你有我有他

他却是助人为乐的拐杖

助我的情跋山涉水

助你的爱死灰复燃

水乳交融的丝滑

淋漓尽致的酣畅

圣人不再哀叹

三月不知肉味

万水吞噬了千山

星空流氓了苍穹

日光岩顶一定有日

海上日出的羞红色

美过峨眉金顶的佛光

羞答答的野玫瑰

在海之角响当当地开

千手观音手忙心乱

享受日出日落的冲动

心猿意马后心宽体胖

鼓浪石上必须有浪

动的浪比静的石伟大

多籽的秋刀鱼劈波斩浪

冬眠的美女蛇灵魂出窍

鱼和蛇嬉戏打闹

秋刀和美女天造地设

月缺月圆日亏日盈

浪来浪去情隐情显

九十九朵玫瑰点缀

三百六十五里路

花开花落自自然然

不必腰挂死老鼠

冒充打猎匠

声称二十年后

又是一条好汉

那条好汉南征北战

那条拐杖东奔西突

冬天来了

春天还会远吗

女神妹妹醉了

鸟人哥哥还会飞吗

2024.5.11

二十

小 雪

——给小林

鸳鸯戏水轻化为蜻蜓点水

情未到深处哪会痛彻心扉

套马杆只能套住暧昧气氛

小雪太小冻不僵寂寞长蛇

我低语皮之不存毛将焉附

肉体当然会落后灵魂半步

你高唱万事俱备只欠东风

金箭和铅箭殊途应该同归

双木成林只供我林中散步

两火成炎才让你日间狂奔

平行结构虽美过上下结构

交叉感染才真会歪打正着

前者显示妹妹找哥泪会流

风马牛不相及不只是成语

后者证明抽刀断水水更流

男女授受不亲绝对是玄言

本能的那一声哥你在哪儿

绕梁三日让心驿动三十年

反思男欢怎么打不过女爱

东边美人浪不赢西边黄河

2024.5.13

二十一

大 雪

——给小敏

那场大雪最后变成骄阳

绝望初恋终让爱情泡汤

青梅煮酒梅酒都变模样

竹马之交交去旖旎风光

观音一千零一只手导航

教不会书呆子风流倜傥

圣水潺潺暗示奇文共赏

外流河内流河始终两样

神山昂昂催生峰峦叠嶂

圣水觞觞不让游子浪荡

花岗岩脑袋不豁然开朗

卫道士清规不四处逃亡

栀子花在掌心次第开放

无花果在树梢释放暗香

情到深处身体不再肮脏

情不自禁语言也会疯狂

再越雷池一步又有何妨

城头失火池鱼统统死光

留手指甲留下贞节牌坊

红梅花儿开歌声永嘹亮

2024.5.19

二十二

冬　至

——给小龙

三月三龙抬头

六月六蛇出洞

龙舟竞渡

众人拾柴火焰却不高

众人划舟船速却不快

男女搭配干活却很累

柴有干有湿

火便忽上忽下

桨有粗有细

舟就时快时慢

上蹿下跳的

不是英雄也不是狗熊

左冲右突的

不是天使也不是魔鬼

郁金香不知是黑是红

小说家不知是大仲马

还是小仲马

铭记于心的是图书馆

邂逅时的那声惊呼

羞红的脸庞哀怨的眼神

苦笑一生的是宿舍楼

对话时的那声柔语

今天太晚啦

有什么话再说吧

龙不再抬头说

我爱你

蛇不再出洞说

你嫁我

一段未拉过手的恋情

戛然而止

有冬至更有春分

我情窦初开

你却还没长醒

十年以后

虽然有了拥抱的理由

甚至有了缠绵的冲动

你却警告我

今天不是三月三

我却威胁你

昨天已过六月六

其实我们早已色迷心窍

让爱骑着竹马慢慢地来

让情含着青梅淡淡地去

让圣洁的佛手温柔探险

让神圣的道冠疯狂加冕

2024.5.20

二十三

小 寒

——给小菲

我不下地狱谁下地狱

弱女子竟然掷地有声

混世魔王也慷慨激昂

爱和情距离马上拉近

断线的风筝原形毕露

持续的妖言尽情惑众

近水的楼台逢雨轻歌

雨打的芭蕉遇露曼舞

花言不再被巧语欺骗

玉女不再被金童戏弄

点到为止是最高境界

翻手为云被历史淘汰

天地君亲师牌位神圣

天再多义不能成为地

师再有情不能成为亲
亲密无间是南柯一梦

大寒小寒都要过好年
大爱小爱都得做好爱
大事小事最后都无事
大人小人始终总是人

一句真不能顶上万句
一锤绝不能确定千音
一触怎么能即发惊雷
一摸哪可能摸出闪电

惊心动魄让鸟儿飞了
惊天动地让花儿谢了
惊世骇俗让树儿断了
惊涛骇浪让草儿枯了

树上的鸟儿成双成对
草中的花儿雌雄同体
醉中的仙儿阴阳相济

情途：天涯何处无芳草——王珂情诗选（1982—2024）

梦中的人儿同甘共苦

春之精神以草木写之

山之精神以烟霞写之

人之精神以朝阳写之

爱之精神以落日写之

草木皆兵后烟霞隐遁

朝阳疲惫后落日回归

尘归尘土归土人归人

初开情窦不会下地狱

2024.5.24

二十四

大 寒

——给小丽

莎士比亚为美男子写情诗

洛丽塔的纯真复活激情夜

白朗宁夫人轻歌在恋爱季

拜伦的她在光影中度佳节

十四岁的哥牵手十岁的妹
阴差阳错付出一生的初吻
竹马之交天真得不辨是非
伊甸园的蛇封口桃色新闻

村里姑娘叫小丽不叫小芳
不懂得谁是亚当谁是夏娃
那场游戏只是顽童捉迷藏
自然天成情途第一朵奇葩

童年情节发育叫大寒的病
老年痴呆也不会文质彬彬

2024.5.27

尾　诗

多想在鼓浪屿浪来浪去

多想在鼓浪屿浪来浪去

在鼓浪石上品味　海浪

在日光岩顶拥抱　朝阳

在琴声鸟语中　　欣赏

梦的衣裳　　诗的芬芳

终于在鼓浪屿　　浪来　　浪去

蹀进历史的深巷读出岁月的沧桑

浪去的是忧伤　　浪来的是希望

在休闲的天堂游子不再思念故乡

生活不再是一张密不透风的　网